용병전 1부 1권

# 용병전 1부 1권

초판1쇄 인쇄 | 2022년 8월 1일
초판1쇄 발행 | 2022년 8월 5일

지은이 | 이원호
펴낸이 | 박연
펴낸곳 | 한결미디어

등록 | 2006년 7월 24일(제313-2006-000152호)
주소 | 서울시 마포구 모래내로 83 한올빌딩 6층
전화 | 02-704-3331
팩스 | 02-704-3360
이메일 | okpk@hanmail.net

ISBN 979-11-5916-163-6  979-11-5916-162-9(set)  04810

ⓒ한결미디어

# 용병전(傭兵傳) 1부
## 1권
## 사담 후세인의 용병

한결미디어
HANGYEOL MEDIA

# 저자의 말

사담 후세인은 2003년 12월 14일에 은신처에서 체포되어 2006년 12월 30일에 처형되었지요. 물론 공식적으로 재판을 받고 사형을 당한 것입니다.

용병전(傭兵傳)은 그 시기에 이라크로 파견된 용병 지노 장의 이야기입니다. 지노는 시카고 포스트 기자 케이트 워크만의 용병으로 고용됩니다. 케이트는 미국이 사담 후세인을 제거할 목적으로 '핵 보유' 음모를 꾸몄다는 증거를 찾으려고 합니다.

당시의 이라크는 미군이 점령했으나 극도의 혼란 상태였습니다. 무장해제된 이라크군은 미군에 소속된 민병대와 반군(反軍)으로 나뉘어 내전 상태였고 북부지역은 군벌로 나뉘어 세력 다툼 중이었습니다.

그때 케이트가 실종되고 찾아 헤매던 지노가 음모의 핵심에 접근하게 됩니다. 그리고 '후세인 증언'을 직접 듣게 되는 것입니다.

'후세인의 용병'이 된 지노 장이 미군과 미군이 관리하는 용병단(傭兵團)과 전쟁을 하게 됩니다.

후세인의 '증언 테이프'를 들고 후세인의 딸 카밀라 후세인과 함께 이라크를 탈출합니다. 유럽으로 빠져나간 둘은 음모를 폭로하고 다시 잠입하여 후세인을 탈출시킵니다.

프랑스에서 후세인은 얼굴 성형을 받고 나서 지노와 함께 이라크로 돌아옵니다. 그러나 그사이에 후세인의 대역을 하고 있던 '1호'가 미군에 체포되는 것입니다.

지노는 사담 후세인의 마지막을 지킨 용병(傭兵)이었습니다. 후세인의 딸 카밀라 후세인이 마지막까지 사랑했던 남자이기도 했습니다.

역사나 기록으로 남기지 못한 이야기 중에 전설로 떠도는 '진실'이 있습니다. 그 진실을 소설로 엮는 것에 보람을 느낍니다.

코로나를 이겨내고 계신 여러분께 활력을 드리고 싶습니다.
나이가 들수록 저도 모르게 제 소설이 '해피 엔딩'이 되어 가는군요.

2022년 6월 1일
이원호 드림

# 차례

# 1장 바그다드 진입

"지노 씨, 군 경력이 14년인데 계급은 하사로 되어 있군요."

서류를 내려놓은 사내가 똑바로 지노를 보았다.

"육군, 하사, 보병 2사단에서 예편, 이런 자료만 갖고는 채용할 수 없겠는데, 아무리 추천서가 있더라도 말요."

지노가 사내의 시선을 맞받았지만 입을 열지는 않았다.

사내의 눈동자는 짙은 하늘색이다. 하늘색 중심에 검은 점. 꼭 타깃 판 같다.

잠깐의 침묵.

지노 앞에는 셋이 나란히 앉아 있다. 방금 지노에게 물은 사내는 왼쪽.

그때 그중 오른쪽에 앉은 사내가 입을 열었다.

"혹시 사고 쳤어요?"

아, 사고.

지노의 얼굴에 저절로 웃음이 떠올랐다.

당연하지. 14년 경력에 하사. 역시 이번에도 대답하지 않았다.

그때 중앙에 앉은 사내가 말했다.

"잠깐 나가서 기다리시죠, 지노 씨."

"저 자식, 한국계인 것이 마음에 안 들어."

방에 셋이 남았을 때 왼쪽이 투덜거렸다.

"이라크에 2년 있었다지만 운전병으로 시간 때웠을 수도 있지."

오른쪽이 말을 받는다.

그때 중앙의 사내가 고개를 흔들었다.

"두 달 일정으로 6천 불짜리 용병은 없어. 최소한 1만 불이야."

그러자 방 안이 조용해졌다.

오후 4시 반.

이곳은 워싱턴 교외의 허름한 건물 5층에 위치한 사무실 안.

열린 창으로 서늘한 바람이 몰려들어왔다. 11월이다.

사내가 말을 이었다.

"더구나 마이클 대령이 추천서를 써준 놈이야. 마이클은 어지간하면 이런 거 안 써줘."

사내가 앞에 놓인 종이를 집어 흔들었다. 추천서다.


다시 불려 들어갔다.

"지노 씨, 단도직입적으로 물읍시다."

중앙의 사내 눈동자는 브라운. 40대 중반. 눈은 깜빡이지 않는다. 거친 피부. 콧수염이 지저분하다. 테이블 위에 놓인 손가락이 굵고 주먹의 뼈가 단단하게 돌출되었다.

사내가 말을 이었다.

"두 달 보수는 6천 불. 거기에서 우리 수수료로 7백 불이 공제됩니다."

"……."

"선금으로 3천 불이 나가고 일정 마치면 다시 3천 불인데 7백 불을 뺀 2천3백 불이 나가겠는데."

"……."

"어떻습니까? 해볼랍니까?"

사내의 브라운 톤의 눈동자가 지노의 눈과 마주쳤다.

일 초, 이 초, 삼 초, 사 초가 되었을 때 사내의 눈이 깜빡였고 지노가 입을 열었다.

"임무는?"

"두 명의 호위. 멋지게 표현해서 보디가드."

"지역은?"

"바그다드. 그리고 북쪽 지역."

"장비 제공은 어떤 상태요?"

"물론 A급 기준으로 해줄 거요. 차량은 험비를 개조한 방탄차. 운전사 역할까지 해줘야 될 것이고."

"손님은?"

"시카고 포스트의 기자 둘."

"시카고 포스트?"

"그런 신문사도 있어요. 물론 언론사 등록도 되었고."

그때 지노가 심호흡을 했다.

"내가 궁해서 어지간하면 맡으려고 했는데 안 되겠습니다."

"이런."

낙담한 사내가 이맛살을 찌푸렸을 때 지노가 자리에서 일어섰다.

"실례했습니다."


"갓댐, 커크."

커크한테서 내막을 들은 마이클 맥도날드가 말했다.

마이클은 합동참모본부 소속의 제19군수지원단 제15팀 대령이다. 하지만 군

생활을 수십 년 해온 장교들도 19군수지원단이 무슨 부대인지 모른다.

그건 당연하다. 19군수지원단은 바로 '용병관리사업단'이기 때문이다.

이라크, 아프가니스탄 등지에 정규군 외의 용병, 경호원이 필요한 경우, '용병관리사업단'이 관리한다.

어떻게 관리하느냐구?

각 용병회사에서는 '사업단'의 허가를 받아야 전장에 용병을 파견할 수 있는 것이다.

즉, 용병이 필요한 기업체나 개인은 일단 사설 '용병업체'에 문의한다. 그러나 '용병업체'는 마음대로 용병을 파견할 수 없다. 무조건 '용병관리사업단'의 허락을 받아야 한다. 그래서 때로는 '사업단'이 용병업체에 특정인을 추천도 해줄 수 있는 것이다, 바로 지노 장(Gino Jang)처럼.

"뭐? 두 달에 6천 불짜리 용병 계약을 하려고 했단 말이냐? 선오브비치."

"하지만 마이클……."

"셧업."

"그 친구 경력서에 딱 두 줄, 14년 육군 근무, 하사 제대. 이렇게 적혀 있었기 때문에, 로이와 제이크가……."

"내가 너한테 추천한 놈이 있었던가?"

"마이클, 요즘은 경쟁업체가 많아서 힘들어. 그래서……."

"그래서 두 달짜리 일에 6천 불이라구? 야, 앞으로 너한테는 티오 안 줘."

버럭 소리친 마이클이 통화를 끝냈다.


워싱턴 이스트사이드의 '허니문' 호텔.

1층 바 안쪽의 당구대 주변에서 오늘도 싸움이 일어났다. 호텔 근처에 사는 주민들이 내기 당구를 친 것이다.

허니문 호텔은 3층 건물로 방이 60개 정도인데 오래되어서 철거되기 직전이다.

바 안쪽에 앉아 있던 지노에게 여자 하나가 다가왔다. 혼혈 미인이다. 이곳에는 매춘부가 항상 대여섯 명은 있다.

"미스터."

옆자리에 앉은 여자가 눈웃음을 쳤다.

독한 향수 냄새. 그러나 웃음이 눈부셨다. 검은색 원피스가 몸에 딱 붙어서 풍만한 젖가슴이 튀어나올 것 같다. 잘록한 허리. 입술에는 분홍색 루주를 발랐다.

"나 술 한 잔 마셔도 돼요?"

"나 돈 없어."

"5불도 없어?"

"나 거지야."

"내가 공짜로 해줄까?"

"안 돼."

"왜?"

"하고 나면 배고파져."

"코리안이야?"

"코리아에 나 같은 거지는 없어."

"그럼, 차이나?"

"재팬."

"재팬에 거지가 많아?"

"응."

여자가 돈이라도 줄 것 같은 표정으로 지노를 보더니 옆쪽의 백인한테로 옮겨갔다.

지노가 마시다 만 맥주병을 쥐었을 때 다시 옆자리에 누가 앉았다. 고개를 든 지노가 사내의 갈색 눈동자를 보았다.

"내가 의뢰인한테 다시 조정했는데."

커크가 은근한 표정으로 지노를 보았다.

"두 달, 8천 불, 어때요? 수수료는 5백 불만 떼기로 합시다."

당구대 근처에서 다시 싸움이 일어났기 때문에 커크가 쓴웃음을 지었다.

"여긴 바그다드만큼 시끄럽군."

커다란 손으로 맥주병을 숨기듯이 든 커크가 지노를 보았다.

"마이클의 추천이니까 출발 전에 8천 불을 선금으로 지급하겠소. 물론 5백 불은 떼고."

그때 뭔가 부서지는 소리가 났다. 누가 의자를 던진 것 같다.

"갓댐."

마침내 참다못한 커크가 어깨를 부풀리면서 지노에게 말했다.

"뭐, 수수료는 처음인데 안 받기로 하지. 내일 오전에 다시 연락해줘요, 그 사람들은 경호원만 준비되면 바로 떠난다고 했으니까."


다음 날 오후 5시.

사무실에는 넷이 둘러앉았다. 원탁이어서 커크, 지노, 그리고 두 남녀다.

"자, 이쪽이 이번 이라크에 취재를 가실 기자분들이시고."

커크가 두 남녀를 소개했다.

"이쪽은 경호를 맡으실 지노 씨."

여자는 20대 후반이나 30대 초반. 짧게 자른 금발에 화장기 없는 얼굴. 점퍼에 바지 차림으로 더러운 운동화를 신었다.

남자는 30대 중반쯤으로 보였는데 작업복 차림. 카메라를 들고 왔다. 사진기자다.

여자의 이름은 케이트, 남자는 고든이다.

인사를 마친 여자가 거침없이 묻는다.

"이라크에 계셨다구요?"

"예, 2년."

지노가 바로 대답했다.

"여러 곳에 있었으니까 지리는 좀 압니다."

"어디든 저를 경호해주시는 거죠?"

"무슨 뜻입니까?"

"제가 가는 어느 곳이라도 따라와 주시는 거냐구요."

그때 지노가 똑바로 케이트를 보았다.

"그것이 총격전이 일어나는 현장 같은 곳을 말하는 겁니까?"

"그런 현장이 가장 위험하겠죠?"

"그런 곳을 가겠다면 당연히 같이 가야죠."

"좋아요."

케이트가 고개를 끄덕였다.

"계약하겠어요."

예상했던 대로 케이트가 대장이다.


뉴욕. 다운타운의 14번가 끝 쪽에 위치한 낡은 3층 건물 안.

지노가 2층 복도에 서서 벨을 누른다.

오후 7시 40분.

복도 천장에 형광등이 있었지만 어둡다.

곧 문이 열리더니 60세쯤의 작은 여자가 나타났다.

"오!"

여자가 지노를 보더니 탄성을 뱉는다.

"왔구나."

탄성처럼 말을 뱉은 여자를 지노가 번쩍 안아 올린다. 지노의 어머니 장지선.

"어머니."

"진호야."

지노의 본명은 진호다. 어머니의 성을 따서 지노 장이라고 이름을 지었다.

이곳에 지노는 3년 만에 오는 셈이다. 이라크 파병 직전에 어머니를 만난 것이다. 집 안은 3년 전과 똑같았지만 그만큼 낡았다.

어머니는 그 두 배쯤 더 나이 들어 보였다. 10년 전부터 어머니는 당뇨와 고혈압 약을 복용하면서 파출부 일을 나가고 있다. 요즘은 맨해튼에 사는 중국인 집 안일을 하고 있다는 것이다.

어머니한테 온다고 연락을 했기 때문에 식탁에는 저녁상이 차려져 있다. 김치찌개와 겉절이, 흰 쌀밥에 불고기, 지노가 좋아하는 콩나물무침도 있다.


다음 날 오전 6시.

지노가 방에서 나와 응접실 탁자 위에 돈 봉투와 편지를 내려놓고 소리 죽여 현관으로 다가간다. 30평형이어서 문 열리는 소리도 다 들린다. 그러나 안쪽 방에서는 기척이 없다.

현관문의 손잡이를 쥔 지노가 몸을 돌려 안방을 보았다.

지노가 입술만 달싹였는데, '엄마'라고 불렀기 때문이다.


문 닫히는 소리가 났을 때 장지선은 몸을 일으켜 방을 나왔다.

응접실 창문으로 아래쪽 길이 보인다. 창가에 붙어 선 장지선이 진호가 나오기를 기다렸다. 지난번에도 진호는 이렇게 사라졌다.

잠깐 머리만 돌린 장지선은 탁자 위에 놓인 봉투와 접힌 편지를 보았다. 지난번과 똑같다. 다시 머리를 돌린 장지선은 진호가 현관을 나가는 것을 보았다. 계단을 내려간 진호가 힐끗 이쪽을 올려다보았을 때다.

참지 못한 장지선이 창문을 왈칵 열고는 상반신을 내밀고 소리쳤다.

"진호야! 몸조심 하거라!"

놀란 지노가 주춤하더니 맞받아 소리쳤다.

"엄마! 건강해!"

"사랑한다! 내 아들!"

"엄마! 사랑해!"

그러더니 진호가 고개를 돌리고는 뛰어간다. 장지선이 지노의 뒷모습에 대고 다시 소리를 지르려다가 입을 다물었다.


진호의 편지.


'엄마, 엄마 보면서 나 다녀올게, 하고 말하기 싫어. 그래서 또 이렇게 떠나. 엄마, 몸 건강하고, 제발 좀 쉬어. 여기, 엄마 약값 보태 쓰라고 7,500불 놓고 가. 엄마, 연락할게. 진호가.'


장지선이 편지의 글자를 손으로 쓰다듬는다.


오후 3시.

시카고 공항 출국 3번 게이트 앞.

플라스틱 의자에 앉아 있던 지노가 다가오는 케이트와 고든을 보고 일어섰다.

"아, 오셨네."

고든이 얼굴을 펴고 웃었다. 케이트는 시선만 마주쳤을 뿐이다.

쿠웨이트행 에어프랑스는 5시 출발이다.

지노가 잠자코 배낭을 메더니 앞장섰고 그 뒤를 고든, 케이트의 순서로 따른다.

"지노."

뒤에서 고든이 불렀다.

"지노라고 부를까요?"

"오케. 당신은?"

"나도 그냥 고든."

그러더니 덧붙였다.

"케이트는 허니, 달링 같은 소리를 좋아하니까 그렇게 부르도록."

지노는 뒤도 돌아보지 않았고 케이트도 들었을 텐데 대꾸하지 않았다. 여자하고 노닥거릴 여유는 없다. 거기서는 더욱.


시카고에서는 대서양으로 건너서 쿠웨이트에 간다. 시카고, 파리, 쿠웨이트다.

다음 날 오후 2시경에 쿠웨이트에 도착했다. 이곳에서부터 지노의 일이 시작된다.

케이트와 고든을 호텔에 두고 지노가 시내로 나왔다. 커크 배링턴의 '커크 컴퍼니'로 들어섰을 때는 오후 4시 반.

"예, 준비되었습니다."

사무실에 앉아 있던 직원이 지노가 내민 서류를 받더니 자리에서 일어섰다.

"지금 가보실까요?"

10평 정도의 사무실. 대형 쿠웨이트 시내 지도가 붙어 있고 테이블 위에 관광

팸플릿이 쌓여 있다.

직원은 셋. 모두 백인으로 전혀 관광 여행사 직원은 아니다. 그리고 그 시늉도 안 내고 있다.


쿠웨이트 시 교외의 주택가.

흰 시멘트 건물이 사막 옆쪽에 드문드문 서 있는 동네다. 사내가 그중 한 채의 마당으로 벤츠를 몰고 들어가자 안쪽 차고의 셔터가 슬슬 올라갔다.

"자, 내리시죠."

차에서 내리면서 사내가 말했을 때 지노가 숨을 들이켰다. 차고 안이 드러난 것이다.

험비 3대, 지프 2대, SUV 2대가 주차되어 있다.

사내와 함께 차고로 들어간 지노가 차를 둘러보았다. 그때 사내가 말했다.

"계약은 험비 B급으로 했습니다. 이놈입니다."

사내가 끝 쪽의 험비 보닛을 손바닥으로 두드렸다.

"뒤쪽 방탄이 약해서 안에 모래주머니를 실었지만 쓸 만해요."

계약을 한 것이라 다른 건 볼 필요가 없다. 차 안에 들어간 지노가 시동을 걸어 보고 엔진을 확인했다.

그때 사내가 차고를 나가면서 말했다.

"차 점검하고 나서 안으로 들어오시죠. 무기도 인수해 가셔야지."


무기는 지노가 주문을 했고 케이트의 시카고 포스트에서 렌트비를 지급했다.

그렇다. 험비, 무기 모두가 렌트다. 무기는 베레타 92F 1정, 소음기 포함. 탄창 5개, 9미리 탄 350발, 헤클러 앤 코흐사 제품인 MP-5 기관총 1정, 소음기 포함. 9미리 페러불럼 탄 500발, 야간용 스코프, 수류탄 10발, 연막탄 2발, 방탄복 3벌

등이다.

이 중 수류탄, 실탄 등은 전액 값을 지급하고 나머지는 렌트다.


다음 날 오전 9시.

일행 셋은 쿠웨이트 주재 미국대사관에 들어가 이라크 입국사증을 받았다. 이미 본국에서 서류를 보내왔기 때문에 '기자증'도 발급되었다. 지노도 기자다.

차량운행증도 받았고 사고가 났을 때의 각서에도 사인했다. 기타 주의사항을 한 시간 가깝게 담당직원이 설명해주었는데 직원이나 듣는 사람들이나 다 건성으로 말하고 들었다.


오후 1시.

셋은 바그다드를 향해 출발했다. 지노가 운전을 하고 고든은 옆자리에, 케이트는 뒷자리에 앉았다.

"자, 출발."

호텔을 떠나면서 고든이 소리쳤는데 긴장감을 떨치려는 의도 같다. 고든은 33세. 작년에 이혼했고 3살짜리 딸을 전처가 키운다. 아프간에서 두 달간 있었는데 그때는 뉴욕타임스 소속으로 다녀왔다고 했다.

케이트는 의자에 등을 붙인 채 눈을 감고 있다. 그동안 고든을 통해 알게 된 정보는 32세. 시카고 포스트 경력 6년. 이혼 경력. 아이는 없고 성격이 '지독'하다는 것. 이라크가 두 번째며 아프간, 시리아까지 다녀온 전쟁 전문 기자다.

험비는 곧 국경에 닿았다, 쿠웨이트는 좁은 나라니까.


검문은 미군이 했다.

쿠웨이트, 이라크 국경 검문소, 입출국 사무소가 따로 있는 것이 아니라 아예

한 곳에서 미군이 검문을 하고 출국, 입국 스탬프를 찍어준다. 쿠웨이트에서 이라크군을 몰아낸 후부터 이러는 것이다.

쿠웨이트, 이라크 양국은 미국이 통치하는 것이나 마찬가지 상황이다.

"이거, 위성전화 아뇨?"

차를 수색하던 헌병이 물었을 때 지노가 놀라 뒤를 보았다. 헌병이 배낭을 손에 들고 있다. 위성전화가 맞다.

그때 케이트가 주머니에서 서류를 내밀었다.

"여기 허가증."

서류를 받아든 헌병이 뒤쪽의 상관에게 다가갔다.

지노는 케이트가 위성전화까지 가져온 것을 모르고 있었다. 하루에 서너 번쯤 서너 시간 작동이 되지만 저것으로는 세계 어느 곳에도 연락이 된다, 물론 산악지역에서 불통이 될 때도 있지만.

"야, 이건 무기고네."

이번에는 트렁크 안쪽에 쌓아둔 무기가 걸렸다. 헌병들이 모여들어 탄성을 뱉었을 때 지노가 서류를 내밀었다.

커크 컴퍼니에서 받아준 허가증.

헌병들이 허가증 내역과 무기를 체크하기 시작했다.

"요즘 당신들 수입이 좋다면서?"

병장 계급장을 붙인 헌병이 지노에게 물었다.

"요즘은 경쟁이 심해서 가격이 내려가는 상황이야."

지노가 성실하게 대답했더니 헌병이 고개를 끄덕였다.

"용병이 많이 죽더군. 어설픈 놈들이 이놈저놈 달려들기 때문이야."

"맞아."

"당신은 어디서 근무했어?"

"보병 2사단에서 예편했어."

"갓댐. 부대가 달라스에 있지?"

"아니, 포트워스."

"맞다, 맞다. 포트워스지."

"네가 거기를 어떻게 알아?"

"내가 지난번 귀국할 때 달라스에서 내려 이틀간 2사단에서 쉬었거든. 수송기가 연결이 안 되어서 말야. 그 빌어먹을……."

그때 헌병 조장이 소리치는 바람에 대화가 끊겼다.

"야, 거기, 출발!"

차가 밀려 있었다.


쿠웨이트와 바그다드 간 고속도로 주변에는 파괴된 이라크 탱크가 길가에 끝없이 버려져 있다. 가끔 탱크 주변에 이라크 병사의 시체 일부가 떨어져 있는 것도 보인다.

사막을 관통하는 도로를 차량이 오가고 있었는데 시간이 지나면서 뜸해졌다. 10대 중 7대가 군용 트럭, 지프, 장갑차, 탱크이고 나머지가 민간인용 버스, 트럭이다. 승용차는 10대에 1대꼴. 그 속에 지노가 운전하는 험비가 끼어 있다.

"지겹군."

오후 5시.

두 시간 동안 사막을 달렸을 때 고든이 말했다. 케이트는 자는 것 같다.

"오늘 밤은 야숙해야겠지?"

고든이 묻자 지노가 차에 속력을 내었다. 밤을 새워 달릴 수는 없다. 저녁도 먹어야 한다. 그때 케이트가 눈을 뜨고 물었다.

"다음에 보이는 마을에서 쉽시다."

케이트가 대장이다.


오후 6시 40분.

이쪽은 해가 일찍 기운다. 사막은 아직 끝나지 않았지만, 드문드문 낮은 언덕
이 보인다. 길가의 부서진 전차들은 거의 보이지 않았고 가끔 미군 트럭, 장갑차
의 잔해가 보였다. 격전이 일어난 증거.

"갓댐. 으스스하군."

고든이 미군 장갑차 잔해를 스치고 지나갈 때 투덜거렸다. 차량 통행이 뜸해
서 먼 쪽에서 다가오는 불빛 2개만 보인다. 백미러로 뒤를 보았더니 케이트는 자
는 것 같다.

그때다.

"탓탓탓탓탓탓탓."

총성이 울리면서 험비 오른쪽에 충격이 전해졌다.

그 순간 지노가 차의 속력을 높였다.

"타타탓 타타탓!"

다시 총성. 또 충격.

지노는 차의 라이트를 껐다.

"꽈꽝!"

요란한 폭음과 함께 차 뒤쪽이 들썩였다. 불을 끈 험비가 맹렬하게 달려나
갔다.

그때 앞에서 달려오던 차량이 휙 꺾어지는 것이 보였다. 총격과 폭발을 보고
뒤로 돌아가려는 것이다. 거리는 1백 미터 정도.

지노가 액셀러레이터를 바닥까지 밟았다. 험비가 엄청난 굉음을 내면서 돌진
하더니 앞쪽의 승용차를 10센티쯤의 간격을 두고 지나갔다.

"가앗댐."

고든이 몸을 지노 쪽으로 기울이며 소리쳤다.

고든 옆으로 차가 스쳐지나갔기 때문이다. 지노가 백미러로 케이트를 보았다. 케이트는 위쪽 손잡이를 움켜쥔 채 눈을 치켜뜨고 있다. 시선이 마주쳤을 때 케이트가 얼른 외면했다.

승용차는 황무지로 처박혔는지 보이지 않았고 한 쌍의 전조등이 보였다.

계속 쫓아온다.

5킬로쯤 달린 후에 지노가 차를 세웠다.

이제 주위는 어둡다. 뒤를 따라오던 차도 없어졌다. 차에서 내린 지노가 상태를 살폈다.

오른쪽 문과 방탄유리에 총탄이 10여 발 박혔다. 방탄이 아니었다면 고든과 케이트가 맞았을 것이다. 로켓포탄 파편을 맞은 뒤쪽 차체가 찢겨 있었지만 달리는 데는 지장이 없다.

"누굴까?"

다가선 고든이 물었다.

"이라크군이야?"

"동네 아이들일 수도 있지."

트렁크에서 MP-5를 꺼내 탄창을 끼우면서 지노가 대답했다. 여분의 탄창 3개를 허리춤의 탄대에 찔러 넣은 지노가 주위를 둘러보았다.

이곳은 산악지대 입구다. 어느덧 사막은 끝나 있었다.

고개를 든 지노가 옆쪽에 서 있는 케이트에게 말했다.

"이곳에서 쉽시다."

케이트는 시선만 주었고 지노가 말을 이었다.

"10킬로쯤 더 가면 마을이 있지만 위험해요. 차라리 이곳에서 야숙하는 것이

24

낮습니다."

"오케."

케이트가 대답하고는 몸을 돌렸다. 이동, 숙박에 대한 권한은 경호원에게 있다. 하지만 주인에게 말씀은 올려야지.


험비를 길가에서 50미터쯤 안쪽 황무지로 끌어온 다음에 셋은 바위틈에 캠핑용 취사도구를 펼치고 저녁을 먹었다.

스테이크, 콩 수프, 샐러드도 캔으로 나와 있다. 콩 수프와 스테이크를 데워 먹었더니 꿀맛이다. 이 준비는 모두 지노가 했다.

"술만 있으면 바랄 것이 없겠는데."

고든이 만족한 숨을 뱉으면서 말했을 때 갑자기 총성이 울렸다. 이어서 폭음이 두 번 들렸다. 밤하늘에서 울리는 폭음은 꼭 우레 소리 같다. 조금 먼 곳이다.

"갓댐."

고든이 투덜거렸을 때 지노가 일어섰다.

"어디 가려고?"

고든이 눈을 둥그렇게 뜨고 물었다. 지노가 MP-5를 집어 들었기 때문이다.

"둘러보고 올 테니까."

지노가 바위틈 사이에 끼워놓은 가스레인지를 끄면서 말했다. 요즘은 서부시대처럼 모닥불 따위는 피우지 않는다.

주위가 갑자기 어두워졌고 고든이 다시 물었다.

"저 총성 때문이야?"

그때 대답이라도 하는 것처럼 총성이 울렸다.

"탓탓탓탓 타타탓!"

이어서 폭음.

"쿵쾅! 쾅!"

귀를 기울였던 고든이 말했다.

"꽤 멀구먼그래."

"4백에서 5백 미터야."

지노가 몸을 돌리면서 말했다.

"언덕 너머라고."

케이트는 시선만 주었지 입을 열지 않았다.


지노가 어둠 속으로 사라졌을 때 고든이 혼잣소리처럼 말했다.

"갓댐. 저 자식 믿음직한데?"

"넌 역시 순진해, 고든."

바위에 등을 붙이고 앉은 케이트가 어깨를 움츠리고는 팔을 무릎 밑에서 깍지 꼈다.

"저 친구는 두 번이나 사고를 친 사고자야. 그러니까 될 수 있는 한 말도 섞지 않는 것이 이로워."

"지저스. 사고를 쳤다고? 두 번?"

"그래서 하사 제대지."

"그건 어떻게 알았는데?"

"내가 기자 아냐?"

"네가 잘난 건 알아, 케이트. 하지만 당신은 선입견이 너무 강해."

"기자의 육감이란 거야, 고든."

"그건 그렇고 누가 그래?"

"편집장이 용역회사 대표 커크한테 물어본 거야. 용병 신원을 확실하게 말해 주지 않으면 계약 못 한다고."

"옳지, 그랬군. 그랬더니?"

"지노 장은 아프간에서 3년, 쿠웨이트에서 2년, 이라크에서 2년 근무했는데 아프간에서는 상사였다가 중사로 강등되었어. 이유는 팀원을 괴롭히는 동료 상사 하나를 패서 후송시켰기 때문이야."

"옳지, 잘한다. 그리고 또 있어?"

"여기 이라크에서는 다시 무슨 공을 세웠는지 소령이 되었는데 반군 소탕작전을 나갔다가 팀원이 보는 데서 지휘관인 소령을 쏴 죽였어."

"오 마이 갓."

"사형감인데 정상이 참작되어 강등되어서 예편한 거야."

"머릿속이 꽉 찬 사내군. 마음에 들어."

"머릿속이 꽉 차?"

케이트가 되묻더니 곧 쓴웃음을 지었다.

"하긴 넌 과거도 없는 깡통 머리니까."

"그런데 그런 지노를 용병관리회사가 적극 추천해 준 것 아냐? 네 꽉 찬 머리로 생각나는 건 없나?"

케이트는 대답하지 못했다.


작은 언덕을 하나 넘어갔더니 곧 소음이 울렸다. 지금까지 언덕에 막혀서 소음이 차단된 것 같다. 외침, 비명, 울음소리. 서너 명이다. 여자도 있다. 모두 피해자인 것을 알 수 있다.

이곳은 바위가 많아서 지노가 바위 사이로 아래를 내려다보았다. 보인다.

차 2대의 라이트를 서로 마주 보게 켜놓아서 그 가운데에 모인 사람들이 마치 무대 위에 있는 것 같다. 그러나 장면은 처참하다.

이미 남자 두 명은 땅바닥에 쓰러졌고 남녀 2명이 사내들에게 둘러싸여 있다. 사내들은 터번을 걸치고 제각기 AK-47과 권총을 휘두르고 있었는데 지금 여자의 옷을 거의 다 벗기는 중이다.

그 뒤쪽으로 불에 타고 있는 승용차가 보인다. 피해자가 타고 온 차다. 지금까지의 총성과 폭음은 이 승용차를 잡으려는 것이었다.

지노가 바위틈에 MP-5를 거치하고는 스코프로 아래쪽을 겨누었다.

MP-5는 독일식 헤클러 앤 코흐 제품이다. 지금 지노가 겨누고 있는 MP-5는 소음기가 고정 부착된 소음형에 망원 야간 스코프까지 부착되어 있다. 30발들이 바나나형 탄창, 단발, 3점사, 연발 사격이 가능한 데다 현재 나온 SMG 중 가장 정밀도가 높다. 물론 가격도 높다.

스코프에 들어간 사내들은 여섯. 지금 포로로 잡은 남녀까지 여덟이다. 그때 옷이 다 벗겨진 여자가 비명도 그치더니 쪼그리고 앉았다. 이쪽에서 정면으로 보였기 때문에 지노가 숨을 들이켰다.

거리는 115미터. 스코프에 여자의 윤곽이 다 드러났다. 야광 스코프여서 붉은 물체가 꿈틀거리고 있다.

그때 사내 하나가 바지를 벗었기 때문에 웃음소리가 일어났다. 포로가 된 사내는 옆쪽에 주저앉아 있었지만 여자에게 신경을 쓰지 않는다. 가끔 꿈틀거릴 뿐 두 다리를 뻗은 채 늘어져 있다. 중상을 입은 것 같다.

그때 바지만 벗은 사내가 여자에게 다가갔고 나머지 사내들은 둘러섰다. 작업을 시작하려는 것이다.

지노가 심호흡을 하고는 검은 하늘을 올려다보았다. 그제서야 별이 보였다. 아래쪽 불이 환했기 때문에 별빛은 흐리다.

다시 스코프에 눈을 붙인 지노는 사내가 여자 위에 엎드리는 것을 보았다. 숨을 들이켠 지노가 방아쇠에 건 손가락을 부드럽게 당겼다.

일단, 이단.

"퍽!"

낮은 발사음, 격발음이 섞였어도 모래주머니를 손바닥으로 가볍게 치는 것 같다. 그 순간 여자 위에 엎드렸던 사내의 머리통이 수박처럼 부서졌다.

"퍽!"

둘러선 사내들이 미처 몸을 움직이기도 전에 또 한 발.

이쪽을 향해 정면으로 서 있던 사내의 얼굴 반쪽이 날아갔다.

"퍽!"

세 번째.

그때 몸을 돌리던 옆쪽 사내의 머리통이 땅바닥으로 떨어졌다. 총탄이 목을 갈기갈기 찢었기 때문.

"퍽!"

이쪽에 등을 보인 채 옆으로 도망치던 사내가 상반신을 치켰다가 엎어졌다. 등판에 맞은 것이다.

"퍽!"

막 무개 지프 뒤쪽으로 몸을 숨기던 사내가 배를 움켜쥐며 엎어졌다.

지노는 차분하게 3점사 레버를 눌렀다. 그러고는 옆쪽 어둠 속으로 도망치는 마지막 한 놈의 등판을 겨누었다.

"퍼퍼퍽!"

3발이 날아갔다. 그중 2발이 머리와 등에 맞았다. 6명 잡는 데 8발을 소비했다. 그중 1발만 빗나갔다.

117미터를 걸어가는 동안 여자는 옷을 다 입었다. 그런데 남자는 가쁜 숨을 쉬면서 늘어졌는데 어깨만 총에 맞은 것이 아니다. 배에도 2발 맞았다. 살 가망이 없다.

지노가 나타나자 여자가 주춤거리면서 차에 등을 붙였다. 겁에 질린 얼굴. 눈동자의 초점이 흐리다.

여자와 다섯 걸음 간격을 두고 지노가 멈춰 섰다.

"어떻게 된 거요?"

일단 그렇게 물었다.

"헬프."

여자는 그렇게 대답했다.

"정신 차려요, 아가씨."

지노가 주위를 둘러보았다. 그때 사내 하나가 땅바닥에서 꿈틀거렸다. 총탄이 배에 맞은 사내다.

"퍽, 퍽, 퍽."

3점사 레버에 맞춘 상태여서 총탄이 세 발 발사되어 버렸다. 머리통이 산산조각이 난 사내가 땅바닥에 길게 누웠다. 그제야 눈동자의 초점을 잡은 여자가 지노를 보았다.

"헬프."

이번에도 같은 소리다.


10분 후.

여자는 흩어진 머리칼까지 쓸어 올릴 만큼 정신을 차렸다. 그사이에 남자는 숨을 거뒀다. 현장에서 사살된 사내는 6명. 그리고 여자의 동행 셋도 죽었다.

여자는 유닉스 앤더슨. 영국 리치먼드 화학연구소 연구원. 동료들과 함께 쿠웨이트를 거쳐 귀국하려다가 일을 당한 것이다.

여자가 불에 탄 승용차에서 온전한 짐을 고르는 동안 지노는 사내들의 차와 몸수색을 했다. 그중 한 명의 몸에서 미화 2만 불가량이 나왔고 다른 두 명한테서 5천 불을 찾아내었다.

지노가 재킷 주머니에 지갑까지 쑤셔 넣었을 때 여자가 다가왔다. 손에 배낭 2개를 쥐고 있다.

"이 사람들은 어떻게 하죠?"

죽은 동료들을 묻는 것이다.

"어떻게 하다니?"

"이렇게 두고 가요?"

"그럼 묻어줄 거요?"

지노가 눈을 가늘게 떴다.

"우리 차로 가서 바그다드 미군 사령부에 신고해요. 우리 차에 위성 전화가 있으니까."

"혼자 오셨어요?"

"일행이 있어요."

지노가 발을 떼면서 말했다.

"나는 용병이니까 내 고용인의 허락을 받아야 통화할 수 있을 거요."

어둠 속에서 둘이 나타나자 초조하게 기다리고 있던 고든이 반색했다. 케이트는 시선만 주었고.

"누구야?"

유닉스를 본 고든이 대뜸 물었기 때문에 지노가 간단히 설명했다.

"강도단에게 끌려가던 사람이야. 일행은 다 죽었어."

"오 마이 갓."

"여기 앉으세요."

케이트가 제 옆자리를 가리키며 유닉스에게 말했다.

"커피 드릴까요?"

지노는 시계를 보았다. 야광 침이 밤 9시 반을 가리키고 있다. 고개를 든 지노가 케이트에게 말했다.

"케이트, 먼저 신고를 해야겠는데 위성전화를 써야 돼요."

눈만 크게 뜬 케이트에게 지노가 말을 이었다.

"영국인 셋이 피살당했어. 시체라도 찾아야죠."

지노가 고개를 돌려 유닉스를 보았다.

"따라가서 전화를 해요."

케이트가 자리에서 일어났고 유닉스도 정신없이 다가갔다.


"가기 싫어요."

유닉스가 고개를 저으면서 대답했다.

넷이 둘러앉아 있다. 방금 고든이 유닉스에게 현장에서 챙겨갈 것이 있느냐고 물었을 때의 대답이다. 지노가 커피를 한 모금 삼키고 나서 입을 열었다.

"미군 측에 신고할 때 저 강도 새끼들이 서로 총격전 하는 사이에 도망쳤다고 해줘요. 난 개입시키지 말고."

"네."

고분고분 대답한 유닉스가 그제야 생각났다는 표정을 짓고 말했다.

"고마워요, 절 구해주셔서."

"아까 인사 안 하셨던가?"

유닉스가 얼굴을 일그러뜨렸고 고든이 이번에는 지노에게 물었다.

"강도 놈들이 몇이었어?"

"여섯."

"다 죽였어?"

32

지노가 시선만 주었을 때 유닉스가 진저리를 치면서 대답했다.

"나쁜 놈들. 다 죽였어요."

"대단하군."

고든이 존경심이 가득 찬 얼굴로 지노를 보았다.

"나도 용병이나 될걸."

"고든, 닥쳐."

케이트가 말했지만 고든이 지노에게 다시 물었다.

"여기서 거리가 얼마나 돼?"

"왜?"

"사진 몇 장 찍어올까 하고."

"5백 미터쯤."

지노가 흐려진 눈으로 고든을 보면서 말을 이었다.

"놈들 일행이 또 있을지 몰라."

"설마 있을라구."

그때 뒤쪽 어둠 속에서 윤곽만 보이는 험비를 본 유닉스가 케이트에게 물었다.

"저 차, 아까 우리를 스치고 지나간 차 같은데."

케이트는 눈만 깜빡였을 때 지노가 대답했다.

"맞아. 아슬아슬하게 스치고 지나간 차가 당신 차였군."

"우리 차는 길가로 미끄러졌다가 황무지로 들어가서 겨우 국도로 나왔는데 그놈들을 만난 거죠."

"우리를 공격했던 놈들은 아냐."

지노가 말을 이었다.

"이놈들은 무개 지프와 승용차였는데 그놈들은 SUV였어."

그때 케이트가 고개를 기울였다.

"국도에 강도단이 깔려 있네. 미군 치안이 이렇게 허술한가?"


한 시간 후.

헬기 소리가 들리면서 위성전화기가 울렸다. 기다리고 있던 케이트가 전화를 받더니 자리에서 일어섰다.

"여기로 온다는 거야."

곧 어둠 속에서 아래쪽으로 서치라이트를 비추는 헬기가 나타났다. 2대나 된다. 위성전화 위치를 파악한 터라 곧장 이곳으로 온다.

한 대는 거대한 시누크다.


헬기가 험비 옆쪽에 착륙했고 대위가 인솔하는 10여 명의 미군이 다가왔다.

케이트와 지노, 고든은 지나가던 중에 유닉스를 우연히 보호해준 역할이다. 그래서 대위는 셋의 신분증만 확인하고 유닉스와 함께 현장으로 갔다. 유닉스는 떠나기 전에 얼굴은 케이트를 향했지만 시선은 지노에게 주고 물었다.

"바그다드에선 어느 호텔에 계실 거죠?"

지노와 케이트는 입을 열지 않았는데 고든이 대답했다.

"훈둑 티그리스."

유닉스는 동료들 시신과 함께 바그다드로 돌아가는 것이다.


유닉스를 보내고 케이트 일행도 바로 출발했다.

밤. 11시 반.

야영을 할 분위기도 아니었기 때문이다. 밤을 새워 달려가기로 했다. 고속도로에 들어선 험비가 속력을 내었을 때 옆자리에 앉은 고든이 고개를 돌려 지노를 보았다.

"왜 네가 묵을 호텔을 물었지?"

지노는 대답하지 않았고 고든이 말을 이었다.

"유닉스가 너한테 관심이 있는 거야."

"……."

"넌 유닉스의 호의를 받을 자격도 있고."

그러더니 고든이 한숨을 쉬었다.

"내가 용병이 되었어야 해."

백미러를 보았더니 케이트는 문에 머리를 기대고 자는 것 같다.

자는 시늉을 하는지도.


"타타타타탕."

요란한 총성과 함께 지노의 운전석 옆의 유리창에 충격이 전해졌다.

"타타탁탁."

방탄 유리창이 하얗게 갈라졌지만 총탄이 뚫고 오지는 않았다. 반사적으로 몸을 숙였던 지노가 액셀을 와락 밟아서 험비의 속력을 내었다.

"타타타탕."

다시 총성.

이번에는 차체 뒤쪽에 맞았다.

"앗."

고든의 놀란 외침. 그때 지노가 소리쳐 물었다.

"괜찮아?"

"괜찮은 것 같아."

"엎드려!"

다시 지노가 소리쳤을 때 또 총성.

"타타타타타타."

이번에는 두 정이 함께 쏜다.

"갓댐."

투덜거린 지노가 백미러를 보았다. 먼저 몸을 숙이고 있는 케이트의 등이 보인다. 그리고 한 쌍의 전조등. 차가 따라오고 있다. 고속도로는 텅 비었다. 기다리고 있다가 쏜 것 같은데, 뒤차와의 거리는 150미터가량. 길가에서 쏘고 나서 차에 타고 따라오는 것이다.

지노가 앞쪽을 보았다. 멀리 차 한 대의 붉은색 후미등이 보인다.

"어떤 놈이야?"

고든이 뒤쪽을 보면서 소리쳤다.

"아까 그놈들 일행인가?"

차와의 거리가 점점 가까워졌다.

이쪽은 육중한 험비. 방탄은 잘 되어있지만 지금 최고 속도인 시속 120킬로로 달려가고 있다.

"타타타타타타."

다시 뒤쪽 차에서 총성이 울렸고 험비 뒤쪽 유리창에 흰 반점이 여러 개 찍혔다. 차체가 커서 다 명중이다. 그때 지노가 소리쳤다.

"안전벨트!"

고든은 이미 매었고 뒷좌석의 케이트가 서둘러 벨트를 매었다.

"타타타타타타."

다시 총성.

이제는 뒤쪽 유리창에서 흰 가루가 떨어진다. 뒤차와의 거리는 50미터 정도. 전조등 빛 때문에 뒤차의 형태는 보이지 않는다. 두 개의 빛이 번쩍이며 다

36

가온다.

"타타타타타타."

다시 총성이 울렸고 이제는 뒤쪽 유리창 안으로 총탄이 들어와 앞쪽 유리창에 부딪혔다.

"아앗!"

고든이 비명을 지른 순간이다. 백미러를 노려보면서 지노가 와락 브레이크를 밟았다.

"끼이이익!"

브레이크의 마찰 소리. 다음 순간 급정거를 하는 험비에 굉장한 속도로 뒤차가 달려들었다.

"우지끈!"

쇠붙이들이 부딪치는 소리가 그렇게 났다.

몸이 앞으로 날아가는 느낌과 함께 충격이 전해지면서 에어백이 터졌다. 뒤쪽 유리창 파편이 쏟아지더니 뒤쪽 차체 같은 것이 차 안으로 들어왔다.

차가 멈췄다.

에어백을 밀친 지노가 벨트를 풀면서 MP-5를 쥔 채 뛰어나갔다. 뒤쪽 차는 운전석까지 형체가 없어진 채 험비 밑에 박혀 있었다.

"타타타타타."

뒤쪽 좌석에 있던 사내 둘이 앞쪽 의자 밑으로 처박혀 있었기 때문에 그들을 향해 MP-5를 난사한 지노가 차로 돌아왔다.

"꺄악!"

지노가 운전석에 올랐을 때 뒷좌석의 케이트가 비명을 질렀다. 케이트의 옆에 머리가 부서진 사내 하나가 쓰러져 있었기 때문이다. 머리 반쪽이 없어졌고 흰 뇌수가 쏟아지고 있다. 앞차에서 튕겨 나온 사내다.

케이트가 이제야 발견했다.

"갓댐."

투덜거린 지노가 먼저 험비를 조심스럽게 운전해서 길가의 황무지로 들어섰다. 그러고는 황무지 안으로 5백 미터쯤 전진한 후에야 차를 세웠다.

"자, 내려요."

지노가 소리쳤다.

"차 청소를 해야 하니까."

고든은 차에서 내리자마자 땅바닥에 꿇어앉더니 토하기 시작했다. 케이트는 옷에 묻은 사내의 피를 닦아내다가 벗어던졌다.

지노는 사내를 끌어내고는 차 안을 청소했다. 뇌수는 두 손으로 끌어모아 버렸다. 차 안은 피비린내로 가득 찼기 때문에 흙을 퍼다가 문질렀다. 케이트와 고든은 차에 가깝게 다가서지도 않았다.

험비는 그렇게 총탄을 맞은 데다 뒤차를 박살냈는 데도 멀쩡했다. 밤이어서 안 보이기도 했다.

"근처의 물 있는 곳을 찾아가 차를 닦아야겠어."

지노가 결정했다. 케이트의 지시를 받을 사안이 아니다.

"자, 갑시다."

지노가 소리치자 고든과 케이트는 마지못한 표정으로 차에 올랐다. 케이트가 먼저 앞좌석으로 탔기 때문에 고든은 할 수 없이 뒷자리로 돌아갔다.


길도 없는 황무지를 2킬로쯤 달린 후에 지노는 바위처럼 보이는 민가를 찾아내었다.

오전 1시가 되어가고 있다.

불을 끈 민가는 큰 바위처럼 보였는데 차 소리에 안에서 인기척이 났다. 염소

울음소리가 들렸다. 민가가 있으면 물도 근처에 있는 법이다.

"여기서 기다려."

MP-5를 쥐고 차에서 내린 지노가 둘에게 말하고는 민가로 다가갔다. 그때 민가에서 불빛이 보였다. 불을 켠 것이다.

지노가 총을 쥔 채 문을 밀치고 들어서자 자다가 일어난 노인이 놀란 표정으로 시선을 주었다. 집에는 노부부뿐이다.

"해가 뜰 때까지 쉬었다 가려고."

지노가 아랍어로 말했다.

"내 일행이 둘 있어. 숙박비는 낼게. 그리고 물이 어디 있어?"


눈을 뜬 케이트는 먼저 독한 냄새를 맡았다.

아직 집 안은 어둡지만 손바닥만 한 창밖이 부옇게 변해 있다.

케이트는 주인 부부가 쓰던 침상에서 잔 것이다. 고든은 구석 쪽 땅바닥에서 아직도 깨어나지 않았다. 주인 부부는 옆쪽 창고로 옮겨갔는데 지노가 어디서 잤는지 모르겠다. 옷을 그대로 입은 채 잤기 때문에 침상에서 일어난 케이트는 더듬거리며 밖으로 나왔다.

거적을 들치고 나왔을 때 험비를 살피고 있는 지노가 보였다. 인기척에 몸을 돌린 지노가 말했다.

"엔진은 이상이 없는데 총탄 자국에다 뒤쪽이 엉망으로 부서져서 차를 바꿔야겠어요."

"바꿀 수 있어요?"

"바그다드에서 연락하면 다른 차로 바꿔줄 겁니다."

지노가 말을 이었다.

"차 안은 대충 씻었으니까 갑시다."

"바그다드가 몇 킬로나 남았죠?"

"150킬로 정도."

오전 5시다. 케이트는 4시간쯤 잤지만, 그동안에 지노는 차를 닦고 출발 준비를 해놓은 것이다. 험비 뒷부분은 심하게 손상되었기 때문에 트렁크가 열리지도 않는다.

그때 집 안에서 고든이 나왔다. 아직 잠이 덜 깬 얼굴로 나온 고든이 비틀거리며 물었다.

"왜? 지금 가려고?"

고든이 찌푸린 얼굴로 주위를 둘러보았다.

"아직 어두운데, 해나 뜨면 가자구."

"고든, 짐 챙겨."

케이트가 말했다.

"넌 냄새도 나지 않아?"

"무슨 냄새?"

"닥치고 떠나자고."

그때 노인이 나타났기 때문에 지노가 다가가 주머니에서 꺼낸 지폐를 내밀었다. 1백 불이다. 노인이 지폐를 받더니 잘 보이지 않는지 눈에다 바짝 붙여 보고는 놀라 입까지 딱 벌렸다. 그래서 지노가 물었다.

"왜? 1백 불이 모자라서 그러는 거요?"

"아닙니다."

지폐를 움켜쥔 주인이 고개까지 저었다.

"감사합니다, 선생님."

다시 출발.

황무지에서 고속도로를 향해서 달린다.

"갓댐."

덜컹거리는 바람에 짜증이 난 고든이 투덜거렸다.

"하룻밤이 1년만큼 길군. 아직 해도 뜨지 않았어."

고든이 지노를 보았다.

"지노, 어젯밤에 몇 명을 죽였지?"

"갓댐."

지노가 쓴웃음을 지었다.

"고든, 사자(死者)에게는 경의를 보여라. 죽은 다음에는 다 똑같은 인간이다."

차 안이 조용해졌다.


오전 6시.

험비는 굉음을 울리면서 고속도로를 달린다.

차량 통행이 아직 드문드문했고 아직 동쪽 하늘은 진회색이다. 가끔 길가에서 있던 들개의 두 눈이 유리알을 박은 것처럼 반짝이고 있다.

고든은 차에 타자마자 잔다. 의자를 뒤로 젖혀놓고 코까지 골면서 잔다.

한 시간쯤 그대로 달렸을 때 바그다드가 100킬로 남았다는 표시판이 스치고 지나갔다. 미군이 세워놓은 것이다.

그때 자는 줄 알았던 케이트가 불쑥 물었다.

"용병은 처음이죠?"

"그래요."

지노가 백미러로 보지 않고 대답했다. 그때 케이트가 말을 이었다.

"난 베이루트에서도 용병을 썼어요."

"……."

"콩고에서도 썼고."

"……"

"꽤 많이 돌아다녔거든요."

날이 밝으면서 도로 주변의 사물이 드러났다. 탱크나 장갑차, 차량 잔해가 줄어든 대신 쓰레기가 뒤덮여 있다.

다시 케이트의 말이 이어졌다.

"이번에는 회사에서 비공식으로 날 내보냈기 때문에 예산이 부족해서 처음부터 애를 먹었어요."

"……"

"더구나 조그만 신문사라 재정이 넉넉하지 못해요."

그것이 싸구려 용병을 산 이유처럼 들리기도 했다. 지노는 잠자코 차를 몰았다. 옆자리의 고든은 세상모르고 잔다. 그때 지노가 말했다.

"나도 마찬가지요, 케이트 씨. 돈이 필요했기 때문에 당신하고 연결이 된 겁니다. 우리는 서로 같은 입장이네요."

그러고는 지노가 입을 다물었다.


바그다드.

중세기 이전부터 내려온 고도(古都)가 후세인 시대까지 번영을 누리더니 '왕창' 망했다.

건물의 태반이 폭격을 받아 무너지고 불에 타서 흉했지만, 거리는 인파로 뒤덮여 있다. 길에는 군용 트럭, 지프, 승용차, 버스 등 온갖 차량으로 가득 차서 경적 소리가 요란했다.

'훈둑 티그리스'는 시장 옆에 위치했기 때문이다.

고든이 창문을 열고 소리를 질러대었다.

"비켜! 제발 좀 비켜줘!"

'훈둑'은 아랍어로 호텔이다. 호텔 앞에 도착하자 고든이 살았다는 표정을 짓고 먼저 내렸다. 호텔 종업원들이 다가와 험비의 총탄 자국과 찌그러진 뒷부분을 보더니 놀란 표정을 짓는다.

지노가 차에서 내리면서 케이트에게 말했다.

"우선 차부터 반납하고 다른 차를 부탁해야겠어요."

"돈이 필요할까요?"

"아마도. 먼저 연락해보겠습니다."

호텔은 쿠웨이트에서 예약했기 때문에 셋은 가방을 들고 바로 방으로 안내되었다.


욕실에서 샤워를 하고 나왔더니 문에서 노크 소리가 났다.

"지노."

부르는 소리. 고든이다.

오후 4시 반. 호텔에 투숙한 지 한 시간 반쯤 되었다.

문을 연 지노가 이맛살을 찌푸렸다.

"6시까지 쉬기로 했잖아?"

"나 좀 나갔다 올게. 시장 근처에서 사진을 찍으려고."

고든은 이미 목에 카메라를 걸고 있다. 작전 중에는 경호원의 안전지시를 따르는 것이 규칙이다. 지노의 허가가 있어야 한다.

"갓댐."

어깨를 부풀렸다가 내린 지노가 말했다.

"나가지 말고 로비에서 기다려, 내가 10분 후에 내려갈 테니까."

"6시까지 돌아오세요."

케이트에게 말했더니 그렇게 대답했다. 지노가 전화로 고든의 외출을 이야기한 것이다.

"7시 반에 바그다드 호텔에서 약속이 있어요."

"누구 만납니까?"

"에드워드 깁슨, 국무부 직원."

"오케. 다녀오지요."

전화기를 내려놓은 지노가 탁자 위에 놓인 베레타를 혁대 뒤에다 꽂고 방탄복을 입고 나서 허름한 재킷을 걸쳤다.

감쪽같다.


시장 복판에서 사람들에게 밀리면서도 사진을 찍던 고든이 비틀거렸다. 좌판을 놓고 미군용 통조림을 팔던 아이를 찍다가 사내와 부딪친 것이다.

나무 상자에 발이 걸려 주저앉은 고든이 이맛살을 찌푸렸다.

"갓댐."

그러나 사람들은 고든을 밀치고 스치면서 지나간다.

그때 지노가 사람들을 헤치면서 달려갔다. 지노에게 밀린 사내 하나가 과일가게 좌판 위에 넘어졌다. 그러나 지노는 맹렬하게 뛰어가 막 모퉁이를 지나는 사내의 목덜미를 움켜쥐었다. 그러고는 길가의 상점 기둥에다 머리를 냅다 박았다.

"꿍!"

나무 기둥이 흔들리면서 사내가 늘어졌다. 지나던 사람들이 힐끗거렸지만 워낙 인파가 많아서 몇 사람 건너서는 이쪽이 보이지 않는다.

지노가 늘어진 사내의 주머니에서 지갑 2개와 돈뭉치, 열쇠뭉치까지 꺼내 점퍼 주머니에 넣고는 허리를 폈다.

그러고는 몸을 돌려 다시 인파를 헤치고 나왔다. 모퉁이를 돌면서 뒤를 돌아
보았더니 기절한 사내 위로 군중들이 쌓여 있었다. 사내의 몸을 뒤지는 것이다.

마치 죽은 곤충을 덮은 개미 떼 같다.


다시 그 자리로 돌아왔을 때 고든이 아직도 투덜거리며 서 있었다.

"어디 갔다 온 거야?"

"가자, 고든."

"어디로?"

"닥치고 따라와."

눈을 치켜떴더니 고든이 순순히 뒤를 따랐다. 시장 입구로 나온 지노가 주머
니에서 지갑을 꺼내 고든에게 내밀었다.

"엇, 이게 뭐야?"

제 지갑을 본 고든이 깜짝 놀랐다.

"어이구, 이런."

"널 밀어 넘어뜨린 놈이 소매치기 일당이었어. 정신 차려."

"어이구, 다 있구나."

지갑 안을 확인한 고든이 어깨를 늘어뜨렸다.

"신분증, 허가증, 카드, 현금까지 다 있네."

다 잃어버렸다면 한 달간은 꼼짝 못 하고 재발급을 기다려야 할 것이다. 돈은
물론 못 찾고.

"저기로 가자, 고든."

고든은 5년쯤 전에 바그다드에 온 적이 있다고 했다. 전쟁 전이다.

카페.

미군용으로 개업했지만 지금은 일반인 손님이 절반은 된다. 일반인 손님은 군(軍)에 기생하는 민간인, 예를 들면 지노 같은 부류, 군수업자, 그 군수업자에 기생하는 현지인 등.

"와, 이런 데가 있었네."

감동한 고든이 옆자리의 사내가 들고 있는 맥주병을 보더니 숨을 들이켰다. 고든이 좋아하는 시카고산 '호러' 맥주다.

"갓댐. 바그다드가 좋아졌어."

그때 어둑한 안쪽에서 여자가 나타나 테이블 앞에 섰다.

"뭘 드릴까요?"

"오!"

고든이 숨부터 가득 들이켰다. 여자의 향수 냄새를 더 맡으려는 것이다. 여자는 분명히 이집트 출신이다. 기름칠을 한 것 같은 흑갈색 피부, 검은 눈동자, 그리고 보라, 터질 것처럼 셔츠 밖으로 절반쯤 튀어나온 젖가슴.

고든의 시선이 젖가슴에 빨려든 채 떨어지지 않았기 때문에 지노가 대신 주문했다.

"맥주 2병."

"10불인데요."

"고든."

지노가 부르자 그제서야 고든의 입이 닫혔고 시선도 떨어졌다.

"왓?"

"10불이야. 돈 내라."

"오, 그래."

주머니에서 지갑을 꺼내던 고든이 주춤하더니 테이블 밑에서 지폐를 뽑아 여자에게 내밀었다. 10불짜리다.

"팁."

지노가 말했을 때 여자가 지노에게 윙크를 했다. 다시 지갑을 뒤지던 고든이 그것을 보았다.

"갓댐."

고든이 팁으로 내민 돈은 1달러다.


"내가 8개월 전에 여기 있었어."

맥주병을 쥔 지노가 주위를 둘러보며 말했다.

"그때보다 민간인이 더 많아졌구나."

"내 눈에는 다 거머리처럼 보인다. 피를 빨아먹는 거머리."

고든이 투덜거렸다.

"저년도 아마 여기 있는 놈들의 절반쯤하고 잤을 거다."

"너만 빼놓으면 돼."

"너는 왜?"

말을 하다가 고든이 눈을 둥그렇게 떴다.

"아니, 그럼……."

"예스."

"정말이냐?"

"예스."

"잤어?"

"예스."

"갓댐. 10불 내기해도 돼?"

그때 지노가 안쪽 어둠 속에 대고 손가락 하나를 까닥였더니 여자가 유령처럼 나타났다.

여전히 무표정한 얼굴. 클레오파트라처럼 단발머리에 목에는 굵은 금목걸이를 찼다. 그러나 도금이 벗겨져서 목에 닿은 부분은 희다. 젖가슴이 그사이에 더 커진 것 같다.

여자가 테이블 앞에 섰을 때 지노가 말했다.

"셀리스, 네 허벅지 안쪽의 문신을 보여줘. 클레오파트라 문신 말야."

그러자 여자가 서슴없이 한쪽 다리를 의자에 올려놓더니 미니스커트를 끝까지 올렸다. 그 순간 고든은 눈앞에 펼쳐진 클레오파트라를 보았다. 눈을 치켜뜬 고든의 앞에서 스커트가 내려졌고 지노의 손바닥이 펼쳐졌다.

"10불 내라."

10불을 받아든 셀리스가 돌아갔을 때 고든이 한숨을 쉬었다.

"사진을 못 찍었네."


바그다드 호텔은 특급으로 지난번 이란, 이라크 전쟁 때 이란의 미사일이 날아와 맞춘 것으로 유명하다. 바그다드 호텔은 미군 공습에도 피해를 입진 않았기 때문에 멀쩡해서 지금도 외교관, 귀빈들이 이용하고 있다.

7시 반.

택시에서 내린 케이트가 지노에게 말했다.

"9시쯤 나올 테니까 로비에서 기다려요."

"택시를 대기시켜 놓지요."

"그동안 근처에서 식사를 해요."

"몇 호실에서 만납니까?"

"1201호."

"알았습니다."

호텔 현관으로 들어선 케이트가 주머니에서 봉투를 꺼내 내밀었다.

"일반 경비로 3천 불 넣었어요."

택시비, 식비 등이다. 지노가 봉투를 받았을 때 케이트가 발을 떼면서 말을 잇는다.

"차량 교환용 추가 경비 1만 불은 곧 드리기로 하죠."

"돈이 없다면서 자꾸 나오는군."

케이트의 뒷모습에 대고 투덜거린 지노가 로비 구석에 놓인 소파로 다가가 앉았다.

저녁 시간이어서 로비는 혼잡했다. 이곳은 분위기가 다르다. 미군 장교와 양복 차림의 서양인, 눈부신 금발의 미녀도 지나간다. 눈처럼 흰 쑵에 터번을 걸친 아랍인, 검정색 차도르를 내려쓰고 흑진주 같은 눈망울을 굴리는 아랍 여자.

"뭘 드실까요?"

다가선 종업원이 물었을 때 지노가 자리에서 일어섰다.


"오, 마침내 왔구나."

지노를 본 알렉스가 두 손을 벌리면서 말했다.

"마이클한테서 연락 받았다. 선오브비치."

다음에는 욕. 다가온 지노의 몸을 부둥켜안은 알렉스가 지노를 들어 올렸다가 내려놓았다.

이곳은 대통령궁 근처의 7층 건물 안.

한쪽이 부서져서 마치 내장이 나온 짐승 꼴이 되었지만 다른 쪽은 사무실로 사용하고 있다. 알렉스의 사무실은 3층이다.

자리에 앉은 알렉스가 아직도 상기된 얼굴로 지노를 보았다.

알렉스 포크만. 44세. 유엔식량기구 이라크 담당관.

그러나 4년 전에는 중령 계급장을 달고 아프간에서 지노와 함께 작전을 했다. 알렉스가 잿빛 눈동자로 지노를 보았다. 잿빛 머리, 얼굴은 붉게 그을렸고 넓은 어깨를 움츠리고 있다.

"지노, 기자한테 고용되었다면서?"

"대장, 케이트 워크만에 대해서 알아봐줘요. 시카고 포스트 기자인데."

"케이트라니. 여기자냐?"

"예스."

"얼마 동안이야?"

"두 달 예정요."

"그 여기자 미인이냐?"

알렉스가 자리에서 일어서더니 컴퓨터로 다가갔다.

알렉스는 지노의 상관이었다. 지노가 특전팀장이었을 때 대대장. 알렉스는 아프간에서 중령으로 제대했다.

그때 컴퓨터를 두들기던 알렉스가 놀란 듯 말했다.

"케이트 워크만. 여기 있구만. 어, 전쟁기자상까지 받은 기자네."

지노가 알렉스에게 다가갔다.

"케이트 워크만. 32세. 컬럼비아 석사. 뉴욕타임스 기자로 근무 중 베이루트 전쟁 취재로 전쟁기자상 수상. 현재 시카고 포스트 기자."

지노가 알렉스의 옆에 서서 컴퓨터에 뜬 자료를 읽는다. 고개를 든 알렉스가 휘파람을 불었다.

"대단한 여자하고 왔구나. 미인이기도 하네, 지노."

"대장, 그럼 에드워드 깁슨을 찾아봐줘요. 국무부 직원이라는데."

고개를 끄덕인 알렉스가 컴퓨터를 두들기더니 곧 고개를 저었다.

"없는데."

"그럼 바그다드 호텔 1201호실 투숙객이 누군가 좀 확인해 봐요."

"갓댐. 내가 네 부하냐?"

알렉스가 눈을 치켜떴다가 곧 앞에 놓인 전화기를 들었다. 버튼을 누른 알렉스가 아랍어로 말했는데 지노도 알아들었다.

"무스타파, 바그다드 호텔 1201호실에 누가 투숙했나, 알아봐라. 네가 직접 확인해. 10분 시간을 주겠다."

그러더니 눈살을 찌푸렸다.

"뭐? 20분? 오케."

전화기를 내려놓은 알렉스가 지노를 보았다.

"20분 기다릴 수 있어?"

"예스."

"커피나 한 잔 마셔라."

자리에서 일어선 알렉스가 벽 쪽의 커피포트로 다가가면서 말했다.

"여긴 온갖 범죄자들이 다 모여 있어. 무허가 용병들도 들끓는다."

커피를 따른 알렉스가 지노 앞에 잔을 내려놓았다.

"강도들도 많고, 보물 사냥꾼, 현상금이 걸린 후세인을 찾으려는 놈들, 그놈들을 등쳐먹는 놈들."

"나도 오다가 그놈들을 만났어요."

지노가 작업복 주머니에서 돈뭉치와 지갑 2개를 꺼내 알렉스에게 내밀었다.

"영국인들을 죽인 강도단을 내가 사살했는데 그놈들 지갑입니다."

"돈이 많은데, 그놈들 건가?"

"2만 5천 불쯤 돼요. 영국인들 돈이겠지요"

"너도 강도가 됐구나."

"그런 셈이죠."

"당연히 이 돈은 네 몫이지."

"일 마치고 돌아올 때까지 보관해줘요."

"그러지."

지갑을 뒤지던 알렉스가 신분증을 꺼내보면서 말했다.

"이라크 신분증이군. 죽은 놈 것이지만 이것도 조사해놓지."

알렉스는 유엔식량기구 담당관 간판을 내걸고 있었지만 CIA 요원이다. 제대 후에 CIA에 채용된 것이다.

그때 전화벨이 울렸기 때문에 알렉스가 전화기를 집어 들었다. 그러더니 몇 마디 응답하고 나서 전화기를 내려놓았다. 얼굴에 쓴웃음이 떠올라 있다.

"1201호실은 비었어."

"그렇군요."

"뭐? 아까 누구를 만난다고 했지?"

"에드워드 깁슨. 국무부 관리라던데."

"그 여자, 빈방에서 유령을 만나는군. 경호원한테까지 감추려고 들다니. 좀 수상하네."

"마이클 대령이 이 여자한테 나를 추천한 겁니다."

"내가 넌지시 물어보지."

마이클과 알렉스, 그리고 지노는 아프간에서 같은 부대에 있었던 것이다. 지노가 자리에서 일어섰다.

"대장, 다시 뵙지요."

"용병 조심해라."

알렉스가 불쑥 그렇게 말하고는 웃었다. 지노도 용병인 것이다.


정확히 1시간 반 후인 9시에 호텔 정문 앞으로 나온 케이트가 대기시킨 택시에 올랐다. 택시가 출발했을 때 케이트가 운전석 옆자리에 앉은 지노의 뒤통수에 대고 말했다.

"모레 아침에 티크리트로 출발하죠."

"티크리트?"

고개를 돌린 지노가 케이트를 보았다.

바그다드 북서쪽에 위치한 티크리트는 미군이 점령하고 있지만 무법 도시다. 지금도 치안이 불안해서 미군도 오후 7시 이후부터 다음 날 오전 7시까지 12시간 통행금지를 실시하고 있다.

"차부터 알아봐야 합니다."

지노가 말했을 때 케이트가 가방에서 봉투를 꺼내 내밀었다.

"여기 1만 불, 차 렌트비요."

지노가 잠자코 봉투를 받았다.

유령한테 받아왔는가?

호텔에 도착한 지노가 고든을 확인했다. 경호원의 임무다. 문을 노크했더니 바로 열리면서 고든이 나왔다.

"어, 다녀왔어?"

케이트의 방 쪽을 힐끗 보고 나서 말했다.

"그 여자가 찾아왔어. 유닉스 앤더슨."

고든이 손목시계를 보았다.

"10시까지 1층 바에서 기다린다고 했으니까 가봐."

9시 45분이다.

바로 들어선 지노가 구석 자리에 앉아 있는 유닉스를 보았다. 점퍼에 바지 차림이었지만 머리를 단정히 넘기고 새 옷으로 갈아입은 유닉스는 다른 사람 같았다.

지노가 다가서자 유닉스가 얼굴을 펴고 웃었다.

"바쁘신데 찾아온 것 아녜요?"

"아니, 천만에."

자리에 앉은 지노가 종업원에게 맥주를 시키고는 물었다.

"수속은 다 끝났습니까?"

"오늘 오후에 시신을 수송기 편으로 보냈어요."

맥주병을 두 손으로 움켜쥔 유닉스가 반짝이는 눈으로 지노를 보았다.

"이라크를 차로 횡단해서 쿠웨이트까지 가자는 만용을 부린 대가를 치른 거죠."

지노가 고개만 끄덕였을 때 유닉스가 물었다.

"오늘 밤에 여기서 자고 가도 돼요?"

"방이 있을지 모르겠네."

고개를 기울인 지노가 유닉스를 보았다. 다 알면서 하는 소리다. 지노의 시선을 받은 유닉스가 풀썩 웃었다.

"있겠죠. 10불만 팁으로 주면 없는 방이 나오니까."

맥주를 한 모금 삼킨 유닉스가 말을 이었다.

"숙소가 2층 저택인데 혼자서 자려니까 무서워서요."

"……."

"죽은 세 사람하고 같이 숙소를 썼거든요."

"무슨 회사죠?"

"미군 용역을 받았는데 핵물질 분해 연구소예요."

"핵?"

54

"후세인이 보유했다는 핵폭탄."

"있습니까?"

"있다면 쿠웨이트로 여행 떠나다가 이 꼴이 됐겠어요?"

그때 지노가 종업원에게 손을 들었다. 다가온 종업원에게 위스키를 시킨 지노가 물끄러미 유닉스를 보았다.

"난 모레 티크리트로 갑니다."

"거기 위험하다던데."

"주인이 가자니까 가야죠."

"참, 코리안이에요?"

"어머니가 코리안이죠."

"미국 시민?"

"그렇게 됐어요, 본의 아니게."

"물론 군 생활을 하셨겠고."

"유닉스, 당신하고 난 레벨이 달라요."

그때 종업원이 위스키와 잔을 놓고 돌아갔다. 지노가 잔에 위스키를 따라 유닉스 앞에 놓았다. 그러고는 제 잔에 따른 위스키를 한 모금에 삼키고 맥주병을 들어 한 모금 삼켰다.

"난 내일 영국으로 돌아가요."

유닉스가 위스키 잔을 들면서 말했다.

"그리고 한 달 후에 새 멤버하고 다시 돌아와요."

한 모금에 위스키를 삼킨 유닉스가 반짝이는 눈으로 지노를 보았다.

"두 달 계약이라고 했죠?"

"살아있다면."

"한 달 후에 나한테 연락해요, 솔저."

유닉스가 한마디씩 잘라 말하고는 맥주병을 들어 한 모금을 삼켰다.


다음 날 오전 10시.

시내에 있는 커크 컴퍼니로 험비를 끌고 간 지노가 담당자를 만났다.

"어유, 하룻밤 사이에 이 지경이 되다니."

험비를 훑어본 사내가 얼굴을 펴고 웃었다. 수염투성이의 백인. 군 출신일 것이다.

이곳은 폭격을 맞은 저택 마당이다. 반쪽만 남아 있는 저택을 사무실로 쓰고 있는 것이다.

"도요타 왜건, 포드 SUV가 있어요. 가보실까?"

사내가 앞장서며 말했다. 뒷마당에 갔더니 도요타가 2대, 포드가 1대 주차되어 있다. 차를 점검한 지노가 포드를 골랐더니 사내가 말했다.

"탁월한 선택입니다. 방탄유리는 끼웠지만 이놈도 뒤쪽 차체가 약해서 1센티 철판을 용접했으니까 견딜 만할 겁니다."

고개를 끄덕인 지노가 불쑥 물었다.

"RPG 있습니까?"

"RPG는 왜?"

"아무래도 한 정 있어야 할 것 같아서."

"기자들 경호한다면서 전쟁하쇼?"

"밤에 차를 쫓아오는데 한 정 있어야 하겠더라고."

RPG는 대전차 척탄발사관이다. 아프간에서는 개나 소나 다 하나씩 메고 다니면서 헬기도 격추시키기도 한다.

"RPG-7V가 있는데."

사내가 부서진 저택 안으로 지노를 안내하면서 말했다.


56

"렌트비는 1천 불, 탄두는 개당 250불이오."

"갓댐. 탄두 5개 포함해서 1,500불로 합시다. 바가지 씌울 사람이 따로 있지."

집 안으로 들어갔더니 무기가 쓰레기 더미처럼 쌓여 있다. AK-47을 구석에 수십 정 모아놓은 것을 보면 이라크군한테서 회수한 것 같다.

지노는 RPG-7V와 탄두 5개, AK-47 1정과 30발들이 탄창 10개까지 2천 불을 주고 차에 싣고 돌아왔다.

호텔로 돌아올 때까지는 부자가 된 기분이었다.


차를 가져온 후 케이트의 방에서 지노와 고든까지 셋이 회의를 한다.

오후 2시.

케이트가 말했다.

"내일 아침 일찍 출발합시다, 밤이 되기 전에 도착해야 될 테니까."

지노가 고개를 끄덕였다.

티크리트는 바그다드에서 140킬로. 차로 2시간 거리다. 그러나 그것은 전쟁 전의 계산이고 지금은 길도 험해졌을 뿐만 아니라 대낮에도 국도상에서 총격전이 벌어진다. 미군이 국도를 다 지키고 있을 수만은 없기 때문이다. 거기에다 티크리트는 지금 실종된 사담 후세인의 고향이다. 그곳 주민들의 미군에 대한 적대감은 상상을 초월한다.

케이트가 지노를 보았다.

"지노 씨, 할 말 있어요?"

"숙소 확인은 했습니까?"

"티크리트 호텔, 조금 전 방 3개 예약한 거 확인했어요."

"뭘 취재하려는 겁니까?"

지노가 불쑥 물었더니 케이트가 빙그레 웃었다.

"기자가 취재하는 건 다양하죠. 딱 짚어서 말하긴 곤란해요."

"지금 티크리트에 온갖 놈들이 다 모여들고 있어요. 후세인의 목에 걸린 엄청난 상금 때문에 말이오."

지노가 정색하고 케이트를 보았다.

"핵폭탄이 그쪽에 있다는 소문도 있어서 정보원들도 깔려 있고."

"난 현장 취재만 하면 돼요."

케이트가 지노의 시선을 맞받았다. 푸른 눈동자가 흔들리지 않는다. 이윽고 지노가 고개를 끄덕였다.

용병(傭兵)의 한계는 여기까지다.


오후 4시.

케이트에게 생필품을 사온다는 허락을 받고 지노가 알렉스를 찾아갔다.

"오, 지노. 기다리고 있었다."

알렉스가 시가를 물면서 지노를 보았다.

"마이클은 케이트를 몰라. 커크 컴퍼니에 너를 추천했을 뿐이야. 네가 여자한테 고용되어서 수난을 당한다고 했더니 잘됐다면서 웃더라."

"그렇군요."

"내 생각인데 케이트는 티크리트에서 뭔가 정보를 받은 것 같다. 전쟁기자상까지 받은 기자가 목적 없이 갈 리가 없지."

"내가 물어봤더니 그냥 현장 취재라던데."

"세상에서 가장 거짓말을 잘하는 직업인이 기자야. 둘째가 은행원이고."

"후세인 아니면 핵이겠군요."

"둘 다일 수도 있지, 후세인이 핵을 쥐고 있다면."

"갓댐. 에드워드 깁슨이 누굽니까?"

"그냥 지어낸 이름은 아닌 것 같은데 다 뒤져봐도 없어."

머리를 기울였던 알렉스가 흐려진 눈으로 지노를 보았다.

"티크리트에는 후세인뿐만 아니라 현상금이 걸린 심복들, 그리고 반대 세력들까지 숨어 있어. 케이트가 그중 하나하고 통하고 있는지도 모른다."

"갓댐."

"뒤를 조심해, 지노."

알렉스가 시가 연기를 구름처럼 뿜으면서 말을 이었다.

"용병의 총알은 곧장 나가지만 기자의 총알은 거꾸로 나가는 수도 있어. 이게 알렉스 포크만의 명언이다."


혼잡하고 가끔 대낮에도 총성이 울리는 바그다드가 치안 상태가 좋은 편이다.

오후 6시 반.

지노는 고든과 함께 호텔 근처의 바에 나와 있다. 케이트가 둘한테 바그다드의 마지막 밤이니까 한잔 마시고 오라고 내보내준 것이다.

호텔에서 가까운 바를 찾다보니 이곳은 분위기가 거칠었다. 손님 대부분이 용병이나 정보원, 미군들이었는데 기자로 보이는 사내들도 섞여 있다.

위스키 한 병과 맥주 두 병을 주문한 지노가 고든에게 말했다.

"괜히 지나가는 여자한테 말 걸지 마, 시비에 휘말릴 수 있으니까."

"여자가 어디 있어?"

고든이 어두운 실내를 두리번거렸다. 담배 연기가 깔린 데다 일부러 어둡게 해놓았는지 건너편 테이블의 사내들 윤곽도 흐리다.

"갓댐. 이왕이면 돈이 좀 들더라도 고급으로 갈 것이지."

고든이 투덜거렸다.

"여긴 여자 씨가 말랐나 보다."

종업원이 가져다 놓은 위스키를 맥주병인 줄 알고 병째로 삼켰던 고든이 더 화를 냈다.

"이놈의 나라는 맥주병을 위스키 병처럼 만들었어. 모자란 놈들 같으니."

맥주는 이라크산이다.

그때 어둠 속에서 홀연히 여자 하나가 나타나 이쪽으로 다가왔다. 고든은 숨을 들이켰고 지노마저도 이 장면이 현실처럼 느껴지지 않았다. 다가온 여자가 고든의 옆자리에 앉았다.

금발머리, 가발이다. 그러나 붉은 루주를 칠한 입술은 육감적이고 반쯤 튀어나온 흰 젖가슴은 터질 것처럼 풍만했다.

"한 잔 줘요."

여자가 고든한테 말했지만 지노가 대답했다.

"꺼져."

여자의 시선이 지노에게 옮겨졌다. 눈에 붙인 속눈썹이 빗자루 같다.

"이봐, 말조심해. 총 맞을 수 있어, 솔저."

"꺼지라고 했어."

지노가 위스키 병을 쥐고는 웃었다.

"네 뒤에 무허가 용병이 있는 거 알아. 내가 쏴 죽여도 들개 죽인 것이나 같을 테니까."

그때 여자가 벌떡 자리에서 일어서더니 어둠 속으로 사라졌다. 여자하고 말을 주고받는 동안 눈동자만 왔다 갔다 했던 고든이 어깨를 늘어뜨리면서 한숨을 쉬었다.

"나는 안 될 것 같다."

"뭐가?"

"저 여자 앞에서는 안 될 것 같다고."

"뒤에서 하면 되지."

고든은 대답 대신 술병을 쥐었다가 눈앞에 대고 살펴보았다. 이번에는 맥주병을 바로 쥐었다.

# 2장 암살자

다음 날 오전 8시 반.

셋은 포드 SUV를 타고 티크리트를 향해 출발했다.

티크리트.

후세인의 고향이기도 하지만 중세기 십자군 전쟁 때 예루살렘을 기독교도로부터 탈환한 살라딘의 출생지이기도 하다. 그래서 티크리트는 살라딘 주의 수도다. 인구 26만. 미국 제7사단이 주둔하고 있지만 광대한 지역을 관리하기에는 역부족이다.

오늘도 옆자리에 앉은 고든은 출발한 지 30분도 안 되어서 잠이 들었다.


바그다드를 벗어나 20킬로쯤 달렸을 때 차가 밀리기 시작했다. 대부분이 군용 차량이었지만 가다 서다를 반복하더니 마침내 멈춰 섰다.

오전 10시 반.

출발한 지 2시간이 지났지만 30킬로밖에 전진하지 못했다. 지노가 고든에게 운전을 맡기고 차에서 내렸다. 그러고는 걸어서 앞쪽으로 2백 미터쯤이나 갔더니 승용차 2대가 박살이 나 있었고 미군이 시체를 정리하는 중이었다.

구경꾼들 사이에 선 지노가 사내 둘을 땅바닥에 묶어놓은 것을 보았다. 둘 주위에 총을 든 백인들이 모여 있다. 백인들은 미군과 이야기를 하는 중이었는데, 용병이다. 손에 MP-5를 쥐고 있는 놈도 있다.

"비켜요, 비켜."

미군들이 구경꾼들을 밀치면서 소리쳤지만 길을 가로막은 차를 치울 생각은 않는다. 이쪽 사고를 구경하느라고 반대편 차선도 막혀 있다.

"갓댐잇!"

구경꾼들 중에서 백인 하나가 투덜거렸다.

"차부터 치워야 할 것 아냐!"

차에서 꺼낸 시체를 길가에 눕혔는데 4구다. 넷은 모두 총에 맞았다. 차 사고로 죽은 것이 아니다. 길가에 주차된 용병들의 GMC가 앞뒤에서 들이받고 총을 쏴댄 것 같다.

현상금 사냥꾼들이다. 둘은 잡혔고 넷은 사살되었다. 죽였어도 현상금을 주기 때문에 시체는 곧 싣고 갈 것이다.


사마라에 도착했을 때는 오후 1시다.

식당 앞의 길가에 차를 세우고 셋은 구운 양고기를 끼운 빵으로 점심식사를 했다. 이라크식 햄버거이지만 맛이 있다. 두툼한 양고기를 먹으면서 케이트가 연신 감탄했다. 고든은 맥주를 시켜 우유 대신 마셨다.

식당 안에는 손님들이 가득 찼는데 모두의 시선이 케이트에게 집중되었다. 그러고 보니 여자는 케이트 하나뿐이다.

그때 안쪽에서 등산복 차림의 사내 하나가 다가왔다. 주머니가 여러 개 달린 등산복을 입었고 허리에 찬 벨트에는 베레타가 끼워져 있다. 사내가 고든이 목에 걸고 있는 카메라를 보면서 물었다.

"기자요?"

"예. 그런데 누구셔?"

고든이 퉁명스럽게 묻자 사내는 털썩 옆쪽 의자에 앉았다.

"뻔하지. 용병 아니면 사냥꾼, 아니면 정보팔이."

사내의 시선이 지노에게 옮겨졌다.

"당신은 용병이군."

지노는 대답하지 않았고 사내가 이번에는 케이트를 보았다.

"당신은 취재기자. 맞지요?"

케이트는 외면한 채 대답하지 않았다.

사내는 수염투성이의 백인. 30대쯤 되었고 우람한 체격이다. 그때 지노가 물었다.

"용건이 뭐요?"

사내가 턱으로 길가에 주차된 포드를 가리켰다.

"티크리트로 간다면 나하고 내 동료를 태워줬으면 해서."

"안 되겠는데."

"40킬로 거리인데 1백 불 드리지."

"자리가 없어."

"부탁합시다."

"미안하지만 안 돼요."

"차가 고장이 나서 그래."

"다른 데서 알아봐."

"불친절하군, 노랭이."

"다음에 날 안 만나기를 바라야 될 거야."

지노가 사내를 향해 빙그레 웃었다.

"한 번만 더 입을 놀렸다가는 턱뼈를 부숴놓을 테니까 꺼져."

그때 사내가 자리에서 일어서더니 몸을 돌렸다. 무표정한 얼굴이다.

"갑시다."

케이트가 먹다 만 햄버거를 들고 자리에서 일어섰다.

"떠나는 게 낫겠어."

고든도 카메라를 움켜쥐면서 말했다.

오후 1시 반.

화창한 날씨다. 사마라 시내를 벗어난 포드는 속력을 내었다. 지노가 입을 열었다.

"저런 놈이 강도가 되는 거야."

고든의 시선을 받은 지노가 말을 이었다.

"허가증도 없는 놈들이 많아."

2차선 도로에 차량 왕래가 드물어지더니 10킬로쯤 갔을 때 군용 차량만 눈에 띄었다. 지노가 좌우를 둘러보았다.

어느덧 산악지대로 들어섰고, 험한 암산 사이로 포드가 달려가고 있다. 앞차와의 거리는 50~60미터 정도였는데, 지노는 그 간격을 유지했다.

"좀 빨리 달릴 수 없어?"

고든이 지노에게 물었다. 앞차와의 거리가 70~80미터로 떨어져 있었기 때문이다. 지노가 입맛을 다셨다.

"고든, 입 닥치고 가만있어."

"저 빌어먹을 자식은 앞이 비었는데 왜 저렇게 기어가는 거야?"

앞쪽을 달리는 미군용 험비는 시속 80킬로 정도로 달리고 있다. 그때 지노가 말했다.

"저 앞차는 경험이 많은 친구야. 저 속도가 적당해."

차가 산비탈을 돌아가려고 속력을 늦췄고 자연히 앞차와의 거리가 좁혀졌다. 이제는 차가 굽이굽이 산길을 오르고 있다. 긴장한 고든이 입을 다물었고 케이트는 손잡이를 움켜쥐고 있다.


끝없이 이어지는 굽잇길을 올라온 지 30분쯤이 지났을 때다. 티크리트가 25킬로라는 팻말을 막 지난 순간.

"타타타타타. 콰쾅!"

요란한 총성이 울렸기 때문에 지노는 차를 길에 바짝 붙였다. 뒤차는 보이지 않았고 모퉁이를 지난 험비도 시야에서 사라졌다.

"내려!"

소리친 지노가 차에서 내리면서 뒤 트렁크를 열었다. 재빠르게 뒤로 다가간 지노가 RPG와 탄두 2개를 꺼내 메었고 MP-5를 손에 쥐었다. 엄청난 무장이어서 고든이 눈을 둥그렇게 떴다. 뒤쪽에 든 RPG를 못 본 것이다.

"여기 바위 밑에 붙어 있어."

고든에게 소리쳐 말한 지노가 모퉁이로 달려갔다.


"타타타타타. 콰쾅!"

모퉁이를 돌자마자 다시 총성과 폭음이 울렸다.

지노는 앞쪽 바위 밑에 멈춰 서 있는 험비를 보았다. 험비 옆쪽 바위 사이에 엎드린 사내 둘이 위쪽을 향해 총을 쏘는 중이다. 그때 지노가 뒤에서 소리쳐 물었다.

"어떻게 된 거요?"

사내 하나가 고개를 돌려 지노를 보았다.

"반군(反軍)이야! 이라크군!"

사내와의 거리는 30미터 정도. 바위 뒤에 몸을 붙인 지노가 위쪽을 보았다. 그때 총성과 함께 바로 위쪽 바위에서 파편이 튀었다.


66

"콰쾅!"

다시 폭발음이 울리더니 험비 앞쪽에서 폭발이 일어났다.

RPG다. 저놈들도 RPG를 쏜다.

고개를 든 지노가 150미터쯤 위쪽의 바위틈에 엎드린 사내들을 보았다. 터번을 두른 현지인들. 반군이 아니라 산적이다. 지나가는 차량을 습격해서 약탈하는 산적.

미군이 이라크를 점령하고 나서 이라크군 전체를 해체해버렸다. 그러자 먹고 살 길이 없어진 이라크군이 산적이 되거나 IS에 가담하고 아프간 용병으로도 간다. 수십만 명의 산적을 만든 셈이다.

격렬한 총성이 이어졌다.

앞쪽 험비에는 넷이 탄 것 같은데 둘은 바위틈에 눕혀졌고 둘만 응사 중이다. 등에서 RPG를 쥔 지노가 소리쳤다.

"내가 여기서 놈들 RPG를 부술게!"

"고맙소, 친구!"

앞쪽에서 사내 하나가 소리쳤다. 군복을 입고 있지만 머리를 보니까 용병이다.

"11시 방향에 있어! 거기선 보이지 않는 거요?"

RPG를 겨누면서 지노가 묻자 사내 하나가 대답했다.

"안 보여!"

지노는 바위 사이로 RPG를 겨누고는 조준경에 눈을 붙였다. 발사관에는 이미 대인용탄이 장전되어 있다. 조준경에 위쪽 바위틈에 엎드린 RPG 사수가 보였다.

흰 터번을 쓰고 지금 발사관에 탄두를 넣고 있는 중이다. 저놈은 RPG-2를 쥐고 있다. 유효 사정거리 100미터짜리다.

지노와의 거리는 160미터. RPG-7V는 유효 사정거리 500미터다. 탄두 끝의 안전 캡을 벗기고 안전핀을 뺀 지노가 몸을 비틀어 후방의 공간을 확보한 후에 방아쇠를 당겼다. 옆바람도 불지 않는다.

"쉬쿵!"

발사와 동시에 후폭풍이 일어났고 탄두가 일직선으로 날아갔다. 그것을 앞쪽 험비에서도 보았다.

다음 순간.

"꾸콰쾅!"

바위 사이로 정통으로 들어간 대인용탄이 폭발했다.

RPG 사수와 함께 옆쪽의 세 사내가 한꺼번에 날아갔다.


"고맙소, 친구."

지노에게 악수를 청한 사내가 말했다.

"난 아르카디 소속의 마이키요."

"난 커크 컴퍼니 소속의 지노요."

악수를 나눈 지노가 험비 주변을 둘러보았다. 넷이 타고 가다가 셋이 부상, 그중 하나는 중상이다.

지노가 RPG를 쏘는 사이에 또 하나가 당했다. 험비도 엔진에 RPG를 맞아서 고철이 되었다. 그때 마이키가 말했다.

"무전을 때려서 지금 장갑차하고 험비 2대가 오고 있어요, 친구."

"다행이오."

"친구, 당신 차는?"

"뒤쪽에. 일행 둘이 기다리고 있어."

쓴웃음을 지은 지노가 마이키에게 손을 들어보이고는 몸을 돌렸다. 위쪽 반군들은 RPG를 한 발 맞더니 도주해버렸다. 육안으로 보이는 시체는 7구. 산에

68

올라가서 확인할 필요까지는 없다.


고든과 케이트를 차에 태우고 다시 마이키에게 왔을 때 앞쪽 모퉁이를 내려오는 장갑차와 험비가 보였다. 차창을 내린 지노에게 마이키가 다가와 물었다.

"친구, 티크리트 어디에서 묵을 거야?"

"티크리트 호텔."

"오케. 연락하지."

마이키가 고개를 끄덕이며 손을 흔들었다.

"빚졌어, 친구."

다가오는 험비와 엇갈려서 산길을 빠져나갔을 때 고든이 물었다.

"한탕 했어?"

"응."

"빚졌다니, 도와준 거야?"

"할 수 없지, 우리가 지나가려면."

"그런데 지원군이 금방 왔군."

"근처에 있었던가 봐."

"산적인가?"

"내가 있을 때보다 분위기가 더 나빠졌어. 그때는 이라크군 해체 직전이라 산적들이 많지 않았는데."

혼잣소리처럼 말한 지노가 차에 속력을 내었다. 내리막길이다.


티크리트.

티그리스 강 주변의 도시라고 해서 도시 이름을 그렇게 붙였다고 했다.

호텔 이름도 티크리트. 7층짜리 호텔인데 낡았지만 온전했다. 시내 건물도 대부분 부서지지 않았는데 가끔 벽에 총탄 자국이 보인다.

호텔에 투숙했을 때는 오후 4시 반.

호텔은 미군과 용병, 국적 불명, 신분 미상의 외국인들로 가득 차서 이라크에 온 것 같지 않다.

케이트가 제 방으로 지노와 고든을 불렀을 때가 오후 5시 반. 회의다.

"고든, 넌 당분간 혼자서 활동해야겠어, 티크리트 시내에서 얼마든지 소재를 찾아낼 수 있을 테니까."

먼저 고든에게 말한 케이트가 지노에게로 고개를 돌렸다.

"지노, 당신한테 일이 있으면 연락하죠."

그렇게 간단하게 회의가 끝나버렸다.


"지노."

회의가 끝나고 방으로 들어서려던 지노를 뒤에서 케이트가 불렀다. 멈춰 선 지노에게 케이트가 다가와 섰다.

호텔 복도, 오가는 사람이 많아서 소란하다.

"오늘 밤 9시에 나하고 같이 누구를 만나러 갑시다."

케이트가 입술도 달싹이지 않고 말했다.

"누군데요?"

"그건 말할 수 없고."

"고든한테도 비밀이오?"

"물론이죠. 방에 도청장치가 있을지도 모르니까요."

케이트의 두 눈이 반짝였다.

"지노, 내가 왜 당신처럼 작은 회사의 용병을 선택했는가를 오늘 알게 될 겁니다."

70

"갓뎀."

지노가 쓴웃음을 지었다.

"오늘에야 의문이 풀릴 모양이군."


오후 9시.

지노와 케이트가 호텔 현관을 나왔을 때 기다리고 있던 택시가 다가오더니 앞에 멈춰 섰다. 둘이 뒷좌석에 타자 택시는 바로 출발했다.

택시 앞좌석에는 사내 하나가 타고 있었는데 아무 말도 하지 않는다. 지노가 뒤를 돌아보았지만 따르는 차는 보이지 않는다. 그것을 본 앞좌석의 사내가 말했다.

"요즘은 미행하지 않아요. 인공위성으로 다 내려다보니까요."


택시가 도로에 진입하자 앞자리의 사내가 몸을 돌려 케이트를 보았다.

"좀 걸으셔야 될 겁니다."

유창한 영어다. 케이트는 고개만 끄덕였고 사내의 시선이 지노에게 옮겨졌다.

"당신은 뒤에 붙어 오시지요."

"오케."

대답한 지노가 물었다.

"얼마나 멉니까?"

"10분쯤. 그러나 1킬로쯤 걸어야 됩니다."

사내는 말끔하게 면도를 한 얼굴에 양복 차림이었는데 건장한 체격이다. 30대 중반쯤.

택시는 곧 어둠에 덮인 주택가로 들어섰다. 통금은 실시되지 않았지만 주택가의 좁은 도로는 텅 비었다. 차량은 물론이고 행인도 보이지 않는다. 보안등도

켜지지 않아서 칠흑 같은 어둠 속을 택시의 전조등이 비춰나가고 있다.

택시가 모퉁이를 돌면서 멈춰 섰다.

택시에서 내린 셋은 곧 발을 떼었는데 사내와 케이트, 지노의 순서다. 사내는 곧장 옆쪽 주택의 문을 열고 들어섰고 케이트와 지노는 뒤를 따랐다.

계단을 올라 복도로 들어선 사내는 곧 꺾어져서 계단을 내려간다. 집 안에서 온갖 소음이 들렸다. 방에 불을 켜놓지 않았는데도 소음으로 뒤덮여 있다.

사내는 곧장 문을 열고 옆쪽 집으로 들어섰다.


집을 몇 개 지났는지 모른다. 10개도 넘은 것 같다.

이윽고 사내가 걸음을 멈춘 곳은 복도 끝이다. 어둡고 악취가 나는 복도 끝에서서 사내가 옆쪽 문을 노크했다.

그때 문이 열리면서 불빛이 밖으로 쏟아졌다.

"들어가시지요."

비켜선 사내가 케이트에게 말했다. 안에 서 있던 사내가 옆으로 비켜섰기 때문에 케이트와 지노는 안으로 들어섰다.


안쪽 의자에 앉아 있던 사내가 자리에서 일어났다.

짙은 수염을 길렀고 쑵 차림. 40대 후반쯤으로 장신이다. 사내가 잠자코 다가온 케이트에게 손을 내밀었다.

"오시느라 수고했습니다."

"반갑습니다, 모하메드 씨."

악수를 나눈 케이트가 지노를 소개했다.

"제 보호자입니다."

"용병이시군."

모하메드가 이를 드러내며 웃었다. 지노에게 고개만 끄덕여 보인 모하메드가 둘에게 자리를 권했다. 앞쪽에 앉은 모하메드가 말을 이었다.

"케이트 씨, 당신은 감시를 받고 있을 거요. 호텔방도 도청장치가 되어 있을 겁니다."

모하메드의 얼굴에 쓴웃음이 떠올랐다.

"택시에서 내린 지점부터 미군 수색대가 지금 수색하고 있어요."

"예상하고 있었어요."

케이트가 정색하고 모하메드를 보았다.

"모하메드 씨, 증거는?"

그때 모하메드가 탁자 위에 손바닥만 한 녹음기를 꺼내 놓았다.

방 안에는 모두 5명이 있다. 모하메드의 뒤쪽 벽에 두 사내가 석상처럼 붙어 서 있는 것이다.

모하메드가 녹음기의 버튼을 누르자 곧 사내의 목소리가 울렸다.

"소장, 후세인이 핵을 갖고 있다는 증거가 필요해요."

사내의 목소리가 이어졌다.

"우리가 플루토늄을 가져올 테니까, 분해된 상태로 말이오. 그걸 소장이 숨겨 놔두면 우리가 찾는 것으로 하지."

"핵을 어떻게 들여온단 말입니까?"

이것은 모하메드의 목소리다. 그때 사내가 대답했다.

"파키스탄에서 가져오는 것이니까, 그리고 분리해서 들여오니까 위험하지 않아요. 결합해야 핵폭탄이 되는 것이지."

녹음이 끝나고 빈 테이프만 돌아가고 있었지만 케이트는 고개를 들지 않았다. 지노도 숨을 죽이고 있다.

바로 이것이다. 케이트는 지금 '대박'을 쳐다보고 있다.

미국은 후세인이 '핵' 등 대량살상무기를 보유하고 있다는 이유 때문에 이라크를 침공했다. 그런데 그 '이유'를 '만들기' 위해서 이런 음모를 꾸민 것이다.

그때 고개를 든 케이트가 모하메드를 보았다.

"이 남자가 국무부 차관보 해리슨이죠?"

"음성 확인해 보시면 알겠죠."

"녹음된 건 이거 하나뿐인가요?"

"많아요."

모하메드가 입술 끝만 올리고 웃었다.

"더 구체적인 내용이 녹음된 테이프가 여러 개요."

"조건은?"

"폭로해주는 것하고."

숨을 고른 모하메드가 정색했다.

"대통령의 사면."

지노가 어금니를 물었다. 모하메드가 말하는 대통령은 후세인이다.

그때 케이트가 한숨을 쉬었다.

"모하메드 씨, 이게 얼마나 위험한 일인지 알아요?"

"그래서 당신을 부른 것 아닙니까?"

모하메드의 눈빛이 강해졌다.

"우선 작업비를 현금으로 5백만 불을 드리지요. 돈은 얼마든지 있습니다."

세상에, 여기서 돈을 받다니.


돌아올 때는 올 때와 다른 방향으로 수십 가구로 이어진 미로를 통과해서 도로로 빠져나왔다.

이번에 지노는 등에 커다란 헝겊 백을 메고 있었는데, 달러다. 1백만 불이

든 백을 메고 있다. 케이트가 일단 1백만 불만 받아온 것이다. 이른바 '로비자금'이다.

밤. 10시 반.

안내원이 돌아가고 둘은 도로 안쪽 저택 담장에 붙어 서서 택시를 기다렸다. 대로여서 차량 통행이 많다.

그때 지노가 물었다.

"케이트, 당신 큰일을 저지르고 있는 것 같은데요."

"겁나요?"

불쑥 케이트가 되물었는데 지노를 똑바로 응시하고 있다. 차량의 불빛에 반사된 눈이 고양이처럼 반짝였다.

지노가 고개를 끄덕였다.

"물론."

"빠지고 싶어요?"

"물론."

지노가 똑바로 케이트를 보았다.

"케이트, 당신 경솔하군."

"……."

"날 어떻게 믿고 이 일에 끌어들인 거요? 당신은 살아서 나간다면 '대특종'을 잡을지 모르지만 난 뭐야?"

"……."

"2만 불 받고 끼어들란 거요?"

"……."

"이 일을 알면 정부에서 가만둘 것 같소? 용병들을 풀어서 당장 당신을 제거할 거요. 저 자식은 말할 것도 없고."

"10만 불을 선금으로 드리죠."

케이트가 지노가 등에 멘 가방을 눈으로 가리켰다.

"그리고 일 끝내고 이곳을 나갔을 때 다시 10만 불."

"내가 조금 전에 만난 놈의 현상금도 그보다는 더 클 것 같은데."

그때 빈 택시가 다가왔기 때문에 케이트가 손을 들면서 말했다.

"모하메드 알 세이크, 이라크 육군 소장, 후세인의 보좌관."

택시가 멈췄을 때 케이트가 말을 이었다.

"현상금 1백만 불."

지노는 잠자코 택시 문을 열었다.


다음 날 아침.

호텔 1층의 뷔페식당에서 아침을 먹던 지노의 옆자리에 누가 앉았다. 고개를 돌렸더니 낯이 익다.

"하이, 지노."

지노의 얼굴에 웃음이 떠올랐다. 마이키다. 어제 산길에서 만난 전우.

"아, 마이키, 여긴 웬일이야?"

"아침도 먹을 겸 널 찾아보려고 했더니 딱 만났군."

호텔 뷔페는 외부 손님도 받는다. 마이키가 식당 안을 둘러보는 시늉을 했다.

"일행은?"

"기자 둘인데 방에 있을 거야."

"여자도 있던데 여기자야?"

"그래, 그 여자가 리더지. 남자는 사진 기자고."

"얼핏 보았지만 괜찮던데."

"거기, '아르카디'에서 무슨 일을 하는 거야?"

"우리야 현상금 전문 사냥꾼이지."

소시지를 자르면서 마이키가 어깨를 추켜올렸다가 내렸다. 목에 뱀 문신이 박혔고 손등에는 도끼가 그려졌다.

"국방부에서 하청 업체로 선정해줘서 지원도 받고 있어."

"수입이 괜찮겠군."

"이라크에 주둔한 아르카디 요원은 80명이 넘어."

아르카디는 용병회사다. 마이키가 고개를 돌려 지노를 보았다.

"내가 도와줄 일이 있으면 연락해, 신세를 갚을 테니까."

"고맙군, 친구."

마이키가 주머니에서 쪽지를 꺼내 내밀었다.

"내 연락처야. 지난번에 정신없어서 연락처도 주지 못했어."

빚을 갚으려고 온 것이다.


"지노, 오늘은 8시에."

지노가 엘리베이터에서 내렸을 때 이쪽으로 다가온 케이트가 낮게 말했다. 케이트는 지노의 방 앞에서 기다리고 있었던 것 같다.

오전 8시 반.

지노는 방금 마이키와 헤어진 참이다. 고개를 끄덕인 지노가 물었다.

"거기 갑니까?"

"오늘도 증거물 받기로 했어요."

바짝 붙어 선 케이트한테서 옅은 향내가 맡아졌다.

"그리고 나중에는 후세인의 증언도 들어야 해요."

숨을 들이켠 지노가 무의식중에 주위를 둘러보았다.

후세인을 만나다니.

후세인의 목에 걸린 현상금은 2천만 불로 올라가 있다. 지금 티크리트에 와있는 용병, 군인들까지 후세인을 찾으려고 혈안이 되어 있는 것이다.

입맛을 다신 지노가 케이트를 노려보았다.

"20만 불 갖고는 안 되겠는데."

"갓댐."

눈을 치켜뜬 케이트에게 지노가 말을 이었다.

"가방 맡기고 오겠습니다."

"알았어요. 난 방에 있을게요."

케이트가 몸을 돌리려다가 지노를 보았다.

"지노."

"왓?"

"세상이 이렇게 돌아가면 안 되겠죠?"

케이트가 더 바짝 다가서서 숨결이 지노의 턱에 닿았다.

"이 거대한 음모를 모른 척 놔둘 수는 없잖아요?"

"복도에서 이런 말 하는 건 어울리지 않는데."

지노가 상체를 뒤로 젖히는 시늉을 했다.

"워싱턴의 링컨 기념관 앞에서 할 소린데."

"지노, 도와줘요."

등이 벽에 닿은 지노가 한숨을 쉬었다.

"오케이. 해봅시다."

돈을 안 받았더라도 용병의 본분은 다할 셈이었다.


오전 11시.

티크리트 주택가에 위치한 커크 컴퍼니 사무실도 민가를 사용하고 있다.

마당에 차를 세운 지노에게 사무실 직원이 다가와 물었다.

"바그다드에서 AK-47을 가져가셨던데 뭐가 더 필요합니까?"

연락할 때 총을 더 보자고 했던 것이다. 본래 쿠웨이트의 커크 컴퍼니에서 헤클러 앤 코흐제 MP-5를 가져왔고 바그다드 지사에서는 차를 바꾸면서 AK-47, RPG-7V까지 추가했으니 그런 말을 할 만했다.

그때 지노가 트렁크에서 곡식 자루 같은 가방을 꺼내 땅바닥에 내려놓았다.

"이 가방을 맡기려고."

어젯밤에 받아온 돈 가방이다.

"뭡니까?"

전직 군인임이 분명한 수염투성이의 사내가 가방을 내려다보았다. 군용 백이어서 헝겊 가방이지만 찢어지지도 불에 타지도 않는다. 자물쇠까지 채워져 있어서 폭탄이 들어 있을지도 모른다.

"전달할 물건이니까 금고에 보관해둬요."

"돈이로군."

대번에 알아맞힌 사내가 입술을 비틀고 웃었다.

"이 거지 같은 나라에 돈이 쏟아지고 있지. 현상금 사냥꾼 놈들이 메고 다니는 가방은 모두 돈 가방이야."

지노가 돈 자루를 어깨에 메었더니 사내가 앞장서면서 물었다.

"영수증 써주고 보관료 1퍼센트 받습니다. 얼마요?"

"1백만 불."

"그럼 하루 맡겨도 1만 불이야."

"도둑놈이 따로 없네."

"용병회사는 은행 역할도 해. 모두 대여비가 1퍼센트야."

"갓댐잇."

투덜거렸지만 어쩔 수 없다, 은행은 없고 호텔방에 돈 자루를 놓고 다닐 수는 없으니까.

호텔로 돌아왔을 때는 오후 1시 15분.

케이트의 방에 전화를 했더니 받지 않았다. 점심시간이어서 식당에 간 것 같았다.

방에서 씻고 1층 뷔페식당으로 내려왔을 때 고든이 혼자 식사 중이다.

"케이트는 먹고 갔어?"

접시에다 스테이크 한 조각과 빵을 담아 들고 앞자리에 앉아서 물었더니 고든이 고개를 저었다.

"먹고 갔겠지."

고든이 포크를 내려놓고 지노를 보았다.

"어젯밤에 케이트하고 어디 간 거야?"

"취재하러."

"누구?"

"몰라, 누군지."

이렇게 말할 수밖에. 그러나 고든이 다시 물었다.

"이라크 놈이야?"

"그래."

"왜 밤에 만나고 지랄이지?"

"글쎄."

"도무지."

고개를 기울인 고든이 말을 이었다.

"나도 취재기자하고 여러 번 동행했지만 이런 경우는 처음이야."

“……”

“주제가 없어. 그냥 찍으라니. 시카고 포스트가 사진기자를 그냥 보내는 돈 많은 회사가 아니거든.”

“……”

“액세서리로 폼 잡는 회사가 아니라고.”

“곧 알려주겠지.”

스테이크를 썰어서 입에 넣었더니 양고기다. 덜 구워져서 지노가 휴지를 집어 입 안의 스테이크를 뱉었다. 그것을 본 고든이 투덜거렸다.

“솔저, 배가 부른 모양이구나. 여기선 아이들도 굶고 있다는 걸 알아야 돼.”


오후 3시.

다시 케이트의 방에 전화를 했지만 받지 않았다. 그래서 지노가 프런트에 내려가 직원과 함께 케이트의 방으로 가서 문을 열었다. 일행이었기 때문에 직원은 돌아갔고 방에 지노 혼자 남았다.

방 안을 둘러보았지만 잘 정돈되었고 위성 전화도 그대로다.

고든은 아침에 케이트하고 같이 식사를 하고 나서 못 보았다고 했다. 지노가 커크 컴퍼니에 다녀오겠다고 연락했을 때는 오전 9시 45분. 그 이후로 연락한 적이 없다. 케이트는 룸 키도 갖고 나갔기 때문에 프런트에서도 체크가 되지 않았다.

지노는 이제 케이트의 가방을 찾아보기 시작했다.

케이트의 가방은 4개다. 위성 전화가 든 케이스, 옷 가방, 취재 가방이라고 부르는 헝겊 가방, 그리고 식당에 내려올 때나 가게에 갈 때 메고 다니는 가방이다.

방을 둘러보던 지노는 곧 가방 3개를 찾아내었다. 그리고 잠시 후에 방 복판에 서서 심호흡을 했다.

취재가방이 없다.

거기에다 메고 다니는 가방에 들어 있던 여권, 허가증, 카드까지 없어졌다. 화장품 서너 개만 들어있을 뿐이다.

납치당했다.

그것도 정부 측이다. CIA일 수도 있고 국무부나 기관의 용역을 받은 용병일지도 모른다.

케이트의 침대에 걸터앉은 지노의 두 눈이 번들거렸다.

이라크에 발을 딛었을 때부터 산적의 습격 등 며칠 사이에 일어난 일들이 머릿속을 스치고 지나갔다. 놈들은 케이트의 증거 수집을 막으려고 한다. 어젯밤에 받은 테이프는 이미 **빼앗겼을** 것이다. 돈 가방만 내가 갖고 있다가 맡기고 왔다.

그런데 오늘 밤 약속은?

8시다.

그리고 지노의 피부에 찬 기운이 스치고 가는 느낌을 받는다. 놈들은 어젯밤의 외출을 알고 있는 것이다. 나는 케이트와 함께 외출했다. 놈들에게는 나도 타깃이다.

그렇다면, 오늘 밤 8시 약속은?

케이트가 잡혔다면 오늘 밤 8시 약속을 자백하지 않았을까?

지노가 자리에서 일어섰다.


"아, 고든"

방에서 고든이 전화를 받았을 때 지노가 말했다. 지노는 지금 방으로 돌아와 구내전화를 한다.

오후 5시 반.

"내 방에서 한잔할까?"

지노가 묻자 고든의 목소리가 밝아졌다.

"좋지. 그런데 케이트 만났어?"

"케이트가 방에 들어왔다가 나 만나고 지금 다시 나갔어."

"갓댐. 무슨 일로 그렇게 바쁜 거야?"

"취재원 만난다는군."

"좋아. 내가 방으로 가지."

잠시 후에 방으로 들어온 고든의 손에 위스키 병이 쥐어져 있다.

"케이트는 언제 온다는 거야?"

"조금 늦는다고 했어. 취재원 경호원들이 와서 모셔갔어."

"국무부 놈들이야?"

"그런 것 같아."

술잔을 찾아 온 고든이 잔에 술을 따르면서 웃었다.

"좋아. 오늘 밤 술이나 먹자."


그러나 고든은 7시 반에 곤드레가 되어서 지노의 부축을 받아 제 방으로 돌아갔다. 지노가 한 잔에 석 잔꼴로 고든에게 술을 퍼먹인 것이다.

고든을 침대에 눕힌 지노가 방으로 돌아와 정리를 했다. 여권과 신분증, 확인증을 챙기고 골프가방에 AK-47과 MP-5, 탄창과 수류탄까지 다 넣었다.

방탄조끼 안에 1만 불짜리 지폐뭉치 5개를 끼워 넣었더니 든든했다. 몇 년 전에 죽은 부하 해밀턴이 모은 돈을 이렇게 쑤셔 넣고 작전을 했던 것이다. 그러나 해밀턴은 대전차 포탄을 정통으로 맞고 전사했다.

베레타를 허리춤에 쑤셔 넣은 지노가 방을 둘러보았다. 깨끗하다. 케이트의 방은 놈들이 정리를 해주었지만 이쪽도 비슷하다.

내일 아침에 고든이 방 2개가 빈 것을 보고는 기다리다가 오후쯤에 신고를 하겠지.

신고를 받은 미군 사령부는 바그다드의 대사관에 연락하고 나서 수색을 시작할 것이다. 이런 일이 흔해서 이틀쯤이 지나서야 보도가 되겠지.

시계를 본 지노가 골프가방을 둘러메었다.

자, 케이트가 8시 약속을 자백하지 말았기를 바라도록 하자.


호텔 현관을 나왔더니 어제처럼 택시가 다가와 멈춰 섰다. 지노가 뒷문을 열고 가방부터 던져놓고는 차에 올랐다.

"케이트 양은?"

앞좌석의 사내가 물었다.

"납치된 것 같아. 빨리 갑시다."

지노가 말했더니 운전사까지 뒤를 돌아보았다.

"취재가방도, 신분증도 다 없어졌어. 지금 9시간째 실종이야! 자. 떠나자구!"

다시 지노가 말했을 때 운전사가 차를 발진시켰다.


"뒤에 차가 따라오고 있어!"

운전사가 말했을 때는 사거리 하나를 건넜을 때다.

지노와 앞쪽 사내가 일제히 고개를 돌려 뒤를 보았다. 과연 차 한 대가 20미터 간격을 두고 따라오고 있다.

미행 차다. 차량 통행이 뜸해진 도로여서 노골적으로 붙어 오고 있다.

"갓댐."

투덜거린 지노가 골프백에서 AK-47을 꺼내고 30발들이 바나나 탄창을 끼웠다.

"뭐하는 거요?"

앞좌석의 사내가 다급하게 물었지만 지노가 뒤쪽 창문을 내렸다. 뒤차와의 거리가 10미터로 가까워졌다.

"따라오게 놔둘 수는 없어."

지노가 창으로 머리와 두 손만을 내밀고는 뒤차를 겨눴다.

"탓탓탓탓탓탓"

요란한 발사음이 울렸고 한 번의 연속 사격에 뒤차의 운전석 유리창이 박살이 나버렸다.

"타타탓탓탓탓탓"

두 번째 연속 사격.

운전석 옆쪽 유리창이 하얗게 되면서 차가 옆으로 휘익 꺾어지더니 요란한 충돌음을 내면서 뒤집혔다. 뒤집힌 차가 인도로 미끄러지면서 다시 훌떡 뒤집혔는데 머리가 옆쪽 담장에 올려졌다.

그때 지노가 차 안으로 몸을 들여놓았고 차는 사거리에서 우회전을 했다. 운전석 옆자리의 사내는 입을 열지 않는다.


택시에서 내린 지노와 사내, 운전사까지 다시 주택을 통과하는 장정을 시작한다.

앞장선 사내의 뒤를 따르면서 지노가 물었다.

"이봐요, 형씨, 분명히 해둘게 있는데."

앞쪽 사내는 고개도 돌리지 않았지만 지노가 말을 이었다.

"난 케이트를 찾는 게 목적이야. 그래서 당신들한테 협조를 구하려는 거야."

"……."

"케이트와 난 한 팀이라 놈들도 나를 노리고 있을 것이고."

"……."

"내가 오늘 당신들하고 만난다는 것을 알면서도 나가지 않았다면 당신들은 나를 의심하겠지."

"……."

"갓댐. 더럽게 되었어."

그때 3번째 저택의 복도를 통과하던 사내가 고개만 돌려 지노를 보았다.

"누구인 것 같소?"

"정보가 샌 거요. 이라크로 입국하자마자 기습을 받은 것도 이상해."

다시 앞만 보고 걷는 사내의 등에 대고 지노가 말을 이었다.

"CIA나 그들의 용병, 국무부에서 고용한 용병일 수도 있지."

"테이프도 가져간 거요?"

"여권, 신분증까지 다."

"지노 씨, 아까 뒤차를 박살내버렸는데, 그것으로 당신은 놈들의 적이 된 셈인데. 그렇지 않습니까?"

"내 입장을 분명히 한 셈이지."

"난 일단 당신을 데려가지만 상부는 어떤 결정을 할지 모르겠소."

"당연하지."

다섯 번째 집 안의 마당이 어두웠기 때문에 지노가 사내의 등에 몸을 부딪쳤다. 지노가 말을 이었다.

"난 내 고용인의 실종에 책임이 있는 용병이오. 그래서 당신들한테 협조를 구한다고 생각하면 돼요."

그러고는 덧붙였다.

"다른 의도는 없어. 난 별로 애국심도 투철하지 못한 편이야."

사내가 여섯 번째 집 안으로 들어가고 있다.

도대체 몇 개의 집을 통과해야 되는지.


구석에 놓인 소파에 몸을 붙인 채 잠이 들었던 지노가 문이 열리는 소리에 깨어났다.

오후 10시 반.

1시간 반쯤 잠을 잔 것 같다.

방으로 두 사내가 들어서고 있다. 하나는 어제 만난 모하메드 알 세이크, 그리고 육중한 체격의 사내다. 눈인사를 한 모하메드가 앞쪽에 앉더니 말했다.

"지노 씨, 당신 경력을 알고 있었습니다."

모하메드의 검은 눈동자가 똑바로 지노를 응시했다.

"우리가 두더지처럼 지내지만 아직도 정보 라인이 살아있지요. 그래서 우리가 어젯밤 케이트와 함께 당신을 만난 겁니다."

"케이트를 이용하려면 최소한 티크리트에서는 보호해줬어야 할 것 아닙니까?"

"호텔에 정보원이 깔려 있어서 접근하기 힘들었습니다."

고개를 든 모하메드가 지노를 보았다.

"케이트를 데려간 놈들은 '아르카디'인 것 같습니다."

"아르카디?"

되물은 지노의 눈앞에 마이키의 모습이 떠올랐다. 마이키가 오늘 아침에 찾아와서 전번이 적힌 쪽지까지 주고 간 것이다.

그때 모하메드가 말을 이었다.

"아르카디 요원이 갑자기 20여 명이나 증원되었고 케이트의 옆방에 투숙한 영국인 기술자도 들어오지 않았어요. 그런데 그놈이 아르카디 정보원하고 만나는 장면을 우리 요원이 목격했습니다."

모하메드가 얼굴을 일그러뜨리며 웃었다.

"우리 의도를 무력화시키려는 것이죠."

"케이트는 죽었을까요?"

마침내 지노가 묻자 모하메드가 눈을 껌뻑이더니 되물었다.

"당신 같으면 어떻게 하겠소?"

눈을 뜬 지노가 시계부터 보았다.

오전 6시.

6시간쯤 잤다. 온몸이 뻐근했지만 숙면을 취한 후의 에너지가 축적되어 있는 것이 느껴졌다.

어젯밤의 그 방이다. 방에 놓인 소파에서 그대로 잔 것이다.

소파에서 나온 지노가 몸 굽혔다 펴기를 10번쯤 했을 때다. 문이 열리더니 어젯밤의 안내역 핫산이 들어섰다.

"지노 씨, 식당에서 장군이 기다리고 계십니다."

핫산의 시선이 방구석에 놓인 지노의 골프백으로 옮겨졌다.

"가방은 두고 가시지요."

지노는 고개만 끄덕였다.

허리춤에는 베레타를 끼워놓았다. 잘 때에도 빼놓지 않았다. 이곳에 올 때 무기 소지 체크도 하지 않았기 때문이다.

식당에는 어젯밤의 거구까지 둘이 앉아 있었는데 오늘은 핫산이 옆에 앉았다. 거구는 아직 인사도 안 했는데 오늘도 쳐다만 본다. 그래서 지노도 없는 척했다.

이곳도 저택 중의 하나일 텐데 지하실인 것은 분명했다. 창문이 없는 사방 10

미터쯤의 방.

식탁에는 이미 양고기와 밥이 쌓인 지름 1미터쯤의 커다란 쟁반이 놓여 있다. 각자의 앞에는 손 씻는 물그릇과 양념장 그릇, 채소가 담긴 그릇이 있다.

이제 손을 씻고 손으로 뜯어 먹는다, 다만 오른손으로. 왼손은 뒤를 닦을 때 쓴다.

모하메드가 눈으로 새끼 양을 가리키며 말했다.

"자, 먹읍시다, 형제."

그 순간 지노는 모하메드가 자신을 믿기로 마음먹었다는 것을 알았다.

이 인간들에게 '형제'는 아무한테나 '막' 하는 단어가 아니다.


식사를 마치고 식당 옆의 휴게실에서 뜨겁고 단 홍차를 마시면서 모하메드가 말했다.

"해리슨과의 대화 테이프는 100개도 더 넘고 모두 수십 개씩 복사해 놓았어요."

모하메드가 말을 이었다.

"케이트는 그것을 시카고 포스트에 폭로할 계획이었지만 이제 그 계획은 물 건너갔습니다."

모하메드가 쓴웃음을 띤 얼굴로 지노를 보았다.

"지노 씨."

지노의 시선을 받은 모하메드가 말했다.

"케이트는 우리 각하와의 인터뷰까지 녹음해서 가져갈 계획이었거든요. 그것을 모두 필름으로 담아서 말입니다."

"……."

"그러면 명백한 증거가 되는 거죠. 미국이 이라크 침공 이유를 조작해서 이런 만행을 저질렀다는 것을 세계만방에 알리는 셈이 됩니다."

"……."

"선량한 미국 시민들도 다 속은 거죠."

"……."

"나는 지노 씨가 정의의 편에 서기를 바란다든가 의협심을 발휘하기를 기대하지 않습니다. 요즘 목숨을 내놓고 그런 일 하는 사람도 없고요."

정색한 모하메드가 상반신을 조금 앞으로 기울였다.

"그 테이프를 갖고 이라크를 빠져나가 전달해 주시는 대가로 2천만 불을 내죠. 지노 씨의 차명계좌로 선금 1천만 불을 먼저 입금시키고 잔금은 전달한 직후에. 어떻습니까?"

모하메드의 두 눈이 이글거리고 있다.


오전 11시.

노크 소리에 고든이 바로 문을 열었다.

"아, 지노."

깜짝 놀라는 것처럼 반긴 고든이 지노의 뒤쪽을 보았다.

"케이트는?"

"바그다드로 돌아갔어."

"바그다드?"

눈을 치켜뜬 고든의 얼굴이 일그러졌다.

"갓댐. 나한테 말도 안 하고 사라져?"

"급하다는군. 나까지 놔두고 국무부 요원들하고 떠났어."

"언제 간 거야?"

"오늘 아침에."

"갓댐. 내가 9시쯤 연락했더니 너도, 케이트도 전화를 안 받던데."

"8시쯤 떠났어."

"케이트가 어젯밤 돌아온 거야?"

"서류 가방만 갖고 갔으니까 위성전화하고 옷 가방은 남아 있어. 네가 오전에 체크아웃해서 방으로 옮겨 놓도록 해. 케이트 부탁이야."

"갓댐. 나한테 전화라도 하지."

"너, 술에서 덜 깨있을 것 같아서 내가 하지 말라고 했어."

"언제 돌아온다는 거야?"

"글쎄. 연락한다니까 나도 기다리는 수밖에."

"좋아."

어깨를 치켰다가 내린 고든의 얼굴에 웃음이 떠올랐다.

"잘되었다. 나야 공짜로 먹고 자면서 시간 때우면 되니까 두 달 채우고 돌아오면 더 좋고."


방으로 돌아온 지노가 옷을 갈아입고 나왔을 때 전화벨이 울렸다. 구내전화다.

버릇처럼 손목시계를 보았더니 11시 45분.

지노가 전화기를 들었다.

"헬로."

"지노, 나 마이키야."

"오, 마이키."

지노가 소리 죽여 심호흡을 했다.

무의식중에 전화가 오기를 예상하고 있었던 느낌이 들었다. 그때 마이키가 물었다.

"지노, 바쁜가?"

"아니, 별로."

"이 시간에 방에 있는 걸 보면 한가한 모양이군."

"보스가 바그다드에 갔거든."

"용병을 떼어놓고?"

"저쪽에도 용병이 있으니까 날더러 쉬라는군."

"저쪽이 어딘데?"

"나도 몰라. 아마 기관이겠지."

"오늘 한잔할까, 저녁에?"

"오케. 그렇지 않아도 괜찮은 데 소개시켜 달라고 할 계획이었어."

"좋아. 7시에 데리러 갈게."

전화기를 내려놓은 지노가 자리에서 일어섰다.


이곳에는 물담배 집이 카페만큼 많기 때문에 노소(老少)할 것 없이 물담배 파이프를 물고 앉아 있는 것을 봐도 이제는 신기하지 않다.

지노가 호텔 건너편 골목의 물담배 집으로 들어서자 안쪽에 앉아 있던 핫산이 일어나 옆쪽 쪽문을 열고 나갔다. 핫산을 따라 나왔더니 이곳은 이발관이다.

핫산은 이발관 옆쪽 문을 열고 정육점으로 들어섰다. 그리고 다시 빵가게, 식당을 거쳐 민가의 마루방까지 안내했다.

둘이 마루방의 탁자를 사이에 두고 앉았을 때 핫산이 물었다.

"무슨 일입니까?"

"아르카디 소속의 요원하고 오늘 저녁에 만나기로 했는데."

지노가 마이키와의 인연과 어제 아침에 호텔로 찾아온 이야기까지 했다.

"그 친구한테 떠보고 분위기를 봐서 직접 물어볼 작정이오."

"괜찮을까요?"

"뭐가 말요?"

"성과가 있을 것 같으냐고 물은 겁니다."

"난 머리 쓰는 게 서툴러서."

"아니. 지금까지 잘 하신 겁니다."

"내가 칭찬받으려고 이러는 게 아니라."

"제가 도와줄 일이 있습니까?"

핫산이 똑바로 지노를 보았다. 핫산은 대통령 친위대 대위 출신이라고 했다. 보안군 중에서 후세인 친위대는 정예다.

지노가 말을 이었다.

"본능에 따라서 움직일 거요. 지금까지 그렇게 해 왔으니까."

"……"

"나한테는 그 방법밖에 없어."

"오늘 밤 어디로 가십니까?"

"마이키가 안내해주기로 했으니까."

"그자가 수상합니다."

"그래서 내가 따라가는 건데."

지노가 정색하고 핫산을 보았다.

"케이트를 아르카디에서 데려갔다면 나도 가만두지 않을 거요, 핫산."

핫산이 고개를 끄덕였다.

케이트를 찾을 때까지 핫산이 지노의 보좌역을 맡기로 한 것이다. 일단은 케이트부터 찾기로 합의를 했다.


마이키가 안내한 곳은 바, '물랑루즈'.

안쪽 무대에서 파리의 '물랑루즈'를 흉내 낸 댄서들이 춤을 추고 있었는데 엉망이다. 그러나 홀이 소란해서 아무도 그것에 신경 쓰지 않는다.

안쪽 자리에 앉은 마이키가 술과 안주를 시키더니 지노에게 물었다.

"지노, 케이트한테서 얼마 받는 거야?"

"적어."

지노가 쓴웃음을 지었다.

"너희들하고는 격이 다르니까."

"커크 컴퍼니가 많이 떼어먹나?"

"큰 오더를 못 받는 거지. 시카고 포스트는 가난한 신문사야."

"그건 아는데."

마이키가 지그시 지노를 보았다.

"지노, 돈 좀 벌지 않을래?"

"무슨 말이야?"

지노가 똑바로 마이키를 보았다.

종업원이 위스키와 맥주를 거칠게 내려놓고 돌아갔다. 맥주병을 쥔 마이키가 입을 열었다.

"현상금 사냥."

"정보가 있어야지."

"정보는 내가 줄 수 있어."

"근데 왜 나한테 이러는 거야? 아르카디 동료들도 있을 텐데."

"우리는 팀으로 나눠져서 다른 팀이 무슨 지랄을 하는지 알 수도 없고 관심도 없어."

마이키가 수염투성이의 얼굴을 탁자 위로 가깝게 붙였다. 홀이 소란해서 마이키가 목소리를 높였다.

"내 팀은 너도 알다시피 여기 오다가 박살이 났어. 넷 중 나 하나만 온전하다 구. 네 덕분에 말야."

"그렇군."

"티크리트에 현상금이 걸린 수배범이 1백 명은 숨어 있어. 지금 현상금 사냥 꾼 수백 명이 돌아다니고 있지만 다 허당이야. 우리 '아르카디'만큼 정보력이 뛰 어난 회사는 없어."

맞다.

'아르카디'는 국방부 하청회사다. 더구나 미군은 다른 나라 용병단은 아예 이 라크에 입국금지를 시켰기 때문에 아르카디의 경쟁력은 타의 추종을 불허한다. 지노의 커크 컴퍼니는 비교가 안 되는 것이다.

그때 마이키가 말했다.

"지노, 우리 팀이 맡은 수배자는 압둘 가민이라는 이라크군 소장이야. 정보사 령부 부사령관이었는데 티크리트 북서쪽 산악지대의 마을에 은신하고 있다는 거야."

한 모금 맥주를 삼킨 마이키가 지노를 보았다.

"쏴죽이고 사진을 찍고 나서 손가락 하나만 잘라오면 돼. 그럼 자료가 다 있 으니까 확인이 돼."

"갓댐. 귀 잘라갖고 가는 것보다는 낫군."

"무슨 말야."

"아냐. 근데 얼마짜린데?"

"그놈은 50만 불."

"다 먹나?"

"아니. 절반은 회사가 먹고 나머지를 너하고 둘이 나눠야지."

"그래도 12만 5천 불이군."

"고용주가 바그다드 간 사이에 나하고 가지 않을래? 하루면 끝날 것 같은데."

이맛살을 모은 마이키가 지노를 보았다.

"회사에다 내가 너하고 둘이 작전하겠다고 했어. 네가 날 구해준 것을 회사에서도 알거든."

"……."

"그랬더니 회사가 승인했어."

"갓댐. 네 멋대로?"

"네가 안 한다면 그만이야. 넌 믿을 수 있을 것 같아서."

그때 지노가 위스키를 잔에 따르고는 한 모금에 삼켰다.

"마이키, 타깃이 어디 우리 안에 가둔 돼지냐? 그렇게 쉽게 잡혀?"

"우리는 위성 정보를 받아. 그놈이 화장실에 10분간 앉아 있다는 것도 안다."

"화장실에서 무슨 잡지를 보고 있다는 것도 알겠군."

"그놈이 숨어 있는 민가에는 경호원 셋이 있어. 넌 경호원을 맡아. 내가 경호원을 맡아도 되고."

"갓댐. 이 정보를 군이 다 제공해 준다고?"

"압둘 가민은 1백만 불짜리야."

위스키를 삼킨 마이키가 맥주병을 들면서 지그시 지노를 보았다.

"회사가 왜 50만 불을 먹겠니? 50만 불은 군에 상납하는 거야."

금방 이해가 간 지노가 어깨를 늘어뜨렸다. 그때 마이키가 물었다.

"어때? 할 거냐?"


"핫산, 내일 밤에 같이 가기로 했는데."

쓴웃음을 지은 지노가 핫산에게 말했다.

"12만 5천 불짜리오."

지노는 핫산에게 마이키와의 합의 내용을 다 말해준 것이다.

밤. 11시 반.

이곳은 티크리트 호텔 근처의 주택.

마이키와 헤어진 지노가 호텔에 들어가는 시늉을 했다가 이곳으로 숨어들어 왔다. 핫산의 검은 눈동자가 똑바로 지노를 보았다.

"압둘 가민이 북서쪽 산악지대 마을에 숨어 있는 건 맞아요. 현상금도 1백만 불이고."

집 안에서 아이 울음소리가 났다. 흙바닥에 낡은 양탄자가 깔린 거실에는 벽에 양초 하나만 켜놓아서 어둑하다.

핫산이 말을 이었다.

"지노, 고맙습니다. 곧 가민 소장한테 연락을 해서 피신하라고 전하겠습니다."

"12만 5천 불을 놓쳤군."

"케이트에 대한 정보는 얻지 못했군요. 아르카디는 관계가 없을까요?"

"아르카디는 수십 개의 팀으로 나눠져 있다니까 두고 봐야지."

이맛살을 찌푸린 지노가 핫산을 보았다.

"나 혼자서 찾기는 역부족이야."

그래서 이렇게 핫산과 마이키에게 양다리를 걸치고 있는 것이다.


오후 2시 반.

지노가 골프백을 들고 호텔 현관에 나왔을 때 앞쪽에 주차된 험비 안에서 마이키가 손짓을 했다. 지노는 작업복 차림에 골프백을 메었지만 누가 봐도 전사(戰士) 차림이다.

차가 출발했을 때 마이키가 말했다.

"우선 동쪽 산악지대로 간 다음에 산을 2개 넘어서 마을로 접근하는 거야."

마이키가 말을 이었다.

"7시까지는 압둘이 은신하고 있는 마을에 도착해야 돼."

험비에는 운전사와 그들 둘까지 셋이 타고 있다. 마이키가 앞쪽에 앉은 운전사를 눈으로 가리켰다.

"작전을 마치면 235 지점에서 존이 기다리고 있을 테니까."

그때 존이 앞쪽을 향한 채로 말했다.

"12시까지는 와야 돼, 마이키."

"오케. 늦으면 돌아가. 우리가 알아서 갈 테니까."

마이키가 뒷좌석에서 드라구노프를 꺼내면서 말했다.

총신이 122센티가 되어서 끝이 천장에 닿았다. PSO-1 스코프가 붙여진 이 저격 총은 러시아 제품이지만 야전용으로는 명품이다. 마이키는 압둘을 저격하려는 것이다.

"지노, 이거 써봤어?"

마이키가 탄창을 확인하면서 묻자 지노가 고개를 끄덕였다.

"여러 번."

"가장 길었던 거리는?"

"1,350미터."

"난 870미터였어. 그런데 이번에 산길에서 목을 맞고 후송된 발트는 1,670 거리에서도 맞혔어. 그놈이 이번에 저격을 맡기로 했는데."

"그래서 네가 12만 불을 벌게 되었지 않아? 넷이 덤볐다면 6만 불밖에 안 되었을 텐데."

"그런가?"

그때 운전사가 투덜거렸다.

"갓댐. 마이키, 어디서 돈에 환장한 놈을 데려왔구나."

지노는 입을 다물었고 마이키도 거들지 않았다.


오후 4시.

산 하나를 넘고 두 개째 산을 타다가 쉬면서 지노가 마이키에게 물었다.

"마이키, 아르카디는 여기서 현상금 사냥만 하나?"

"노."

고개까지 저은 마이키가 수통의 물을 한 모금 삼켰다.

"티크리트에 모두 16개 팀이 와 있어. 그중 6개 팀이 후세인 전담 추적팀, 6개 팀이 우리처럼 현상금 추적팀. 그리고 4개 팀이 특수팀이야."

"특수팀은 뭔데?"

"글쎄. 그 개새끼들은 국무부 놈들하고만 어울리고 우리하고는 말도 안 해. 상황실도 따로 써."

"아프간에서 내가 그런 놈들을 봤지. CIA하고 같이 헤로인을 퍼 나르더구만. 내가 특공대 시절에 말야."

"아프간에서 네가 소령으로 특공대장이었을 땐가?"

"그럴 줄 알았어, 마이키."

지노가 웃음 띤 얼굴로 마이키를 보았다.

"내 뒷조사를 다 했구나."

"글쎄. 아르카디가 국방부 위성을 사용하는 수준이라고 하지 않나?"

"나에 대해서 알았으면 입 닥치고 있어, 마이키."

"난 대위 출신이야, 지노."

"퍽큐, 캡틴."

"난 너처럼 하사관 출신으로 장교 딴 것이 아니라 웨스트포인트야."

"나한테 맞아서 예편된 놈도 웨스트포인트를 나왔지."

"네가 아르카디에 온다면 깁슨도 환영할 거야."

"깁슨이 어떤 놈인데?"

"본부장. 준장 출신으로 지금 여기 와 있어. 아르카디의 실권자지."

"난 커크 컴퍼니가 맞아. 지금 너하고 같이 일하는 건 알바야."

지노가 AK-47을 지팡이 삼아서 일어섰다.

이번 작전에는 AK-47을 쓴다. AK-47은 중동에서 쓰기에 적당한 총이다.


오후 7시 10분.

이미 황량한 산야에는 어둠이 덮여 있다. 바위산으로 둘러싸인 골짜기 앞은 바위투성이의 황무지다. 골짜기 안에 6채의 민가가 흩어져 있었는데 그중 오른쪽 끝이 압둘 가민의 은신처다.

마이키는 오른쪽 산 중턱에 자리 잡았는데 지노가 보기에도 가장 적당한 위치였다. 직선거리 515미터. 바람도 없는 날씨인 데다 스코프의 열선에는 집 안의 생명체까지 선명하게 드러났다.

엎드려서 스코프로 민가를 내려다보던 마이키가 혼잣소리를 했다.

"어라? 셋뿐인데?"

민가에는 주인 부부와 딸, 그리고 사내 넷까지 일곱이 있어야 된다. 지노가 암시 장치를 부착한 망원경으로 아래를 내려다보았다. 과연 셋뿐이다.

"없어."

마이키가 잇새로 말했다.

옆집과는 50여 미터 떨어져 있는 데다 그곳에는 둘뿐이다. 스코프에서 눈을 뗀 마이키가 지노를 보았다.

"샜어. 정보가 샌 거야."

어둠 속에서 마이키의 눈이 번들거리고 있다.

"오늘 출발하기 직전까지 확인했는데. 그동안에 샌 거야."

지노는 대답하지 않았다.


시간이 남았기 때문에 기다리기로 했다.

압둘 가민이 경호원들과 함께 외출했을지도 모르기 때문이다.

"갓댐."

스코프로 사방을 둘러보면서 마이키가 계속 투덜거렸다.

"어쩐지 티크리트에 오면서부터 일이 풀리지 않더니 이 꼴이군."

"진정해, 마이키."

"차라리 깁슨한테 말해서 특수팀에 끼워달라고 해야겠어."

"특수팀은 도대체 뭘 하는 거야?"

"얼핏 들었는데 대(對)테러야. 테러단을 쫓는 것 같아."

"테러단이나 반란군이나 마찬가지 아냐?"

"테러단이 위험하지, 훈련이 잘 되어 있는 데다 정보력, 조직력이 뛰어나니까."

"누군데."

"그걸 내가 아나?"

이제는 스코프에서 눈을 뗀 마이키가 지노를 보았다.

"지노, 헛고생하게 만들어서 미안해. 이젠 내가 재수 없는 놈이라 내 옆으로 오지 않는 것이 낫겠다."


다음 날 오전 8시 반.

호텔 뷔페에서 아침 식사를 마친 지노가 호텔 건너편 골목 안의 물담배 가게로 들어섰다. 그러자 안쪽 문 앞에 서 있던 소년이 잠자코 몸을 돌리더니 문을 열고 나갔다. 지노가 다시 소년을 따라 한참 동안 미로 같은 집들을 통과한 후에 카페 뒷문으로 들어갔다.

텅 빈 카페 안에 앉아 있던 핫산이 자리에서 일어섰다. 의자도 테이블 위에 거꾸로 놓인 카페에는 종업원도 없다. 앞쪽 문도 잠겨 있다.

지노가 앞쪽에 앉았을 때 핫산이 말했다.

"압둘 소장이 고맙다는 인사를 드린다고 했습니다."

"내가 그 사람을 구하려고 그런 건 아닌데. 당신도 알고 있잖소?"

"어쨌든 당신 덕분에 살았으니까요."

"아르카디의 특수팀 4개 조가 미 국무부와 함께 별도로 움직인다는 겁니다."

그러자 핫산이 고개를 들었다.

"그렇다면 하크라 거리 옆 주택가에 차려놓은 사무실이 그곳인 모양이군."

핫산의 눈이 어둠 속에서 번들거렸다.

"본부장 에드워드 깁슨이 국무부장관 보좌관 커크 매디슨하고 그곳에서 자주 회동을 하거든요."

"갓댐. 케이트가 여기 온 목적이 누설된 것이 아닐까?"

지노가 정색하고 핫산을 보았다.

"아르카디의 특수팀은 그것을 막으려고 조성된 팀이 아닐까?"

"그럴 가능성도……."

"이봐요, 대위."

지노가 짜증을 냈다.

"어쨌든 정보가 샜기 때문에 케이트가 실종된 것 아니오?"

"그럴 가능성이……."

"갓댐."

그때 핫산의 검은 눈동자가 흐려졌다. 그러나 똑바로 지노에게 시선을 준 채 말을 잇는다.

"형제, 이라크는 이미 망한 나라입니다. 정보력에도 한계가 있어요."

또 형제란다.

그것도 그렇지만 핫산의 표정이 막 눈물을 쏟을 것 같았기 때문에 지노는 외면했다.


"비었어?"

되물은 깁슨의 얼굴에 쓴웃음이 번졌다.

이곳은 '아르카디' 티크리트 본부로 사용하는 부대 건물 안. 아르카디는 구(旧) 이라크 군부대 시설을 사용하고 있다. 이라크군(軍)이 전면 해체되었기 때문에 빈 건물이 많다.

깁슨이 앞에 서 있는 마이키를 보았다.

"마이키, 이상하다는 생각이 안 드나?"

"예. 그렇긴 합니다만."

"압둘 가민은 어제 오전까지 경호원 셋하고 그곳에 있다가 네가 가기 전에 사라져 버렸단 말이다. 왜 그랬을까?"

마이키와 시선이 마주친 깁슨이 눈을 가늘게 떴다.

"정보가 샜어, 마이키."

깁슨이 붉은 얼굴을 펴고 웃었다.

"네 주변에서."

"내 주변에서 샐 곳은 없습니다. 본부에서 흘렸을 수도 있지요."

마이키가 똑바로 깁슨을 보았다. 상황실 안에는 깁슨과 보좌관 터너까지 셋뿐이다. 그때 깁슨이 천천히 고개를 끄덕였다.

"그럴 수도 있지, 마이키."

"내 주변이라면 지노 장뿐인데, 거기서 새나갔을 리가 없단 말입니다."

"넌 지노를 믿는군, 절대적으로."

"내 목숨을 구해준 놈이죠. 아시겠지만."

"그런 인연은 드물지. 그런데 그놈, 아르카디로 올 생각은 없다던가?"

"예. 별로 없는 것 같았습니다."

"그놈 고용인은 언제 돌아온다고 했지?"

"잘 모르는 것 같습니다."

"알았어, 마이키."

깁슨이 고개를 끄덕이자 마이키가 몸을 돌렸다.

방에 둘이 남았을 때 깁슨과 터너의 시선이 마주쳤다.


오후 3시 반.

이번에는 시장 안으로 들어가 미로를 30분이나 뚫고 간 후에 다시 모하메드 알 세이크를 만났다.

이곳은 저택의 지하실 안이다. 참석자는 모하메드와 지난번에도 동석했던 거구까지 셋이다. 모하메드가 입을 열었다.

"핫산한테서 이야기 들었어요. 케이트가 '아르카디' 쪽에 납치되었다고 해도 이젠 역할이 끝난 것이나 같습니다."

모하메드가 정색하고 지노를 보았다.

"지노 씨, 하크라 거리 옆 주택가에 위치한 '아르카디' 기지는 미군의 보호를 받고 있어요. 주변에 미군 특수부대, CIA 기지가 둘러싸고 있었습니다."

"……"

"케이트가 그곳으로 끌려갔다면 잊는 것이 낫습니다. 우리는 구해낼 능력이 없어요."

지노가 고개를 들었지만 입을 열지는 않았다.

그렇다면 케이트를 찾으려고 그곳으로 쳐들어갈 생각은 없다. 실베스타 스텔론이 나오는 영화에서나 그런 미친 짓을 하지.

그때 모하메드가 물었다.

"지노 씨, 내 제의를 받아들일 겁니까?"

지노가 지난번에는 대답하지 않았다. 케이트를 먼저 찾는 것이 할 일이라고만 했다.

모하메드가 말을 이었다.

"예상하고 있겠지만 아르카디는 당신을 의심하고 있을 거요. 그 마이키란 자는 어쩔지 몰라도 말입니다."

"……."

"당신은 케이트와 함께 외출했고 그다음 날 밤에는 미행하는 차를 박살내버렸지요. 차에 셋이 탔었는데 다음 날 미군 사령부에 신고도 되지 않았습니다. 신분을 밝히지 않으려는 용병이라는 증거지요."

그때 거구의 사내가 입을 열었다.

"난 보안군 사령관이었던 오마르 아무디 대장이오."

사내의 목소리는 체구와 어울리게 굵었다.

지노가 저절로 숨을 들이켰다. 오마르의 이름을 들었기 때문이다. 미군의 이라크 침공 때 격렬히 저항하다가 폭격으로 사망했다는 소문이 났다. 그래서인지 현상금이 걸리지 않은 인물이다.

오마르가 말을 이었다.

"내가 대통령 각하의 지시를 받고 직접 나서고 있소. 대통령께선 지노 씨한테 역할을 맡기는 것이 낫겠다고 생각하시오."

지노는 시선만 주었고 오마르의 목소리가 더 굵어졌다.

"지금의 이라크 상황을 보시오. 이제 이라크 국민은 절반 이상이 거리를 헤매고 쓰레기통을 뒤져서 먹을 것을 찾고 있소. 있지도 않은 핵과 대량 살상 무기를 갖고 있다는 누명을 뒤집어씌워서 말이오."

고개를 든 오마르가 지노를 보았다.

"대통령께서는 이 누명이 풀리면 미국과 세계 여론이 돌아서서 미군이 철수하기를 기다리고 계시오."

오마르의 두 눈이 번들거렸다.

"그러고 나서 이라크를 안정시킨 후에 대통령께서는 민주적인 지도자에게 정권을 위임하고 퇴임하신다는 것이오."

그때 지노가 소리 죽여 한숨을 쉬었다.

꼭 재미없는 강의를 듣는 기분이었다. 그래서 절반쯤은 듣는 척만 했지 대뇌에 입력되지 않았다.


또 기다려 보자고 했다.

오마르가 대장 출신이라고 했지만 지노에게는 쓸데없는 소리다. 후세인의 누명이나 모하메드가 말한 정의, 또는 민주가 어떻고 따위는 개 귀에 성경 읽기다.

우선 내 코가 석 자고 '용병비'를 받은 그 빌어먹을 고용인, 케이트의 생사를 확인이라도 해야 한다. 그것이 도리다. 아니, 의무겠군.

"지노, 이제는 오마르 대장께서도 당신을 믿는 것 같습니다."

호텔로 돌아오면서 오늘도 앞장서서 미로를 안내하던 핫산이 말했다.

"어쨌든 당신은 대단해, 그런 거금의 제의를 선뜻 받아들이지 않다니. 이미 저쪽의 자료를 받는 사람들한테는 연락까지 해 놓았는데."

민가의 복도를 지나면서 핫산이 앞쪽을 향한 채로 말했다.

"대통령께서도 당신에 대한 기대가 크신 모양이오."

지노는 끈질기게 대답하지 않았다.

106

내가 어쩌다가 후세인의 기대까지 받는 신세가 되었는가 하고 처량한 기분이 들었지만 핫산에게 표현할 수는 없지.


"갓댐잇. 어디 갔다 온 거야?"

지노를 본 고든이 투덜거렸다.

오후 5시.

고든의 방으로 들어선 지노가 주위를 둘러보았다. 케이트의 짐이 한쪽에 쌓여 있다.

"시내 돌아보고 온 거야."

자리에 앉은 지노가 물었다.

"왜? 무슨 일 있어?"

"궁금해서. 케이트도 연락이 없고 너도 보이지 않아서."

"케이트가 너한테 보고할 의무가 있어? 놔둬. 넌 사진이나 찍어."

케이트가 실종된 지 사흘째다. 지노가 말을 이었다.

"신경 쓰지 말고 기다려, 고든, 나도 그사이에 친구들이나 만날 테니까."

지노의 어깨가 늘어졌다. 고든은 이번 사건에 도움이 되지 않는 것이다.

"젠장. 술을 마시고 좀 놀려고 해도 케이트가 없어서 돈을 타낼 수가 없어."

고든이 다시 투덜거렸다.

"갈 때 돈을 좀 주고 갈 것이지."

기타 경비는 케이트가 그때그때 지급하기로 했기 때문이다.

"좋아. 그럼 내가 빌려주지. 얼마나 필요해?"

"찔끔찔끔 받기 싫어. 1만 불쯤 주면 좋겠는데. 그놈이면 두 달간 내 수당 외의 잡비는 될 거야."

"좋아. 빌려주지."

"케이트 오면 받아서 줄 테니까 걱정 마. 네가 케이트한테서 직접 받아가도 되고."

고든의 얼굴에 웃음이 떠올랐다.

이것 때문에 신경질을 낸 건가?

"그럼 내 방으로 가자."

지노가 자리에서 일어섰다.


케이트가 세이크한테서 받은 1백만 불은 건드리지 않아도 된다. 이라크에 입국한 날 밤, 유닉스 일행을 습격했던 강도단한테서 빼앗은 2만 5천 불이 남아 있었기 때문이다.

물론 그 돈도 강도단이 유닉스 일행한테서 빼앗은 돈일 것이다. 그 돈을 반납할 만큼 지노가 미친놈은 아니다.

고든과 함께 방으로 돌아온 지노가 옷 가방 안에서 돈뭉치를 꺼냈다.

"오 마이 갓."

돈뭉치를 본 고든이 탄성을 질렀다.

"솔저, 그 돈은 어디서 난 거야?"

"사례금 받은 거야."

"사례금이라니? 누구한테서?"

"마이키."

"아. 그렇구나."

"목숨을 구해줬다고."

방에 오면서 생각해낸 핑계였지만 그럴 듯했다.

"그렇군."

고든이 고개를 끄덕였고 지노가 고무줄로 묶은 돈뭉치를 풀고 세기 시작했다. 그때 노크 소리가 들렸기 때문에 지노가 고개를 들었다.

"누구요?"

"룸서비스인데요. 냉장고 채울 겁니다."

밖의 소리가 들리자 지노가 고든에게 턱으로 문을 가리켰다.

"가봐."

지노는 돈을 세는 중이다. 고든이 문으로 다가가 사슬을 풀고는 문을 열었다.

"퍽!"

다음 순간 발사음.

동시에 지노가 쥐었던 돈을 뿌리면서 허리띠에 찔러 넣었던 베레타를 뽑아 쥐었고 그 순간에 고든이 뒤로 떠밀린 것처럼 벌떡 넘어졌다.

그리고 방 안으로 총을 쥔 손부터 들어왔다. 지노가 옆쪽에 있었기 때문에 사내의 팔만 보인 것이다. 사내는 지노를 보지 못했고.

다음 순간.

"탕탕탕탕."

지노가 사내의 팔 뒤쪽 몸통을 겨냥하고 문에 대고 쏘았다, 팔 뒤쪽의 몸통, 머리 부분까지 다. 문에 총탄 구멍이 뚫리면서 사내가 앞으로 쓰러졌다.

"탕탕."

다시 두 발을 그 뒤쪽에 대고 쏘면서 지노가 앞으로 뛰어나갔다.

문 앞은 비었다.

쓰러진 사내를 밟고 복도를 보았더니 총소리에 놀란 손님들이 이쪽을 응시할 뿐 도망치거나 등을 돌린 사람은 없다.


고든이 죽었다.

이마와 심장에 한 발씩을 맞고 즉사했다. 뒤로 반듯이 넘어진 고든은 눈을 크게 뜨고 있는 것이 쓰러지기도 전에 절명했을 것이다. 이마를 뚫은 총탄이 뒤쪽 뇌를 부수면서 양탄자에 피와 함께 뇌수를 쏟아 범벅으로 만들었다.

괴한은 네발을 다 맞았다.

옆머리, 목, 어깨, 가슴이 걸레가 되어서 널브러졌다.

백인이다. 권총은 리볼버. 종업원들이 오기 전에 소지품을 뒤졌지만, 지갑도 심지어 종이 조각 하나 주머니에 넣고 있지 않았다.

전문가다. 놈은 문을 연 것이 방 주인인 줄 알았을 것이다.

고든. 재수 없게 죽었다. 하지만 재수 없게 죽은 것이 고든뿐일까?

죽는 사람은 다 재수 없어서 죽는다.


수사는 미군 부대에서 했다.

현장을 본 헌병 대위는 지노의 위치에 서서 문의 총탄 자국을 보더니 고개를 끄덕였다.

"잘 쏘셨군요."

대위가 경탄하는 눈으로 지노를 보았다.

"어디 부대 출신입니까?"

"3군단 직할 특공대."

"아, 내 친구가 거기서 근무했는데. 마이클 오브라이언 대위를 압니까?"

"여우 오브리군. 지금은 레인저에 가 있을 텐데."

"오 마이 갓. 맞습니다."

대위가 활짝 웃었다.

"같이 근무했습니까?"

"아프간에서 반년쯤 같이 작전했지요, 같은 팀은 아니었지만."

"그놈, 술을 잘 마시지요."

"짐빔만 마신다고 레드 짐빔으로 불렀죠."

그때 대위가 정색하고 말했다.

"이 고든이란 사진기자는 오늘 당장 신문사로 연락하고 본국으로 후송시키지요. 그리고."

대위가 발밑에 놓인 암살자를 눈으로 가리켰다.

"이 선오브비치는 일단 시체실에 두었다가 검사 끝내고 소각시키겠습니다."

"고맙소, 대위."

"헌병대에서 귀찮게 하지 않을 겁니다. 연락할 일이 있다면 커크 컴퍼니로 연락하면 될 테니까요."

그러고는 대위가 손을 내밀었다.

"이런 데에서 친구의 친구를 만나면 반갑죠."


사고조사 같은 건 있지도 않았고 그럴 분위기도 아니다.

오발 사고는 제쳐두고 유탄에 맞아서, 지뢰를 밟고, 저격으로 죽는다. 해체된 이라크군이 떼를 지어서 강도단으로 출몰하는 데다 그 이라크군을 아랍 테러 조직이 흡수해가는 상황이다. 하루에도 몇 명씩 기자들이 죽어가는 것이다.

3류 신문사 시카고 포스트의 사진기자가 호텔에서 강도에게 총격당해 죽었다는 사건은 헌병 대위 스완슨이 방을 나가는 순간 종결되었다.


그러나 지노의 입장은 다르지.

피바다가 된 자신의 방은 청소하도록 내놓고 고든의 방으로 옮긴 후에 전화를 했다.

밤. 9시.

워싱턴은 오후 1시다.

지노가 커크 배링턴에게 전화를 한 것이다.

"커크 씨, 지노올시다."

그랬더니 커크는 놀란 듯 목소리가 높아졌다.

"아, 지노, 웬일인가? 지금 어디야?"

"티크리트입니다, 커크 씨."

"아, 티크리트에서 연락을 받았어. AK 가져갔고 차 바꿨다면서? 물건 맡겼고."

"예. 그런데 사고가 일어났는데요. 아직 연락 못 받으신 것 같군요."

"무슨 사고야?"

지노가 심호흡부터 했다.

이제는 고든까지 죽어나간 판에 대충 털어놓아야 한다.

"커크 씨, 3시간 전에 고든이 호텔에서 강도를 만나 피살되었습니다. 사진기자 말입니다."

그래. 강도라고 하자.

그때 커크가 놀라 소리쳤다.

"갓댐. 그럼, 그, 여기자는 무사한가?"

"그 여기자는 이틀 전에 다녀올 곳이 있다면서 나갔는데 아직 연락이 없습니다."

"어디로?"

"그건 말해주지 않았어요. 며칠 걸린다고 해서 기다리는 중입니다."

이렇게 말하는 수밖에.

도움이 안 될 사람한테 다 털어놓을 필요는 없다.

"갓댐. 시카고 포스트에 연락을 해줘야겠군."

"티크리트 주재 헌병대에서 신문사에 연락할 겁니다."

"도대체 어쩌다 당한 거야?"

"호텔방에서. 그 강도는 내가 쏴 죽였습니다."

"그건 잘했군. 한 놈이야?"

"예, 커크 씨."

"갓댐. 이라크 놈이었나?"

"백인이었는데 신분증도 없습니다."

"선오브비치. 거긴 별 개새끼들이 다 가니까."

지노가 전화기를 고쳐 쥐고 숨을 골랐다.

그래. 개새끼들에게 일단 빚을 갚아주마.

# 3장 사담 후세인의 용병

놈은 나를 죽이러 왔다가 고든을 죽인 것이다. 문을 열어준 고든을 '나'로 착각했다.

지노는 헝겊에 MP-5를 싸서 방을 나왔다.

용병들은 제각기 방법으로 총을 소지하고 다닌다. 지노는 총을 헝겊으로 감아서 메었다.

야전 파카 밑의 허리춤에 베레타를 끼웠고 허리띠에는 탄창이 6개, 권총 탄창 3개와 MP-5 탄창 3개. 머리에 낡은 뉴욕 양키스 야구 모자를 눌러썼고 정글화를 신었다.

밤. 10시.

지노가 바 '린튼'에 들어서자 안쪽에서 마이키가 손을 들었다.

바 안은 소음과 담배 연기로 가득 차 있는 데다 어둡다. 손님 대부분이 미군, 용병, 그리고 정보원으로 보이는 아랍인들이다.

앞쪽에 앉은 지노가 자루를 의자 옆에 내려놓았더니 마이키가 물었다.

"뭐야?"

"MP-5"

"왜 들고 다녀?"

"사냥."

"누구?"

그때 종업원이 다가와 섰고 지노가 주머니에서 5불짜리를 꺼내 주면서 말했다.

"맥주."

종업원이 돌아가자 지노가 마이키를 보았다.

"마이키, 난 함정 파기에는 서툴러."

"그건 나도 마찬가지야."

금방 알아들은 마이키가 대답했다.

"체질에도 안 맞아, 지노."

지노가 바 안을 둘러보았다.

마이키에게 만나자고 전화했더니 이곳을 알려주었던 것이다. 처음 와보는 곳이다. 종업원이 맥주병을 놓고 돌아갔다.

맥주병을 쥔 지노가 한 모금을 삼켰다.

"오늘 오후에 어떤 놈이 내 방에 있던 사진기자를 죽였어."

소란했기 때문에 지노가 크게 말했다.

"나하고 같이 있었는데 고든을 나로 착각하고 죽인 거지. 내가 그놈은 바로 죽였지만."

"갓댐. 강도야?"

"아니. 암살자다. 내가 타깃이 된 거지."

"마이 갓."

"실은 여자 취재기자도 실종되었어. 납치된 것 같아."

지노가 다시 맥주를 한 모금 삼키고는 마이키를 똑바로 보았다.

"마이키, 난 너희들, 아르카디 용병단이 의심스러워."

"갓댐. 의심할 만한 이유라도 있나?"

"취재기자가 후세인 잔당을 만나고 있었거든."

"너도 같이?"

"만난다는 이야기만 들었어."

마이키의 두 눈이 어둠 속에서 번들거렸다. 위스키 병을 든 마이키가 한 모금을 삼키더니 손등으로 입을 닦았다.

"지노, 이번에 너하고 둘이 가서 허탕을 치고 나서 본부장이 널 의심하는 눈치였어."

지노는 시선만 주었고 마이키가 말을 이었다.

"너한테서 정보가 샌 것으로 말야."

"……."

"그래서 아니라고 했지만, 본부에서 믿을지는 알 수 없지."

"네가 날 만나러 나온다는 걸 알았다면 가만있지 않았을 거다, 마이키."

"넌 네 방에서 사진기자를 죽인 놈이 아르카디 요원이라고 믿는군."

"그럴 가능성이 있다는 거지, 마이키."

"그래서 MP-5를 가져온 거야?"

"이 바 안에 있는지도 모르겠다."

"갓댐. 내가 미끼 노릇이란 말인가?"

"뒷문이 어디야?"

"내 뒤쪽, 주방 오른쪽으로 가면 화장실이 있어. 화장실 옆이 뒷문이야."

"고마워, 마이키."

"뒷문에서 오른쪽으로 나가. 왼쪽은 길이 막혔어."

다시 위스키를 한 모금 삼킨 마이키가 번들거리는 눈으로 지노를 보았다.

"널 없애려고 한다면 살아서 나가기가 힘들 거야, 뒷문 좌우에 둘만 배치해도 될 테니까."

116

"이 안에는 아르카디 요원이 없나?"

"글쎄. 내가 모르는 놈들도 많다니까 그러네."

그러면서 마이키가 바 안을 둘러보았다.

"지노, 앞으로 어떻게 할 거냐?"

"다시 연락하지."

헝겊에 싼 MP-5를 집어들면서 지노가 자리에서 일어섰다.


소란하고 혼잡한 바 안을 헤치고 안쪽으로 들어가 주방 오른쪽으로 꺾었더니 화장실이 나왔다. 옆쪽의 낡은 철문, 그곳이 후문이다.

지노는 헝겊에 싼 MP-5의 손잡이를 쥐고 손가락은 방아쇠에 걸쳐놓았다. 얼핏 보면 자루를 들고 있는 것 같지만 손가락만 당기면 총탄이 발사된다.

옆을 스치고 지나던 사내들이 힐끗거렸지만 지노는 거침없이 후문으로 다가갔다.

그때다.

"잠깐."

갑자기 화장실 쪽에서 나온 사내가 지노를 저지했다. 거대한 체구의 아랍인.

"그곳으로 못 나가."

사내가 지노를 가로막고 섰다. 사내의 입에서 악취가 풍겼고 튀어나온 배가 몸에 닿았다.

그 순간이다.

지노가 무릎으로 사내의 사타구니를 찍어 올리면서 들고 있던 MP-5의 총신으로 목을 찔렀다.

"컥!"

사내의 몸이 엉덩이부터 뒤로 넘어지면서 문이 열렸다. 밀어서 열리는 문이다. 사내와 함께 밖으로 튕겨 나온 지노가 곧장 오른쪽으로 달렸다.

사람 둘이 겨우 지날 수 있는 골목은 어둡다. 그리고 악취로 가득 차 있다.

30미터쯤 길이의 골목을 달려 거리로 뛰쳐나왔을 때다.

"지노."

어둠 속에서 부르는 소리가 들렸다.

길가 담장에서 어른거리는 그림자. 지노가 곧장 그곳으로 뛰었다. 지노가 다가가자 사내는 몸을 돌려 앞장서 달리면서 말했다.

사내는 핫산이다.

"골목 밖에 셋이 있었어. 둘을 죽이고 하나를 잡았어!"


한 시간 후.

지노가 의자에 묶어놓은 사내를 내려다보고 있다.

백인. 지저분한 콧수염을 길렀고 군복 차림. 그러나 어깨와 무릎에 총을 맞아서 피범벅이 된 붕대를 감고 있다. 임시 처치를 해준 것이다.

사방이 막힌 시멘트 구조의 방 안. 천장에 기름 등 하나가 매달려 있다.

지노 옆에는 핫산, 그리고 사내 뒤쪽에 아랍인 셋이 서 있다. 핫산의 부하들이다.

그때 지노가 물었다.

"네 소속은?"

사내는 고개를 들더니 쓴웃음만 지었다. 지노가 다시 물었다.

"케이트 워크만은 너희들이 잡고 있나?"

또 쓴웃음.

"죽였나? 아니면 가둬두었나?"

사내는 외면했다.

118

"너희들 본부는 어디야?"

"……"

"목적은 뭐고?"

사내가 벽만 바라보았을 때 핫산이 헛기침을 했다.

"지노, 나한테 맡겨."

핫산이 조심스럽게 말했다.

"내가 천천히 요리하듯이 이놈의 몸을 떼어낼 테니까. 여기 전문가를 데려왔어."

영어라 사내도 다 듣고 있다.

"지금까지 수백 명을 요리했지만 입을 열지 않은 놈은 단 한 명도 없었어."

지노가 가만있었더니 뒤쪽 사내가 들고 온 가방을 옆쪽 탁자 위에 내려놓더니 뚜껑을 열었다. 낡은 플라스틱 가방 안이 드러났다.

크고 작은 칼, 펜치, 나뭇가지 자르는 가위, 망치, 집게, 주사기, 갖가지 약병, 전류 장치까지 들어 있다.

사내의 시선이 그쪽으로 옮겨지더니 떨어지지 않는다. 그때 핫산이 웃음 띤 얼굴로 말했다.

"이놈 앞에서 이놈 내장을 꺼내 구워 먹을 거야. 이놈은 살아서 그걸 보게 될 것이고."

고개를 끄덕인 지노가 물러섰더니 세 사내가 준비를 시작했다. 사내를 둘러싸고 잠자코 '도구'를 꺼내 놓는다. 방 안에서는 '도구'를 내놓는 덜거덕거리는 소리만 났다.

그때 지노가 세 사내를 밀치고 사내 앞에 섰다. 사내와 시선이 마주치자 지노가 말했다.

"내가 50만 불을 주지."

지노가 말을 이었다.

"넌 용병이야. 돈을 받고 일하는 놈이고 이 일이 네 애국심과는 상관없는 일이라는 걸 알 거다."

이제는 지노의 얼굴에도 쓴웃음이 번졌다.

"나도 용병이고. 그래서 네 심사를 잘 알지. 어차피 돈에 팔려온 놈 아니냐?"

"……."

"현금으로 50만 불을 주마. 그럼 넌 부상 당한 채로 발견되고 후송되면 끝나. 돈 자루와 함께 말이다. 그리고 너는."

지노의 눈빛이 강해졌다.

"내 약속을 믿는 수밖에 없어. 여기서 돼지처럼 구워 먹히는 것보다는 낫지 않겠어?"


"방은 싹 치워졌습니다."

터너가 표정 없는 얼굴로 깁슨을 보았다.

"주차장에 있는 놈의 차에도 아무것도 남지 않았습니다."

"……."

"빠릅니다."

그때 깁슨이 입을 열었다.

"지금 즉시 아지트를 옮겨."

"파킨슨이 자백했다고 생각하십니까?"

"1퍼센트의 가능성이 있다고 해도 대비해야 되는 거다."

자리에서 일어선 깁슨이 손목시계를 보았다.

오전 6시 반이다.

"서둘러."

터너가 몸을 돌렸을 때 깁슨이 등에 대고 말했다.

"개 같은 용병 놈 하나 때문에 작전이 커졌다."


오전 7시.

티크리트 주둔 미7사단 헌병대장 알렌 대령이 숙소에서 전화를 받는다. 알렌의 직통 전화다.

"알렌, 나야."

깁슨의 목소리를 듣자 알렌의 이맛살이 찌푸려졌지만 목소리는 부드럽다.

"아, 깁슨. 웬일이야?"

"살인사건이야. 내 요원 둘이 살해당했어."

깁슨의 말이 이어졌다.

"살해범은 지노 장이라는 한국계 미국인 용병이야, 커크 컴퍼니 소속."

"……."

"증인이 있어. 셋이나."

"물론 아르카디 요원이겠지? 증인 말야."

"지금 당장 수배해주게, 알렌."

"갓댐. 요원 시체는?"

"헌병대에 신고해서 현장 검증까지 끝냈네, 알렌."

"알았어. 확인해보지."

마침내 알렌이 어깨를 늘어뜨리며 말했다.

깁슨은 발이 넓은 놈이다. 더구나 모략이 뛰어나서 방해가 되는 상대는 수단 방법을 가리지 않고 해코지를 하는 인간인 것이다. 적이 되면 위험하다.


"네가 주요 증인이야."

터너가 다짐하듯 말했다.

"네가 그놈이 뒷문으로 나가는 것을 보았고 모리스가 확인했어. 그대로만 말해."

"갓댐."

마이키가 눈을 치켜떴다.

"날 미행시켰군, 터너."

"닥쳐, 마이키."

터너가 똑바로 마이키를 보았다.

"넌 아슬아슬한 줄타기를 하고 있었어. 지난번 작전이 실패한 것도 그놈이 정보를 흘렸기 때문이야."

"그 증거가 있어?"

"클럽 후문에서 요원 둘을 죽이고 하나가 실종되었어. 그것이 증거다."

마이키가 입을 다물었다. 이제는 꼼짝할 수가 없다.


"하크라 거리 옆 주택가에서 14대의 차량이 이동했습니다."

사내가 세이크에게 보고했다.

오전 7시 반.

주택가 지하실의 상황실에는 세이크와 핫산까지 둘러앉아 있다.

"조금 전에 차량 대열이 7사단 병참부대로 들어갔습니다."

세이크가 고개를 돌려 핫산을 보았다.

"결국 아르카디였군."

핫산이 어깨만 늘어뜨렸다.

이것으로 어젯밤 사건의 주역이 아르카디였고 케이트의 실종에도 관계가 있다는 증거가 드러났다.

"지노는 지금 어디 있나?"

"안가에 있습니다."

"아르카디 요원 셋이 당했으니까 그쪽도 비상이 걸렸을 거야. 대비해야 돼."

세이크가 자리에서 일어섰다. 보고하려는 것이다.


"당분간 연락 못 할 것 같습니다."

지노가 말하자 알렉스는 혀 차는 소리부터 냈다.

"갓댐. 네가 주인 잃은 개꼴이 되었군, 솔저."

알렉스가 말을 이었다.

"당분간 거기 있을 거냐?"

"예, 케이트의 생사는 확인해야죠."

"알았다. 몸조심해."

통화를 끝낸 지노가 어금니를 물었다.

알렉스는 바깥세상과 연결된 단 하나의 라인이다. 지금은 '커크 컴퍼니' '시카고 포스트'도 믿을 수 없는 상황이다. 그래서 알렉스한테는 상황을 이야기해준 것이다.

전화를 마친 지노가 안가로 돌아왔을 때 핫산이 다가와 말했다.

"지노, 그놈을 길가에 버려두고 왔어."

포로로 잡혔던 파킨슨이다. 지노는 약속대로 파킨슨에게 50만 불이 든 돈 자루와 함께 길가에서 풀어준 것이다.

파킨슨은 알고 있는 사실을 다 자백했다.

아르카디가 케이트를 납치했으며 그것은 미국 국무부의 용역을 받은 것이다. 하크라 거리에 주둔했던 특수팀이 그 주역이다. 특수팀은 본부장 에드워드 깁슨의 직접 지시를 받으며 그 목적에 대해서는 자세히 모른다고 했다.

그때 지노가 말했다.

"핫산, 세이크 소장을 만나러 가자."

지노가 세이크를 먼저 만나자고 한 것은 처음이다.


"이놈이 물건인데."

깁슨이 이맛살을 찌푸리고 터너를 보았다.

오후 2시 반.

새로 본부를 옮긴 7사단 병참 기지 안.

방금 컴퓨터에서 출력한 자료를 손에 들고 있다.

"커크 컴퍼니에 낸 자료에는 육군하사로만 적혔는데 이 새끼는 특공대 소령 출신이야. 그것도 3군단 직할특공대."

놀란 터너가 숨을 들이켰다.

"정말입니까?"

깁슨이 건네준 서류를 읽은 터너의 눈동자가 흐려졌다.

"갓댐. 소령에서 예편했다가 상사로 복귀, 다시 하사로 강등된 후에 예편했군요. 그 과정은 기록에서 삭제되었네요."

"그 내용은 직속상관이나 주변에서만 알겠지. 군사기밀로 묻은 거야."

"무공훈장도 2개 받았습니다."

"훈장 수상 경력은 삭제 안 되지."

고개를 든 깁슨이 터너를 노려보았다.

"바그다드에 있는 알렉스 포크만이 이놈의 상관이었어."

터너의 시선을 받은 깁슨의 얼굴이 일그러졌다.

"알렉스 포크만은 CIA 조정관 역할이야. 지노 이 개자식이 알렉스에게 정보를 던지면 일이 커진다구."

124

"이미 전하지 않았을까요?"

터너가 물었지만 깁슨은 대답하지 않았다.


"케이트 워크만의 생사부터 확인하고 시작할 겁니다."

지노가 분명하게 말했다.

"그것이 순서이고요, 그리고 또……."

고개를 든 지노가 세이크 소장을 보았다.

"이놈들을 피해서 도망치고 싶지 않아요. 요절을 내고 갈 겁니다."

"지노 씨, 그렇다면……."

세이크가 입을 열었을 때 지노가 손을 들어 막았다.

"장군, 앞으로 날 소령으로 불러주시죠."

"그러지요, 소령."

"난 18살에 사병으로 입대해서 8년 만에 상사가 되었고 장교 임관 시험을 거쳐 소위가 되었습니다."

방 안이 조용해졌다.

세이크와 핫산, 세이크의 참모 셋까지 모두 숨을 죽이고 있다.

"그동안 최고무공훈장, 전공장을 받았고 참전수훈장은 6번 받았지요. 그래서 소령이 된 겁니다."

지노의 얼굴에 웃음이 떠올랐다.

"그러다 하사로 예편하고 지금은 용병 신세지만 소령으로 불리고 싶습니다."

"오케이, 소령."

세이크가 다시 부르면서 이를 드러내고 웃었다.

"영광이오, 소령."

"오늘부터 아르카디 사냥을 할 겁니다."

지노가 말을 이었다.

"이목을 티크리트로 집중시키면 급해지는 것은 아르카디일 테니까."

"오늘 오전 10시에 이라크 전역에 소령이 지명 수배되었어요."

핫산이 입을 열었다.

"커크 컴퍼니 지사도 군 헌병대가 수색했고 호텔 주차장에 주차된 차도 압류시켰습니다."

지노가 고개를 끄덕였다. 그래서 한발 빠르게 보관시켰던 현금 가방을 찾아간 것이다.

오후 3시 반이다.

자리에서 일어선 지노에게 세이크가 말했다.

"소령, 핫산 대위를 팀원으로 붙여 드리지요."


현상금 사냥꾼 마빈은 지금까지 이라크 차관급 관리 한 명과 보안군 중령 하나를 잡아서 17만 불을 벌었다. 그러나 경비를 제하면 손에 쥔 액수는 5만 불 정도밖에 안 되었다.

3달 반. 약 100일 동안의 '벌이'였다.

중사로 제대하고 달라스에서 마약이나 하는 것보다는 낫겠지만 100일 동안 스트레스로 체중이 20킬로나 불었다. 매일 밤 술을 폭음하고 이집트 여자들을 깔아뭉갠 덕분이다.

밤. 11시 반.

마빈이 조원(組員) 핸슨에게 말했다.

"정보원들 사이에 소문이 쫙 깔렸어. 지노가 아르카디의 비밀을 쥐고 있기 때문에 죽이려고 했다는 거야. 그래서 지노가 역습을 한 것이라구."

바 '카이로' 안이다.

이곳은 현지인 정보원들 단골 바여서 가격이 싸지만 저질이다. 술도 메탄알코올도 가끔 나와서 마시다가 자주 죽는다.

"아르카디 놈들이 '핵' 관계 정보를 막는 작업을 엄청난 가격으로 수주했다는군."

"갓댐."

핸슨이 거구의 마빈을 흘겨보았다.

"넌 맨날 술 퍼마시면서 그런 정보는 어디서 주워오는 거냐?"

"술 마시면서 얻는 정보다, 병신아."

"아르카디 놈들이 또 증원되었다는군. 후세인 체포조가 늘었다는 거야."

"빨리 후세인을 잡아 죽여야 이라크를 이유도 없이 침공했다는 비난 여론이 쏙 들어갈 테니까."

바 안은 시끄럽고 혼잡해서 소리를 질러야 대화가 될 정도다. 그때 이라크인 하나가 다가왔다. 더러운 숍 위에 역시 너덜너덜한 재킷을 걸친 사내다.

"대위님, 정보가 있습니다."

용병을 '대위'라고 부르는 현지인들이 많다. 마빈이 시큰둥한 표정을 짓자 사내가 바짝 다가섰다.

"대위님, 시카고 포스트 기자가 납치된 사건입니다."

마빈이 잠자코 낯이 익은 사내를 바라보았다. 낯이 익지 않았다면 쫓아냈을 것이다.

사내가 말을 이었다.

"5달러만 내시면 그 기자가 납치된 장소를 알려드리지요."

"갓댐."

핸슨이 손을 휘둘러 사내에게 꺼지라는 시늉을 했을 때 마빈이 주머니에서 1불짜리 2장을 꺼내 흔들었다.

"자. 2불로 결정해라."

그때 사내가 손을 내밀면서 말했다.

"시카고 포스트 기자 케이트는 아르카디 용병단이 납치했습니다."

"아르카디?"

"예. 케이트가 이라크에 본래부터 핵이 없었다는 사실을 폭로하려고 했기 때문입니다."

그때 느슨해진 마빈의 손에서 사내가 달러를 가로챘다. 그러나 말을 잇는다.

"케이트가 그 증거를 찾았기 때문에 아르카디가 납치했다는 겁니다."


밤. 12시.

모스크 창밖으로 티크리트 서쪽 지역이 펼쳐져 있다. 대개 단층, 이층집이어서 6층 높이의 모스크 탑에서는 주택과 건물들이 모두 내려다보이는 것이다.

창가에 엎드린 지노가 스코프를 눈에 붙였다.

스코프의 눈금에 드러난 건물은 미군7사단 병참부. 그중 맨 끝 쪽에 위치한 반원형 시멘트 건물이다.

거리는 1,125미터. 드라구노프 저격 총에 부착된 야광 스코프에는 생명체가 붉은색으로 나타난다.

그때 옆에서 야간용 스코프를 눈에 붙이고 있던 핫산이 말했다.

"아르카디 요원이야. 네 놈. 경비병 셋."

저격 총 스코프에도 7명이 보인다.

병참부의 다른 건물과는 약 1백 미터 거리가 있어서 표시가 난다. 저곳에 케이트가 감금되어 있을지도 모른다. 그러나 군 기지 안에 파묻히듯 숨어 있기 때문에 침투는 불가능하다. 만일 침투한다고 해도 먼저 미군과 부딪혀야 되는 것

128

이다.

지노한테는 생각지도 못할 작업이다. 그때 스코프에서 눈을 뗀 지노가 핫산에게 말했다.

"갇혀있을 수만은 없겠지."


"소문이 퍼졌습니다."

다음 날 아침.

기지 안 식당에서 병사들과 함께 식사를 하는 깁슨에게 터너가 말했다. 깁슨은 잠자코 햄을 씹었고 터너가 말을 잇는다.

"케이트가 병참 기지 안에 잡혀있다는 소문입니다. 시카고 포스트 기자라고까지 정확하게 압니다."

"그놈들 짓이군."

포크를 내려놓은 깁슨이 쓴웃음을 지었다.

"케이트를 끌어내리려는 수작이야."

"그놈들이 아직도 막강한 정보 운용력을 갖고 있다는 증거입니다."

"당연하지."

깁슨이 눈을 가늘게 떴다.

"그 배후에 지노가 있을지도 모른다."

순간 터너가 숨을 들이켰다.

"그렇다면 문제가 커지겠는데요."

"그놈보다 선수를 쳐야지."

깁슨의 눈에 초점이 잡혔다.


"갓뎀."

병참 기지 오른쪽 막사에서 망원경을 눈에 대고 있던 밀러가 소리쳤다.

오전 10시 반.

밀러 조(組)는 10시에 임무 교대를 한 지 30분밖에 되지 않는다. 옆에 있던 보리스가 다가가자 밀러가 망원경에서 눈을 떼고 앞쪽 모스크의 탑을 손으로 가리켰다.

탑이 2개가 있다.

"오른쪽 탑 출입구를 봐."

보리스가 망원경을 눈에 붙였다.

보인다.

하루에 다섯 번씩 기도 시간을 알리는 사람이 나와서 외치는 탑은 왼쪽이다. 왼쪽 탑은 비었고 오른쪽 탑 출입구 아래 검은 물체 2개, 사람의 머리통이다.

거리는 1,220미터.

머리통이 흔들리다가 하나가 들어갔다. 이쪽은 비스듬한 위치여서 저 머리통의 시선이 향하는 곳은 병참대의 유류 저장고, 아르카디의 숙소다.

"갓댐."

보리스의 입에서도 욕이 터졌다.

아르카디의 '적극적 감시'가 결실을 맺는 순간이다.


"마이클, 문제가 심각해."

알렉스가 말을 이었다.

"지노가 지금 티크리트에서 살인혐의로 지명 수배되었어."

"오 마이 갓."

마이클 맥도날드가 버럭 화를 냈다.

"누굴 죽인 건데? 또 사고 친 거야?"

"아르카디 용병 둘이야."

"어쩌다 그렇게 되었는데?"

"지노의 연락을 받았는데 누명을 썼다는 거야."

"갓댐. 그놈은 항상 사건의 중심이야."

"문제는 지노를 고용한 시카고 포스트의 케이트 워크만이 실종되었고 사진 기자 고든 피셔가 살해당한 것이지."

"왜?"

"지노는 케이트가 이번 미국의 이라크 침공이 음모라는 증거를 받으려고 했다는군. 그러다가 아르카디의 용병들에게 납치 또는 피살되었다는 거야."

마이클은 입을 다물었고 알렉스의 말이 이어졌다.

"마이클, 지노 이놈은 지금 케이트를 찾고 있어. 지명 수배된 상태에서 말이지. 이걸 어떻게 해야 되나?"

"됐어, 알렉스."

마침내 마이클이 가라앉은 목소리로 말했다.

"이 정도면 됐어, 알렉스."

"다 녹음되었겠지?"

"그래. 이 대화는 자동적으로 국방부 자료실로 넘어가게 돼."

"굿. 내 통화도 CIA 기록실로 보관이 되네."

"지금까지 살아있는 것이 다행이야, 알렉스."

"운은 역시 순발력이 있어야 돼, 마이클."

"이 통화를 들은 놈들이 한발 늦었다는 표정을 짓겠군."

"아르카디의 깁슨이 티크리트에 있는 거 알고 있지?"

"이 기회에 깁슨한테 인사를 하지. 헤이, 깁슨. 돈 많이 벌어."

그때 알렉스도 짧게 웃었다.

"돈 벌어서 제대로 쓰기도 전에 골로 갈 수도 있어, 깁슨."

녹음기의 버튼은 깁슨이 눌러서 껐다.

깁슨의 이름이 나오는 순간부터 외면하고 있던 터너가 소리 죽여 숨을 뱉었다. 그때 고개를 든 깁슨이 말했다.

"철수시켜."

"예, 보스."

소령 출신인 터너가 자리에서 일어섰다.

방금 알렉스와 워싱턴의 합참참모 본부 19군수지원단장 마이클 맥도날드 대령과의 통화를 들은 것이다.

오늘 아침에 바그다드로 보낸 알렉스 암살조를 철수시켜야 한다.


"탑 위에 올려보냈던 두 놈이 아르카디 용병들에게 살해되었어."

핫산이 찌푸린 얼굴로 말을 이었다.

"그놈들이 바로 사살하고 내려간 바람에 모스크에서는 난리가 났어."

"갓댐."

지노가 핫산을 노려보았다.

"거기에다 양을 올려놓았어도 됐어, 핫산. 놈들은 어떻게든 확인을 했을 테니까."

핫산은 입맛만 다셨다.

병참 기지 안에서 아르카디 요원들이 어디까지 감시하는가를 확인한 셈이지만 무고한 주민 둘이 희생되었다. 핫산이 용돈을 주고 탑으로 올려보냈기 때문이다. 병참 기지 안의 자동차를 세어오라고 했다는 것이다.

모스크에서 예배시간을 알리는 외침 소리가 들려왔다. 옆쪽 탑에서 사람이 둘 죽었는데도 목소리는 여전히 맑고 크다.


오후 7시 반.

지노가 지휘관 아흘락을 만난다.

미군 점령 후에 완전히 해체된 이라크군은 사분오열되었지만, 대통령궁 경호대와 친위대, 보안군의 정예인 제3특전대 일부가 지금도 티크리트 지역에 분산되어 있는 것이다.

세이크 소장이 장악한 병력은 150명, 1개 중대 병력인데 지휘관이 아흘락 소령이다. 아흘락은 특전대 중대장 출신으로 마른 체구에 눈빛이 강했다.

"지시를 받겠습니다."

아흘락이 대뜸 그렇게 말했다.

"세이크 소장 각하한테서 말씀 들었습니다."

"전투 경험은?"

지노가 묻자 아흘락이 똑바로 쳐다보았다.

"이란전(戰), 쿠웨이트전, 이번 미군과의 전쟁도 다 치렀습니다."

"내가 용사를 만났군."

지노의 얼굴에 웃음이 떠올랐다.

"소령, 우리 목표는 미군이 아냐. 용병대 아르카디야."

"압니다, 대장."

"지노라고 불러, 소령."

"그럼 저한테도 아흘락이라고 부르시지요."

"좋아, 아흘락."

지노가 손을 내밀었다.

"내가 명령은 하지만 친구가 되지."

"좋아, 지노."

아흘락이 이를 드러내고 웃었다.

이곳은 티크리트에서 6킬로쯤 떨어진 민가 안.

응접실에는 핫산까지 지휘관 셋이 모여 앉아 있다.


병참 기지 서쪽은 담장 대신에 철조망이 쳐져있는데 낡았다. 이라크군 기지를 미군이 사용하고 있기 때문이다. 본래 이곳은 이라크 보안군 병참 기지였던 것이다.

밤. 11시 반.

서쪽 철조망 끝부분의 쓰레기장에서 불이 번쩍이더니 곧 불길이 번졌다.

쓰레기장을 뒤지는 사람들이 많아서 가끔 밤에 불을 피울 때도 있다. 그런데 오늘은 불길이 크다.

"갓댐."

감시탑 위에 선 오도넬 상병이 망원경으로 그쪽을 보았다.

감시탑에서 쓰레기장까지는 420미터. 물론 쓰레기장은 철조망 밖이다.

"아이들과 어른 대여섯 명이 있군. 놔둬."

역시 옆에서 망원경으로 그쪽을 본 피트가 말했다.

쓰레기장에서 주운 통조림을 섞어서 끓여 먹다가 불이 나는 경우도 있었다. 그러나 쓰레기장은 막사와 2백 미터가량 떨어져 있어서 소방차가 출동한 적은 없다.


"쓰레기장의 화재입니다."

터너가 말하자 깁슨이 자리에서 일어섰다.

병참 기지의 상황실 안. 깁슨은 참모들과 회의 중이었다.

"갓댐. 불을 질러서 이쪽을 흔들어 보려는 거야."

상황실을 나가면서 깁슨이 말을 잇는다.

"모스크에서 이쪽을 내려다본 것도 시위를 한 거다."

"누가 말입니까?"

"후세인 잔당, 또는 지노란 놈."

"그럴까요?"

말하는 사이에 둘은 시멘트 건물 밖에 나와 섰다.

이곳은 사각(死角) 지역이다. 어느 곳에서도 보이지 않는다. 앞쪽은 병참 부대의 창고로 가로막혀 있다. 쓰레기장은 뒤쪽이다.

깁슨이 모퉁이 쪽으로 다가가며 말했다.

"용병 한 놈이 이렇게 귀찮게 만들 줄은 예상하지 못했어."

옆에 걷는 터너는 대답하지 않았고 깁슨이 투덜거렸다.

"케이트를 없애기도 꺼림칙하다."

지금도 그것 때문에 회의를 한 것이다.

지노가 케이트 대신 '증거자료'를 받아 '전달자' 노릇을 할 수도 있기 때문이다. 알렉스와 마이클 맥도날드와의 통화 내용을 듣고 나서 그럴 가능성이 더 짙어졌다.

건물 모퉁이에 멈춰 선 깁슨이 고개만 돌려 왼쪽을 보았다.

불길이 보인다. 철조망까지는 3백 미터쯤의 거리였고 그 사이는 깨끗하게 치워져서 은폐 공간은 없다.

깁슨의 시선이 오른쪽의 감시탑으로 옮겨졌다. 감시는 미군이 맡는다. 깁슨이 잇새로 말했다.

"저건 방화가 맞다. 예상대로야."

"어떻게 흔들어 보려는 걸까요?"

"우리가 케이트를 잡고 있는 것을 안다는 표시지."

"그래 봐야 알렉스 포크만한테 전화질이나 할 뿐 아닙니까?"

그때다.

"쿠콰쾅!"

쓰레기장에서 엄청난 폭음이 울렸다.

터너가 화들짝 놀랐고 깁슨도 숨을 들이켰다. 고개를 든 둘은 쓰레기장 중심부가 화산처럼 하늘로 불기둥을 뿜어 올리는 것을 보았다. 주변의 온갖 쓰레기 더미가 축제의 꽃가루처럼 밤하늘로 솟았다가 떨어지는 중이다.

밤하늘이 환해졌고 이쪽저쪽에서 놀란 병사와 용병들이 뛰쳐나왔다.

"갓댐."

깁슨이 눈을 치켜떴을 때 뒤쪽에서 사이렌이 울렸다. 병참 부대에서 비상 사이렌을 울린 것이다.


"오른쪽 끝에 서 있는 놈."

드라구노프의 스코프에 눈을 붙인 채 지노가 말했다. 옆에 엎드린 핫산과 아흘락이 망원경으로 막사의 오른쪽 끝을 보았다.

거리는 855미터.

이쪽은 쓰레기장이 왼쪽으로 보이는 민가의 지붕 위다. 이쪽 민가는 지붕이 평평해서 곡식도 말리고 빨래도 널어놓는다. 주인이 떠난 폐가의 단층 지붕 위에 엎드려 있는 것이다.

오른쪽 끝에 서 있는 사내는 폭발이 일어난 쓰레기장을 쳐다보고 있다. 그 옆에 두 사내가 서 있었는데 동료 같다. 쓰레기장의 불길은 가라앉는 중이었지만 옆쪽의 불빛으로 사내들의 윤곽은 선명하게 드러났다.

지노가 숨을 들이켰다가 멈췄다.

조준경의 오른쪽 끝에 사내 머리통이 올라가 있다. 풍속에 대비한 각도를 조절한 후에 상하, 좌우 편차 조절 노브도 확인했다. 그러고는 방아쇠에 걸린 손가락에 힘을 주었다.

일단, 이단, 철컥.

"턱석!"

발사음이 그렇게 들렸다.

지노는 스코프에 손을 붙인 채 참았던 숨을 내뿜었다.

그 순간 죽은 고든의 얼굴이 눈앞에 떠올랐다. 고든. 그때, 문밖에서 룸서비스 목소리가 들렸을 때 예감이 이상했었다.

그때 내가 대신 나갔어야 했어.


"제이슨이 당했습니다."

요원 하나가 달려와 말했을 때 깁슨과 터너의 반응은 다르다.

깁슨은 어깨를 늘어뜨린 반면, 터너는 놀라 숨을 들이켰다. 요원이 숨을 고르면서 말을 잇는다.

"저격을 당했어요. 얼굴을 맞았습니다."

제이슨은 특수팀의 조장 중 하나다.

정신을 차린 터너가 벌떡 일어나 뛰어나갔지만 깁슨은 의자에 등을 붙였다.

밤. 벽시계가 12시 5분을 가리키고 있다.

깁슨이 주머니에서 담배를 꺼내 입에 물었다. 라이터를 손에 쥔 깁슨이 주물럭거리다가 결국 불을 붙이지 않았고 자리에서 일어섰다.


다음 날 오전 7시 반.

핫산이 문 앞에서 소리쳤다.

"지노! 케이트가 죽었어!"

이곳은 티크리트 북쪽 주택가 안. 침대에서 상반신을 일으킨 지노가 다시 핫산의 외침을 듣는다.

"시내 남쪽 길가에서 총에 맞은 시체로 발견되었어!"

그때는 지노가 문을 열고 나왔다. 두 눈을 부릅뜨고 있다.

"시체는?"

"군에서 수습해가는 것을 보았다는 거야."

핫산의 두 눈도 번들거리고 있다.

"확실해?"

"현장에서 본 부하가 있어!"

숨을 고른 핫산이 말을 이었다.

"가슴에 총을 네 발 맞은 것도 확인했어."

"……."

"어젯밤 일에 대한 보복이야."

마침내 핫산이 가슴에 품고 있던 말을 내놓았다.


오전 10시.

지노가 모하메드 알 세이크의 방에 들어와 있다. 옆에는 핫산과 아흘락까지 불려왔다.

세이크가 그늘진 얼굴로 입을 열었다.

"예상은 했지만 결국 죽었어. 케이트 씨를 끌어들여서 죄를 지었네."

지노는 외면했고 세이크의 말이 이어졌다.

"소령, 대답하기 싫으면 안 해도 돼. 어젯밤의 작전 목적은 뭔가?"

그때 지노가 고개를 들었다.

"그놈들을 서두르게 만든 겁니다."

순간 모두 숨을 죽였고 지노가 말을 이었다.

"케이트를 잡고 있다면 풀어주든지 죽이든지 두 방법밖에 없을 테니까요."

지노가 다시 외면했다.

"그런데 그놈들은 죽이는 방법을 선택했군요."

"케이트가 죽는 것도 예상했겠군."

"그렇습니다."

고개를 든 지노가 흐린 눈으로 세이크를 보았다.

"용병이 고용주를 지키지 못했습니다."

"그건……."

세이크의 말을 지노가 잘랐다.

"하지만 고용주가 하려던 일을 내가 대신 맡겠습니다."

이제는 세이크가 어깨를 늘어뜨리면서 지노의 시선을 피했다. 핫산과 아흘락
은 아까부터 숨도 죽이고 있다.

그때 세이크가 말을 이었다.

"불가항력이었어. 케이트를 구출해낼 수는 없었어."

"……."

"케이트가 풀려났을 때는 다른 사람이 되어 있을 때야. 놈들이 그냥 풀어줄
리는 없어."

세이크가 길게 숨을 뱉었다.

"소령, 고맙네."


"갓댐. 시카고 포스트 기자의 씨를 말리겠군."

짐 하드웰이 투덜거렸을 때 옆에 앉은 피터 브루노가 말했다.

"미군 당국은 해체된 이라크군 강도단 소행이라고 말했지만 소문이 많아."

"또 음모론이냐?"

커피에 위스키를 부으면서 짐이 웃었다.

오전 10시 반.

바빌론 호텔의 로비는 떠들썩하다. 방금 미군 당국이 브리핑하면서 케이트 워크만 피살 사건을 보도했기 때문이다.

어젯밤 병참 기지 옆쪽 쓰레기장 폭발 사건은 쓰레기 더미 속에 있던 이라크군 포탄 상자가 폭발한 것으로 해명되었다.

한 모금 커피를 삼킨 짐에게 호텔 종업원이 다가왔다.

"짐, 당신을 찾는 전화가 왔는데요."

"누군데?"

"용병이라고만 합니다."

"나를 찾아?"

"예, 뉴욕타임스의 짐 하드웰 씨."

짐이 자리에서 일어서자 뒤에 대고 피터가 말했다.

"요즘은 티크리트의 주민 절반이 용병이라니까."


"예, 뉴욕타임스의 짐이오."

로비 라운지 입구 데스크에 전화기가 있다. 전화기를 귀에 붙인 짐이 응답했을 때 곧 사내의 목소리가 울렸다.

"짐 하드웰 씨?"

"맞아요. 누구시오?"

"난 케이트 워크만의 용병이었던 지노라는 사람이오."

"아."

짐은 38세. 뉴욕타임스의 베테랑 종군기자다.

지난 10년 동안 세계에서 일어난 전쟁, 내전, 테러 현장 대부분의 뉴욕타임스 기사 절반은 짐 하드웰의 손에 의해 쓰였다. 짐은 전쟁 기자상을 3번이나 받았고 그보다 더 권위 있는 불룸버그상도 받았다.

탄성을 뱉은 짐이 주위를 둘러보고 나서 전화기를 귀에 꾹 붙였다.

지노 장, 케이트 워크만의 용병. 며칠 전에 살인 용의자로 수배됨.

"계속해요, 들을 테니까."

"당신이 기사를 쓸지 알 수 없지만, 케이트 워크만은 아르카디 용병단이 살해했어."

"굿."

"뭐가 굿이야?"

"기삿감으로 좋다는 뜻이지."

"아르카디가 국무부 일을 하고 있다는 것도 알고 있겠지?"

"국방부가 아니고?"

"국무부 일은 비공식, 비밀로 맡고 있어."

"굿. 계속해 봐."

"기대하지는 않지만 알고는 있으라고 전화한 거야, 짐 하드웰 씨."

"계속해."

"케이트는 미국의 이라크 침공 이유가 조작되었다는 증거를 받으려다가 아르카디에 납치되었고 어젯밤 살해되어 버려진 거야."

"증거는?"

"거기 서 있으면 소년 하나가 당신한테 뭘 줄 거야."

그러고는 통화가 끊겼기 때문에 짐이 입맛을 다셨다. 개운하지가 않아서 무의식중에 바지를 내려다보았다. 오줌을 싸다가 만 것 같았기 때문이다.

그때 소년 하나가 다가왔다. 제법 말끔한 셔츠 차림의 이라크 소년. 손에 봉투 하나를 쥐고 있다. 다가선 소년이 짐을 올려다보았다.

"뉴욕타임스의 짐 하드웰 씨?"

영어로 또박또박 묻는다.

"그래, 나야."

그러면서 짐이 손부터 내밀었을 때 소년이 고개를 저었다.

"신분증."

짐이 주머니에서 신분증을 꺼내 주면서 소년이 손에 쥔 서류봉투를 낚아 챘다.


"소장, 후세인이 핵을 갖고 있다는 증거가 필요해요."

사내가 말을 잇는다.

"우리가 플루토늄을 가져올 테니까, 분해된 상태로 말요, 그걸 소장이 숨겨 놔두면 우리가 찾는 것으로 하지."

"핵을 어떻게 들여온단 말입니까?"

다른 사내의 목소리. 그때 사내가 대답했다.

"파키스탄에서 가져오는 것이니까, 그리고 분리해서 들여오니까 위험하지 않 아요. 결합해야 핵폭탄이 되는 것이지……."

짐이 녹음기의 버튼을 누르고는 스피커 위에 붙여놓았던 전화기를 들어 귀 에 붙였다. 방금 짐은 뉴욕타임스의 편집국장에게 이 녹음테이프를 들려준 셈 이다.

티크리트 시간은 오후 5시, 뉴욕은 오전 9시다.

편집국장 이스트우드는 편집국장실에 간부들을 모아놓고 이 녹음을 스피커 로 들었을 것이다.

"프랭크, 들었지요?"

짐이 묻자 곧 프랭크가 대답했다.

"갓댐. 그걸 지노란 용병 놈이 전해줬단 말인가?"

"예. 케이트가 이 테이프를 받아서 보도하려다가 살해당했다는 겁니다."

"그놈은 어디 있어?"

"글쎄. 지금 용병 살해범으로 지명 수배중이라니까 그러네."

"숨어 있단 말인가?"

"음모라는 거요. 용병 살해도 조작되었고."

"갓댐."

"왜 욕하는 거요?"

"너 지금 무슨 일에 끼어든 건지 알고나 있어?"

"그래서 내가 서둘러 보스한테 보고하는 거 아닙니까?"

"아부하지 마, 인마. 넌 나까지 끼워 넣어서 위험을 분산시키려고 한 거야."

"보스는 지금 국장실에다 간부들을 모아놓고 같이 듣게 했겠지. 내가 모를 줄 알고? 보스도 위험을 분산시켰어."

"이 여우 같은 놈."

"내가 음모론이라고 했을 때 보스가 기다리라고 한 이유가 그것 때문이지. 녹음 장치를 준비하거나 간부들을 부를 것이라고 예상했거든."

"더 취재해."

마침내 프랭크가 지시했다.

"지노 그놈한테서 말야."


"지노 그놈의 뒤를 잡을 수만 있다면 보물창고를 찾게 될 거다."

깁슨이 앞에 앉은 넷을 하나씩 훑어보면서 말했다.

"노다지를 캐게 되는 것이지. 그놈 주변에 현상금이 붙은 놈들이 수두룩할 테니까."

"갓댐."

매브릭 존슨이 낮게 투덜거렸지만 깁슨이 들었다.

병참 기지의 상황실 안.

사방이 시멘트벽으로 막힌 방에는 여섯 명이 둘러앉았다. 특수팀 4개 조장과 깁슨, 터너다.

"너, 왜 그래?"

깁슨이 묻자 매브릭이 어깨를 부풀렸다.

"보스, 난 용병입니다."

"용병 조장이지."

"일당 6백 불을 받습니다."

"7백 불이야. 세금 떼고 6백 불이지."

"6백 불로 양심 팔아먹고 살기는 아깝습니다."

"너 계약 기간이 4개월 남았어. 4개월 후에는 집에 가라."

"살아있다면 가겠죠."

정색한 매브릭이 깁슨을 보았다.

"보스, 이거 우리가 조금 더 받아야 되는 거 아닙니까?"

본론이다.

매브릭은 전직 소령. 39세. 예편한 지 4년 반. 용병 경력 2년 반. 4개 특수팀장 중 선임이다.

깁슨이 심호흡부터 했다.

"특수팀에는 따로 보너스가 지급될 거야. 그러니까 신경 안 써도 된다."

"얼마 줍니까?"

"조장은 15만 불, 조원은 10만 불."

"조건이 있습니까?"

"케이트로 끝날 줄 알았는데 그 용병 놈이 이어받았어. 그놈을 막아야 돼."

"뉴욕타임스까지 끼어들었지 않습니까?"

"지노 그놈만 없으면 뉴욕타임스는 자동으로 끝나게 돼."

모두 짐 하드웰과 편집장 프랭크 이스트우드의 통화 내용을 들은 것이다. 그 이전에 지노와 짐 하드웰의 통화도 도청한 상황이다.

정색한 깁슨이 말을 이었다.

"해리슨과 모하메드 알 세이크와의 통화 내역 하나만으로는 상황을 뒤집을 수 없어. 그건 저쪽 놈들도 다 알 거야."

그때 버트 밀튼이 물었다.

"보스, 세이크의 배후에 후세인이 있을까요?"

"있겠지."

깁슨이 고개를 끄덕였다.

"세이크는 후세인의 최측근이었어. 그놈이 후세인의 마지막 충신이야."

"갓댐."

다시 매브릭이 투덜거렸다.

"이라크가 핵이 없었던 건 분명하군. 그렇다면 우린 정의의 편은 아냐."

그때 깁슨이 쓴웃음을 지었다.

"그래도 우린 애국자다. 이걸 터뜨리려는 놈들은 적국 편에 선 반역자고."

그 말에는 매브릭도 대답하지 못했다.


"뉴욕타임스의 짐 하드웰한테 내일 연락할 겁니다."

지노가 말하자 세이크가 고개를 끄덕였다.

"우리가 계획했던 일은 아니지만 소령한테 맡기겠어."

"많이 퍼뜨릴수록 가능성이 많아요."

"그만큼 위험부담이 높아질 것이고."

"그건 감수해야죠."

그때 세이크가 지노를 보았다.

"소령, 저놈들이 모르고 있을 리가 없어. 다 도청했을 거야."

"당연하죠."

"우리를 잡으려고 전력을 동원할 거네."

"빠져나가야죠."

"각하께서 만나자고 하시네."

지노가 고개를 들었다.

각하라면 사담 후세인이다.

현상금이 2천만 불에서 며칠 사이에 5천만 불로 올랐다. 물론 그 돈은 후세인의 금고에서 꺼내 주겠지, 그 금고에는 수십억 불의 현금과 수십억 불 가치의 금괴까지 들어있다고 하니까.

"좋습니다."

여기까지 온 상황에서 어쩌겠는가?


터너 앞에 앉은 사내는 남루한 쑵을 걸치고 그 위에 미군용 재킷을 입은 40대의 이라크인. 얼굴도 지저분한 수염이 덮여서 눈만 번들거렸지만 영어는 유창했다. '교육 받은' 영어다.

오후 5시 반.

병참 기지의 방 안.

터너의 시선을 받은 사내가 말했다.

146

"나하고 처자식 셋. 네 명을 쿠웨이트로 옮겨주시고 현상금을 주시죠. 먼저 처자식 셋만 옮겨주시면 제가 안내하겠습니다."

터너는 듣기만 했고 옆에 앉은 매브릭도 가만있었다. 사내가 말을 잇는다.

"현상금 중에서 반을 아니, 삼분의 일도 좋습니다. 그것을 먼저 제 처한테 주시지요. 쿠웨이트로 옮기고 나서 말씀입니다."

"……"

"제가 알 세이크 처남의 경호병입니다. 처남 아사드 대령은 은신처 관리를 맡고 있지요. 그래서 제가 세이크의 은신처를 압니다."

"너와 가족을 헬리콥터에 태워 보내주지."

마침내 터너가 말했다.

"세이크 현상금이 2백만 불이니까 1백만 불은 네 처한테 먼저 주겠다. 그러고 나서 일 끝나면 잔금을 받아서 네 가족과 함께 쿠웨이트로 날아가는 거야."

터너의 얼굴에 쓴웃음이 떠올랐다.

"우리가 함정에 빠진 적이 여러 번이어서 말야. 어때? 이해하겠지?"

"예, 선생님."

"다시 한 번 묻자. 알 세이크의 지금 은신처는 어디냐?"

"티크리트 서북쪽 주택가입니다. 주택들이 쪽문을 통해 연결되어 있지요."

"그건 알아. '칼리프 병원' 근처인가?"

"그 위쪽입니다."

"경호원은?"

"항상 2개 조 20명의 경호를 받고 있지요. 하루 3교대를 합니다."

"경호병 숙소는?"

"주택을 터서 분산 수용되어 있지요."

"지도를 보면 짚을 수 있겠지?"

"먼저 약속부터 지켜주시지요."

터너와 매브릭의 시선이 마주쳤다.


터너와 매브릭이 깁슨의 방에 와서 보고를 했다.

"제 가족을 인질로 맡기고 정보를 파는 셈입니다."

터너가 말했다.

"처자식 셋을 내놓은 셈이니까 이번은 믿을 만한 것 같은데요."

그동안 수없이 가짜 정보, 조작된 정보를 받고 돈을 떼인 적도 있었기 때문이다. 현상금 조 하나는 함정에 빠져 둘이 죽고 하나가 부상을 입는 사고도 당했다.

그때 깁슨이 매브릭을 보았다.

"네 생각은 어때?"

"우선 가족부터 잡아놓고 시작하죠."

매브릭이 말했다.

"들어갑시다. 조심하면 되겠지요."

행동대는 이래야 한다.

깁슨이 고개를 끄덕였다. 알 세이크 소장이 이번 작전의 중심인물이다. 국무부 차관보 해리슨이 세이크 소장을 통해 '이라크 핵폭탄 보유' 시나리오를 제의했었다. 그것을 세이크가 치밀하게 증거를 모아놓았다가 지금 터뜨리려고 한다.


오후 4시 반.

이곳은 티크리트 시내에서 20킬로쯤 떨어진 작은 마을. 도로가 마을 중심을 통과하기 때문에 차량 소음이 끊이지 않고 있다.

이곳은 마을 안쪽 저택의 지하실 안.

지노가 세이크와 나란히 앉아 앞쪽의 후세인을 바라보고 있다. 벽에는 석유 램프 하나가 걸려있었는데 후세인의 옆쪽이어서 모습이 환하게 드러났다.

이윽고 후세인이 입을 열었다.

"소령 이야기 들었어. 고맙네."

탁한 목소리. 시선은 똑바로 지노에게 향해 있다.

사담 후세인.

1937년생. 2003년 현재 66세. 1979년, 42세에 집권해서 24년간 이라크를 통치했던 독재자.

그 절대 권력자가 지금은 허름한 작업복 차림으로 앉아 지노를 쳐다보고 있다. 얼굴의 수염은 깨끗하게 깎았다. 머리도 단정하게 다듬었고, 사진보다 조금 여윈 것 같다. 숨어 지내서 그런지 얼굴도 하얘진 것 같고.

지노는 가만있었고 후세인이 말을 이었다.

"내가 잡히면 다 끝나겠지. 모든 게 덮이고. 그래서 나는 내 국민에게라도 진상을 알려주고 싶어서 이런다네."

"……."

"난 9.11 테러와 관계가 없어. 빈 라덴이란 놈은 이라크에 발도 붙이지 못했네. 난 그런 테러리스트를 증오해."

"……."

"들었겠지만 미국 정부가 끈질기게 내 측근, 군 관계자를 회유해서 이라크가 핵탄두나 독가스를 보유하고 있다는 증거를 심으려고 했어. 이제 이라크를 점령하고 나서 핵과 가스를 찾지 못하게 되자 미국은 당황하고 있어. 여론이 들끓고 있거든."

후세인의 얼굴에 쓴웃음이 떠올랐다.

"거기에다 이번에 진상이 폭로될 것 같으니까 전력(全力)을 다해 막으려는 것이지."

"……"

"우리가 시카고 포스트에 줄을 대어서 기자를 초대한 정보도 새나간 것 같네."

그러더니 후세인이 길게 숨을 뱉었다.

"기자들이 아깝게 희생되었지만 나는 정의를 추구하는 양식 있는 사람들이 진실을 밝혀주기를 바라네."

말을 그친 후세인이 물끄러미 지노를 보았다. 지금까지 지노는 듣기만 했다. 방 안에는 셋뿐이다.

이윽고 지노가 입을 열었다.

"나는 용병으로 이곳에 왔고 경호 대상이 죽었기 때문에 임무가 끝난 셈입니다."

지노가 똑바로 후세인을 보았다.

"두 가지 이유로 임무를 맡지요. 첫째는 내 전(前) 고용인을 죽인 놈들한테 보복을 해야겠습니다. 그래야 용병의 도의적 책임을 지는 것이 될 테니까요. 그리고."

지노가 헛기침을 했다.

"각하께서 저한테 기대하시는 일이 정의보다도 국가에 반역하는 일은 아닌 것 같습니다. 그래서 용역을 맡겠습니다."

어깨를 부풀렸다가 내린 지노가 말을 잇는다.

"각하의 용병이 되겠다는 말씀입니다. 그러니까 정식 계약을 하시지요."

"앗핫핫."

갑자기 후세인이 짧게 웃었기 때문에 핫산은 놀라 상반신을 세웠지만 지노는 쳐다만 보았다. 그때 후세인이 커다랗게 고개를 끄덕였다.

"고맙네."

150

그러더니 심호흡을 하고 나서 덧붙였다.

"소령을 믿겠네."


특수팀 3개 조에 현상금팀 4개 조, 후세인팀 3개 조까지 10개 조 40명에다 티크리트 주둔 7사단의 수색 중대, 헌병 중대까지 동원한 대규모 작전이다.

오후 8시 반.

작전이 시작되었다.

아르카디 10개 조를 이끈 리더는 매브릭이다. 매브릭은 신고자 하비브와 동행하고 있다.

이곳은 티크리트 서북쪽 주택가.

이미 수백 명의 군 병력은 외곽에 포진시켰고 아르카디 용병들만 안으로 진입한 상태. 군 병력으로 그물을 치고 아르카디 팀이 안에서 고기를 잡는 방식이다.

이미 하비브가 위치를 지적해주었기 때문에 아르카디 팀의 각 조(組)에는 목표가 할당된 상태다.

"진입합니다."

제3조의 무전 연락을 받은 매브릭이 바로 응답했다.

"좋아. 옆쪽에 4조가 있다."

10개 조가 각각 통로를 막고, 맡은 주택을 기습하는 것이다. 매브릭이 손목시계를 보았다.

오후 8시 35분.

오늘 밤에는 성과가 있을 것 같다.


깁슨은 상황실에서 총지휘를 맡았고 터너는 보조 역할이다. 지금 작전에 참가 중인 제보자 하비브의 가족을 관리하는 업무도 터너의 몫이다. 작전이 끝나자마자 하비브는 가족과 함께 쿠웨이트로 '날아갈' 것이기 때문이다.

그러나 급한 일은 아니어서 터너가 기지 끝 쪽 방으로 들어섰을 때는 8시 55분. 작전이 시작된 지 20분쯤이 지났을 때다.

방 안 테이블 위의 식기들이 싹 비어 있는 것을 본 터너의 얼굴에 웃음이 떠올랐다.

"음. 맛있게 먹은 모양이군."

혼잣말을 한 터너가 하비브의 가족을 둘러보았다.

눈만 내놓은 부르카 차림인 하비브의 처는 시선도 마주치지 않았고 10세 정도의 아들, 그리고 7, 8세 정도의 딸, 이렇게 세 식구다.

하비브 처하고는 이야기할 엄두도 나지 않아서 터너가 아들한테 건성으로 물었다.

"뭐, 먹고 싶은 거 있어?"

터너는 아랍어를 좀 한다. 아들이 고개만 저었기 때문에 터너가 몸을 돌리며 말했다.

"알았다. 아버지는 곧 오실 거다."

하비브가 살아서 돌아오지 못하더라도 일단 가족은 쿠웨이트로 보내줄 예정이었다. 저기 구석에 놓인 돈 가방하고 함께.

그래서 방을 나가던 터너가 힐끗 하비브의 처를 바라보았다. 눈만 내놓은 아랍 여자들은 다 예쁘게 보인다. 물론 벗겨본 적은 없지만.


"저쪽 집은 경비병 숙소고 그 오른쪽."

하비브가 손으로 오른쪽을 가리켰다. 이곳은 주택들이 담장을 사이에 두고 붙어있어서 밀집된 지역이다.

고개를 끄덕인 매브릭이 무전기의 버튼을 눌렀다.

"준비해."

오른쪽 저택은 단층집이었지만 넓다. ㄷ자 구조로 한 변의 길이가 20미터쯤 되었는데 지금 매브릭은 옆쪽 골목에 서 있어서 저택의 오른쪽만 보인다.

바로 저 저택이 세이크의 본거지인 것이다. 지금 아르카디의 7개 조가 3개 방향에서 좁혀오고 있다. 그리고 특수팀 3개 조는 매브릭의 뒤쪽에서 포진한 상태다.

그때 무전기가 울렸다.

"준비 완료."

3개 방면의 지휘관 카슨의 보고다.

매브릭이 숨을 골랐다. 지금 10개 조의 조장이 무전기를 귀에 붙이고 있다. 포위망 지름은 150미터 정도. 포위망 안에는 주택 50여 채가 붙어있다. 이제 그 중심부로 막 진입하기 직전이다.

그때 매브릭이 지시했다.

"진입."


저택 주위의 주택 3채가 경호원들의 숙소인 것이다.

9시가 조금 넘었지만, 이 시간이면 모두 집 안에 들어가 있다. 매브릭은 왼쪽 끝 집의 벽에 붙어선 두 사내를 보았다.

경비병이다. 거리는 20미터 정도.

그 안쪽에서 어른거리는 그림자. 안쪽에도 두어 명이 있는 것 같다. 세 방면으로 접근해오는 다른 조 앞에도 경비원이 드러나 있겠지.

그때 옆에 붙어선 하비브가 속삭이듯 말했다.

"난 여기 붙어있겠습니다."

"오케이."

비무장 안내역을 끝까지 데려갈 필요는 없다. 방해만 된다.

하비브를 남겨두고 매브릭이 발을 떼었다. 뒤를 횡대로 벌려 선 3개 조가 한 발짝씩 전진한다. 바로 옆쪽 흙벽 안에서 두런거리는 주민들의 목소리가 들린다. 가까운 곳에서 아이의 울음소리, 여자의 부르는 소리도 들렸다.

이제 벽에 기대선 경비병들과의 거리는 10미터. 둘은 이야기 중이다.

그때다.

"꾸쾅쾅!"

엄청난 폭음과 함께 매브릭의 몸이 훌쩍 떠올랐다. 놀란 매브릭이 입을 쩍 벌렸지만 다음 순간 매브릭의 몸이 뒤집혀서 옆쪽 지붕 위로 떨어졌다.


"쾅쾅쾅!"

폭발음과 함께 옆쪽 지붕이 무너지는 바람에 비트 넬슨은 지붕에 깔렸다.

"꾸꽈꽈쾅!"

또 폭음.

이제는 외침과 비명이 함께 울렸다.

"쾅쾅쾅!"

또 폭음.

지붕에 깔린 하반신에 감각이 없다. 기를 쓰고 비트가 몸을 뺀 순간이다.

"타타타타타타."

총성이 울렸다.

"타타타탕."

그것을 신호로 했는지 사방에서 총성이 일어났다.

"이런."

비트가 땅바닥에서 상반신만 일으킨 채 소리쳤다.

"마크! 찰스!"

조원들을 불렀지만 대답이 없다. 그때는 사방에서 총성과 폭음이 이어졌기 때문에 비트는 제 목소리도 들리지 않았다. 그때.

"꽈꽝!"

바로 옆에서 폭발이 일어났고 비트의 몸이 찢어진 채 떠올랐다.

수류탄이다.


"아, 어떻게 된 거야?"

외곽에서 그물을 친 헌병대 중대장 제랄드 파코는 폭음과 총성이 계속되자 안달을 했다. 그러나 아르카디 팀과의 약속은 외곽의 군 병력은 밖으로 나오는 반군(反軍)을 소탕하기로 되어있다.

그런데 폭음과 총성은 너무 격렬한 것이다. 그때 무전병이 소리쳤다.

"연락이 안 됩니다!"

"기다려!"

그때 어둠 속에서 외침 소리가 났다.

"여기 나갑니다!"

영어다. 그때 총을 겨누고 있는 병사들 앞으로 안내역이 달려왔다.

"지금 전투 중이오!"

소리친 안내역이 숨을 헐떡였다.

"난 돌려보냈습니다!"

아직도 총성이 계속되고 있다.

"적이 많나?"

제랄드가 겨우 그렇게 물었을 때 안내역이 고개를 저었다.

"모르겠습니다."

10분쯤 지났을 때 제랄드는 부하들을 이끌고 안으로 달려 들어갔다. 그러나 그때는 이미 늦었다. 아르카디는 10개 조 40명이 진입했는데 이곳저곳에 살아있는 용병의 숫자는 20여 명뿐이었다. 그것도 세 명에 한 명은 부상자다.

어느덧 총성이 그쳤지만 안쪽은 화광이 충천해서 용병들의 모습이 환하게 드러났다.

"어떻게 된 거요? 매브릭 씨는?"

그중 안면이 있는 조장한테 제랄드가 소리쳐 물었다.

"당했어요. 함정에 빠진 겁니다."

털썩 땅바닥에 주저앉은 조장이 누구를 찾는 시늉을 했다.

"안내한 놈, 어디 있습니까?"

"조금 전까지 내 옆에 있었는데."

제랄드가 주위를 둘러보았을 때 병사 하나가 대답했다.

"부대로 돌아간다고 갔습니다."

"그놈한테 속았어!"

조장이 총탄에 맞은 어깨를 움켜쥐고 소리쳤다.

"우리를 함정으로 끌고 들어왔어!"

제랄드가 이끈 헌병 중대가 진입했을 때 적은 사라진 후였고 불길만 절정에 오른 상태였다.

일방적으로 당한 전투다. 주변에는 쓰러진 아르카디 요원들의 시체뿐이었다.

"비어 있었어요."

아르카디 요원 하나가 제랄드에게 설명했다.

"놈들은 우리를 안으로 몰아넣고 크레모어와 수류탄으로 공격한 후에 소총을 난사하고 빠져나간 거요."

"어디로 나갔단 말요?"

제랄드가 짜증을 내었다. 밖으로 빠져나가는 반군을 보지 못했기 때문이다.

밤. 9시 50분.

연락을 받은 깁슨이 일그러진 표정으로 터너에게 말했다.

"함정에 빠졌다. 그놈이 끌고 들어간 거야."

터너는 쳐다만 보았고 깁슨의 말이 이어졌다.

"매브릭, 버튼까지 죽었어. 놈들이 민가에 크레모어, 시한폭탄을 장치해놓고 수류탄 공격을 하고 도망쳤어."

"군 병력으로 밖을 막고 있었는데 어떻게 도망쳤단 말입니까?"

"베트콩처럼 땅굴을 파놓았다는군."

깁슨의 눈동자에 초점이 잡혔다.

"그놈의 가족은 지금 여기 있지?"

함정으로 끌어들인 하비브를 말한다. 하비브는 제 가족 셋을 인질로 놔두고 끌어들였다. 그러니 믿어준 것인데.

"예. 있습니다"

터너가 번들거리는 눈으로 깁슨을 보았다.

아르카디 역사상 최악, 최대의 희생자를 내었다.

"없애버려."

깁슨이 외면하면서 말했다.

30분쯤 후에 돌아온 터너가 가만있었기 때문에 그때까지 살아남은 아르카디 요원들을 수습하던 깁슨이 뒤늦게 물었다.

"처치했나?"

"아닙니다."

그때 고개를 든 깁슨이 터너를 보았다.

"왜?"

"가족들이 그놈의 가족이 아닙니다."

"무슨 말야?"

"막상 죽이려고 했더니 이웃집 가족이라고 합니다. 그놈 가족 행세를 하면 쿠웨이트로 보내주겠다고 했답니다."

"……."

"쿠웨이트로 같이 가자고 했다는군요."

"……."

"네 아버지가 배신을 해서 죽여야겠다고 했더니 털어놓던데요."

"……."

"여자가 입을 열었습니다."

그때 깁슨이 말했다.

"그래도 없애. 또 속을지도 모른다."


세이크를 중심으로 지노, 핫산, 아흘락까지 넷이 둘러앉았다.

밤. 10시 반.

이곳은 티크리트 교외의 민가 안. 이곳에서도 시내의 폭발음과 총성이 다 들렸다.

"시간이 지나면 견디지 못해. 티크리트에서 더 이상 작전할 수는 없어."

세이크가 말하고는 지노를 보았다.

158

"소령, 자료는 거의 준비되었고 각하의 영상 녹화 작업만 남았어."

"며칠이나 걸립니까?"

"본래 케이트와 대담하는 테이프를 만들어서 내보내기로 했는데 방법을 바꿨어. 아마 열흘쯤 걸릴 거네."

세이크가 말을 이었다.

"각하께선 이것을 마지막 기회로 생각하고 계시네."

방 안 분위기가 숙연해졌다.

지노의 시선이 아흘락과 핫산에게로 옮겨졌다. 아르카디의 용병대를 함정에 몰아넣고 반 토막을 낸 주역이 아흘락과 핫산이다. 그때 세이크가 말을 이었다.

"하지만 그것을 미국 측이 모를 리가 없어. 뉴욕타임스에 연락한 것도 알 테니 필사적으로 막으려고 할 거네."

세이크의 두 눈이 번들거렸다.

"이건 전쟁보다 더 치열한 상황이야."

더구나 작전의 하청을 받은 아르카디는 악에 받쳐 있을 테니까.


오전 11시.

7사단 사령부의 보도본부에 나와 있던 짐 하드웰에게 홍보 장교 헌트가 다가왔다.

"짐, 전화요."

"누군데?"

"아르카디의 존이라는데."

짐이 두말없이 자리에서 일어나 데스크로 다가갔다. 전화기를 쥔 짐이 응답했을 때 곧 사내의 목소리가 울렸다.

"하드웰 씨, 나 지노 장입니다."

"오, 기다리고 있었어요."

노련한 짐이 바로 대답했다.

"본사에 연락을 했어요. 테이프도 들려주었고. 본사에서 후속 보도를 기다리고 있어요, 지노 씨."

"아시다시피 내가 살인 누명을 쓰고 수배 상태여서."

지노가 말을 이었다.

"눈에 띄면 바로 사살될 겁니다."

"자료만 넘겨줘도 돼요, 지노 씨."

"하드웰 씨, 당신도 위험한 상태라는 거 알고 계시지요?"

"그래서 내가 바로 본사에 연락을 한 겁니다. 테이프는 본사 간부들이 다 들었을 겁니다."

짐의 얼굴에 웃음이 떠올랐다.

"그 개자식들이 날 건드리면 대통령이 탄핵될 테니까."

"테이프 또 한 개가 잠시 후에 당신한테 전달될 겁니다."

"오."

"그것도 바로 본사에 넘겨서 녹음시켜 두시죠."

"알겠습니다."

그때 짐은 옆쪽에서 다가오는 LA타임스 기자 로키 허드슨을 보았다. 로키는 손에 봉투 하나를 들고 있다. 다가선 로키가 투덜거렸다.

"이봐, 짐, 자네 정보원이 이걸 전해주라는군. 내 호텔로 찾아와서 말야."

봉투를 건네주면서 로키가 물었다.

"포르노 테이프야? 괜찮으면 보고 나서 빌려줘."


오후 2시 반.

160

지노가 쑵 차림에 해진 재킷을 걸치고 등에는 자루를 멘 차림으로 산길을 걷는다. 티크리트 북방 15킬로 지점의 산악지대다.

일행은 셋. 지노와 아흘락, 그리고 병사 고단이다.

바위산이어서 바위 사이에 뚫린 길이다. 사람 하나, 당나귀 한 필만 걸을 수 있는 길인 데다 험하다. 고단이 앞장섰고 지노, 아흘락의 순서로 바위틈을 지나고 암벽을 오르기도 한다.

"1시간만 더 가면 됩니다."

고단이 이마의 땀을 손등으로 닦으면서 말했다. 암벽을 겨우 타 넘었을 때다. 셋은 옆쪽 바위 그늘 밑으로 들어가 쪼그리고 앉았다.

고단이 말을 이었다.

"티크리트 주변 마을까지 다 수색을 한다니까 반군들도 도피했을 겁니다."

아흘락이 고개만 끄덕였다.

지금 셋은 티크리트를 떠나 후세인의 은신처로 이동하는 중이다. 후세인이 도로 가의 안가를 떠나 다시 은신처를 옮겼기 때문이다. 추적을 피하려고 후세인은 일주일에 한 번씩 이동하는 것이다.

아흘락이 고개를 들고 바위 사이로 보이는 하늘을 올려다봤다. 정찰기나 감시 위성을 조심하는 시늉이지만 올려다봐야 헛짓이다.

지금 후세인은 경호원 6명과 핫산, 세이크까지 8명과 함께 있다는 것이다. 이것이 반년 전까지만 해도 절대 권력을 행사하던 이라크 대통령의 현실이다.

그때 지노가 아흘락에게 물었다.

"아흘락, 넌 앞으로 어떻게 할 계획이야?"

아흘락이 고개를 돌려 지노를 보았다.

마른 체구에 얼굴은 수염으로 덮였고 남루한 재킷에 쑵 차림의 아흘락은 영락없는 농부다. 다른 세상에 갖다 놓으면 거지나 다름없는 몰골. 그러나 1년 전만 해도 아흘락은 이라크의 최정예 부대인 보안군 소속 특전대 소령이었다.

"뭘 하다니?"

되물었던 아흘락이 곧 이를 드러내고 소리 없이 웃었다.

아흘락은 32세. 지노하고 사적 대화를 나눈 적은 없다.

"각하 모시고 있는 거지 뭐."

"다시 재기할 수 있을 것 같으냐?"

불쑥 물었고 지노가 외면했다.

지노 생각에는 이라크는 이미 멸망했다. 후세인 체제는 끝난 것이다. 지금은 후세인의 용병이 되었지만 현실은 현실이다. 그때 아흘락이 말했다.

"사람이 죽는 건 다 마찬가지야, 지노."

"무슨 말이야?"

"늙어서 죽나 망해서 죽나 마찬가지란 말이지."

"하긴 그러네."

"내가 할 일을 하다가 죽었다고 죽는 순간에 느끼면 그것으로 좋아."

"……."

"내 희망이지만 각하 옆에서 싸우다가 총을 맞고 죽었으면 해."

"갓뎀."

정색한 지노가 고개를 저었다.

"용병 계약한 나는 그렇게 안 되겠는데."

"그런가?"

"넌 각하보다 먼저 죽어도 되겠지만 난 돈을 받은 처지여서 말야."

"그렇군. 네 맘대로 죽을 수도 없겠다."

"아무래도 나도 이 땅에서 벗어나지 못하고 죽을 것 같기는 해."

"가족은 있어, 지노?"

162

"어머니."

눈을 좁혀 떴던 지노가 아흘락을 보았다.

"년?"

"처와 자식 셋, 그리고 부모."

"많구나. 여섯인가?"

"지난번 미군 폭격으로 죽었어."

"……."

"집에 엄청난 구덩이만 파여 있더군."

"……."

"그래서 그 구덩이를 메우고 묘비만 세웠어. 그런데 얼마 전에 가보았더니 미군 탱크가 지나다니면서 다 없어졌더군."

그때 지노가 자리에서 일어섰다.

"자. 이만 가자."


"어, 왔나?"

후세인이 웃음 띤 얼굴로 지노를 맞는다.

이렇게 만나기 전까지 지노는 후세인의 웃는 얼굴을 본 적이 없다. 물론 TV나 사진을 통해서 본 얼굴이지만.

지노는 고개만 숙여 보이고는 동굴의 구석 자리에 앉았다, 용병이니까. 자세히 말하면 고용된 병사, 경호원 그쯤이다.

동굴 안에는 지난번에 만났던 거구의 보안군 사령관 오마르 아무디가 와 있었다. 알 세이크 소장은 그 옆에 앉아있고, 핫산은 동굴 벽에 양초를 세우는 중이다.

그때 후세인이 고개를 돌려 오마르에게 말했다.

"그럼 자네는 돌아가라. 일주일 후에 만나기로 하자."

"예, 각하."

거구를 일으킨 오마르가 후세인에게 목례하더니 몸을 돌렸다. 동굴을 나오면서 오마르가 지노에게 눈으로 알은체를 했다.

핫산이 오마르를 배웅하러 나갔기 때문에 동굴 안에는 후세인과 세이크, 지노까지 셋이 남았다. 그때 후세인이 지노에게 가깝게 오라는 손짓을 했다. 지노가 다가가 앉았을 때 후세인이 말했다.

"상당히 급해졌어. 뉴욕타임스까지 끌어들였으니 미국 측도 서둘러야 될 테니까 말야."

뉴욕타임스를 끌어들인 것은 지노다. 후세인이 말을 이었다.

"더구나 이번에 아르카디 용병대가 치명상을 입었지만 금방 보완될 거야. 그놈들에게 경각심을 심어주었어."

고개를 돌린 후세인이 세이크를 보았다.

"스케줄을 설명해줘라."

"예, 각하."

자리를 고쳐 앉은 세이크가 지노에게 말했다.

"소령, 증거 테이프는 모두 준비되었고 각하의 성명서 녹화만 남았어. 앞으로 일주일이면 끝날 거네."

"……."

"그동안 우리는 소령이 그 테이프를 세계 언론사에 배포할 때에 대비해서 해체된 이라크군을 정비해놓을 거네."

"……."

"아직 남아있는 지휘관들을 모아서 이라크를 다시 일으킬 것이네."

지노가 소리죽여 한숨을 쉬었다.

그것까지는 생각하지 못했다. 생각할 필요도 없고.


밤.

동굴 밖에서는 하늘의 별이 손에 잡힐 것처럼 보인다. 하늘이 맑았기 때문이다. 맑은 공기가 들어간 폐가 서늘해진 느낌이다.

이곳은 티크리트 서북쪽 25킬로 지점의 바위산 중턱. 험한 산악지대인 데다 산길도 없는 곳이어서 산양처럼 바위를 기어 올라가야 했다.

이곳에 후세인이 와 있는 것이다.

바위틈에 끼어 앉아있는 지노 옆쪽에서 인기척이 났다. 고개를 든 지노가 다가온 세이크를 보았다. 세이크가 옆쪽 바위틈에 앉으면서 깊게 숨을 들이켰다.

"나도 이렇게 맑은 공기는 몇십 년 만에 마시는 거네, 소령."

"그렇습니까?"

지노가 옆에 놓인 드라구노프를 조금 떼어 놓았다. 총신이 솟아 있었기 때문에 바위 밑으로 눕혔다. 왠지 대화에 걸리는 느낌이 들었기 때문이다.

세이크가 하늘을 보았다.

"하늘의 별 좀 보게, 소령."

"예, 봤습니다."

세이크를 따라 지노가 하늘을 보았다.

밤. 10시쯤 되었다.

이제는 별이 크리스마스트리에 달린 전구처럼 흔들거리고 있다. 금방 '툭' 떨어질 것 같다.

골짜기에서 서늘한 바람이 밀고 올라오면서 산 냄새가 맡아졌다. 맵고 코끝이 '싸'한 냄새. 아프가니스탄의 산 냄새와는 다르다. 거긴 바람결에 먼지가 섞여서 숨을 크게 들이켜지도 못했다.

그때 세이크가 말을 이었다.

"지금 살아남아서 연락이 되는 지휘관은 14명이야. 그들을 규합하고 있어."

"……."

"티크리트 주변에 흩어져 있는 보안군만 10만 정도야. 우리는 그들을 미군과의 전쟁 목적이 아니라 오직 치안용으로 소집할 거네."

"……."

"그것이, 소령의 미 국무부 음모 폭로가 기폭제 역할을 하게 되는 것이지."

지노가 저도 모르게 한숨을 쉬었다. 그때 세이크가 말했다.

"소령, 난 촬영기사를 데리러 가네. 이틀 후에 돌아올 거야."

자리에서 일어선 세이크가 번들거리는 눈으로 지노를 보았다.

"11시에서 오전 3시까지 미군 정찰기가 이 지역을 지나지 않는다는군."

이곳에 있어도 정보가 들어오는 것이다.

# 4장 카밀라 후세인

동굴은 폭이 4미터, 길이가 10미터쯤 되었다. 바닥에 양탄자가 깔린 침구가 안쪽에 놓였고 후세인이 그곳에서 잔다.

지노의 침소는 동굴 입구 바로 안이다. 입구 근처의 3미터쯤 패인 부분이어서 마치 경비실 같다. 그곳 바닥에 양탄자를 깔고 누울 자리를 만든 것이다. 지노가 오기 전까지는 카심이라는 하인이 맡았는데 후세인의 지시로 교체되었다.

세이크와 헤어진 지노가 동굴로 들어왔더니 양초 불은 꺼졌고 조용하다. 후세인은 자는 것 같다.

동굴 입구는 사람 하나가 겨우 들어갈 만큼 좁지만 안은 넓다. 본래의 동굴을 넓힌 것이다. 동굴 입구는 바위와 같은 색깔의 두꺼운 천을 늘어뜨려서 바로 앞에서 보아도 모르고 지날 때도 있다.

밤. 12시쯤 되었다.

양탄자 위에 누워 숨을 골랐더니 바로 여명처럼 온갖 소리가 다 들려왔다. 동굴 밖의 바람 소리, 아래쪽 개울의 물 흐르는 소리도 들린다. 지금까지는 들리지 않았다.

근처에 3개의 동굴이 더 있고 핫산과 아흘락, 경호원까지 9명이 전부다. 이것이 '후세인 팀'의 전력(戰力)이다. 일주일에 한 번씩 이동하고 있어서 숫자가 적을수록 유리한 것이다.

이틀 후에 세이크가 장비를 지참한 촬영기사 둘을 데려온다. 후세인의 '영상 녹음'을 하려는 것이다. 작업은 사흘 예정. 편집까지 마치려면 일주일이 걸린다고 했다. 작업이 끝나면 지노가 그것을 가지고 이곳을 떠나는 것이다.

밖에서 돌이 굴러 내려가는 소리가 들렸다. 이곳은 바위산이라 가끔 부서진 바위 조각이 떨어진다.

밖에는 경비병 둘이 50미터, 1백 미터 거리에서 경비를 하고 있다. 지노가 경비병들의 위치를 돌아보았더니 완벽했다. 잘 은폐되었고 비상시의 조치도 흠잡을 곳이 없다.

후세인에게 딸린 경비병들은 모두 전문가 수준이다.


"소령, 같이 먹자."

하인이 나무쟁반에 담긴 빵과 우유를 내려놓았을 때 후세인이 말했다.

오전 7시 반, 아침 식사 시간이다.

"아닙니다. 저는 나가서 먹겠습니다."

지노가 사양했지만 후세인이 손짓까지 했다.

"이리 와. 같이 먹자."

그러고는 하인에게 지시했다.

"우유 잔 하나만 더 가져와."

이렇게 지노는 후세인과 둘이 아침을 먹게 되었다.

후세인은 빵 한 쪽을 떼어먹고 우유를 한 모금 삼키는 식이다. 아주 천천히 씹는다. 빵은 딱딱하지만 씹을수록 향이 나온다. 후세인처럼 우유를 마셨더니 맛이 배가되었다.

그때 묵묵히 빵을 씹던 후세인이 고개를 들고 지노를 보았다.

"많은 놈이 나를 배신했어."

지노는 눈만 껌뻑였고 후세인이 말을 이었다.

"지금도 셀 수도 없이 떨어져 나가."

"……."

"그래서 일주일에 한 번씩 거처를 옮겨 다니는 거다."

그때 후세인이 빙그레 웃었기 때문에 지노의 심장박동이 빨라졌다.

"하지만 난 전혀 충격을 받지 않아. 그것은 당연한 일이기 때문이야."

"……."

"미국 침공의 음모를 폭로하고 내 영상 메시지를 서방 언론에 다 뿌린다고 해도 이라크를 되찾기 힘들 거야."

"……."

"잡혀서 죽기 전에 진실만은 알리겠다는 의도였는데 이젠 조금 지치는구나."

지노가 우유를 한 모금 삼켰다.

이라크가 멸망한 지 벌써 8개월이다. 후세인이 도망 다닌 지 8개월이 된 것이다. 그때 후세인이 물었다.

"너, 가족이 어머니 하나뿐이라고 했지?"

"예, 각하."

"나는 여럿이다."

후세인이 눈을 가늘게 떴다. 눈동자가 흐려져 있다.

"그런데 지금은 다 흩어졌구나."

"……."

"몇 명은 죽고, 몇은 도망 다니고……."

그때 후세인이 다시 우유 잔을 들면서 말을 이었다.

"이 상황에서 가족 걱정까지 할 여유는 없지."

가족이 온전할 리 있겠는가?

지노도 잠자코 우유 잔을 들었다.

다시 밤.

이번에는 지노가 핫산에게 야간 경비를 자원했기 때문에 오전 1시에서 3시까지 근무를 맡았다. 핫산과 아흘락까지 야간 경비를 하고 있었기 때문이다.

지노의 경비 위치는 동굴 아래쪽 50미터 지점. 이곳에서는 좌측 골짜기까지 경계 영역에 포함된다.

바위틈에서 머리만 내밀고 쪼그려 앉은 지노가 드라구노프에 장착된 야간용 스코프로 사방을 둘러보고 있다. 드라구노프를 이곳까지 가져온 것이다.

골짜기 아래쪽까지 거리가 875미터로 나타났다. 건너편 산은 424미터, 더 아래쪽 골짜기 입구를 보았더니 1,442미터. 모두 드라구노프의 사정거리 안이다.

스코프에 빨간 점이 보여서 긴장했더니 곧 그것이 토끼류 짐승으로 밝혀졌다. 두 마리. 곧 바위틈으로 사라졌다가 개울가로 옮겨간다. 거리는 922미터.

스코프에서 잠깐 눈을 뗀 지노의 머릿속에 후세인의 목소리가 울렸다.

"너, 가족이 어머니 하나뿐이라고 했지?"

그제서야 어머니 얼굴이 떠오르다니. 잊고 있었다.

어머니.

하나밖에 남지 않은 가족 아니, 가족은 본래부터 어머니 하나뿐이었다.

숨을 들이켠 지노가 다시 스코프에 눈을 붙였다. 좌측 골짜기. 감시의 '룰'에 따라서 가까운 곳에서부터 먼 곳으로.

그때 지노가 숨을 멈췄다.

877미터부터 훑었던 스코프의 거리계가 1,120미터에서 멈춰 있다. 그리고 스코프의 가늠자 위에 드러난 붉은 형체.

인간이다.

선명한 인간의 형체, 그리고 손에 쥔 푸른색 물체.

총이다.

지노의 신경이 곤두섰지만 곧 스코프를 그 뒤쪽으로 옮겼다.

있다. 10미터쯤 뒤쪽으로 두 명, 그 뒤쪽에 네 명, 모두 7명이다. 그 뒤쪽으로 1,457미터까지 훑었지만 그 이상은 없다.

지노가 옆쪽 바위틈에 걸린 나일론 끈을 당겼다. 핫산에게 연결된 비상용 끈. 원시적 방법이지만 정확하고 안전하다.


5분 후.

지노 옆에 엎드린 핫산과 아흘락이 제각기 망원경을 눈에 붙이고 있다. 뒤쪽에는 경비병 넷이 모두 나왔다.

"혁명군 수색대야."

마침내 핫산이 망원경에서 눈을 떼며 말했다. 혁명군은 미군이 조직해놓은 이라크군 용병이다.

"여기까지 온 것을 보면 정보가 샜어."

"우연히 왔을 수도 있지."

아흘락이 말했지만 자신감이 없는 목소리다. 그때 핫산이 고개를 저었다.

"수백 개의 골짜기 중에서 이곳으로 들어온 것이 우연이라구? 아냐."

"그럼 저놈들이 이쪽 산으로 오는 것으로 판단하자고."

아흘락도 지지 않았다. 골짜기 우측 산이 이쪽인 것이다. 핫산은 입을 다물었고 모두 골짜기를 주시했다.

밤. 오전 1시 45분.

앞장선 사내와의 거리가 1,017미터로 가까워졌다. 사내는 골짜기의 개울을 따라 올라오고 있다.


10분 후.

핫산과 지노가 후세인의 동굴로 들어갔다.

"각하."

핫산이 낮게 부르자 어둠 속에서 후세인이 대답했다.

"오느냐?"

후세인도 상황을 알고 있다.

"예. 지금 이쪽 산으로 올라오고 있습니다, 각하."

"옮겨야겠군."

"예, 각하."

그때 핫산이 불을 켰기 때문에 동굴이 밝아졌다. 양초에 불을 켠 것이다. 후세인은 어둠 속에서 이미 옷을 입고 있었는데 지노를 보더니 쓴웃음을 지었다.

"아침 운동이 몸에 좋다, 소령."


지노와 아흘락은 남았다. 수색대를 놔두고 도망만 칠 수는 없었기 때문이다. 그래서 다음 거처를 알고 있는 아흘락과 함께 남아서 수색대의 동향을 살피기로 했다.

위치를 잡고 둘이 엎드렸을 때 수색대와의 거리는 720미터로 접근되어 있었다.

"산을 훑고 오는 것이 아냐."

한동안 수색대를 바라보던 아흘락이 입을 열었다.

"곧장 이곳으로 온다."

스코프에서 눈을 뗀 지노가 고개를 끄덕였다.

"이곳이 목표인 것 같다."

"젠장. 정보가 또 샜어."

172

"확실하다고 믿지는 않은 것 같다, 믿었다면 대규모 병력을 투입했을 테니까."

그렇게 대답한 지노가 스코프를 아래쪽으로 돌렸을 때다. 지노는 다시 숨을 들이켰다.

붉은 반점. 그것도 셀 수가 없다. 거리는 1,355미터.

그사이에 골짜기 입구로 진입한 것이다.

"아흘락."

지노가 불렀을 때 아흘락도 망원경으로 아래쪽을 보았다.

"오, 본대다."

탄성을 뱉은 아흘락이 잇새로 말을 잇는다.

"1개 소대, 그 뒤로 2개 소대. 중대 병력이야."

그리고 목표는 바로 이곳인 것이다. 앞장선 7명은 첨병대다. 아흘락이 망원경에서 눈을 떼었다.

"가자, 지노."

그때 지노가 고개를 저었다.

"이왕 발각된 이상 지휘관은 싹 죽이고 가야지."


바위틈에 엎드린 지노는 앞장선 첨병을 겨눴다. 이제 거리는 690미터로 좁혀져 있다. 지노가 가늠자 위에 맨 앞의 사내를 겨눴다.

앞을 막아야 한다. 선두에 선 사내는 거침없이 올라오고 있다. 지노가 숨을 멈추고는 부드럽게 방아쇠를 당겼다.

"철컥, 퍽석!"

발사음. 그리고 다음 순간 앞장선 사내가 두 팔을 휘저으며 쓰러졌다.

"명중."

옆에 엎드린 아흘락이 낮게 말했을 때 지노의 총구가 뒤쪽의 지휘관에게로 옮겨졌다.

"퍽석!"

가슴을 움켜쥔 사내가 뒤로 벌떡 넘어졌다. 그제서야 나머지 대원이 놀라 바위틈 사이로 엎드렸다. 그러나 몸이 다 가려지지는 않는다.

"퍽석!"

세 번째 탄환이 엎드린 사내의 머리통을 깨뜨렸고 나머지 넷은 더 움츠러들었다. 그때 지노의 총구가 뒤쪽으로 옮겨졌다.

뒤쪽의 본대. 거리는 1,290미터로 가까워져 있다.

스코프로 뒤쪽을 훑어본 지노가 마침내 지휘관을 찾아내었다. 본대 중심에서 무전병을 대동한 채 올라오고 있다. 거리는 1,312미터.

지노는 가늠자 위에 지휘관의 가슴을 올려놓았다. 산을 오르는 중이라 행동은 느리다.

"퍽석!"

소염기를 통해 발사된 총탄이 날아갔다.

하나, 둘, 셋, 넷.

지노가 여덟을 세었을 때 지휘관이 상반신을 번쩍 세우더니 뒤로 넘어졌다.

그 순간 부대에 혼란이 일어났다. 요란한 총성이 울리면서 모두 엎드려 이곳저곳에다 대고 총을 난사하기 시작한 것이다.

골짜기는 순식간에 총성으로 뒤덮였다. 눈먼 총탄이 이쪽으로 날아오기도 한다. 엎드려 있던 앞쪽 수색대가 놀라서 꿈틀거리고 있다.

지노가 다시 지휘관급으로 보이는 표적을 찾아 총구를 겨눴다. 그러고는 차분하게 방아쇠를 당겼다. 이렇게 최대한 시간을 끌 것이다.


한 시간쯤 후에 지노와 아흘락이 산 중턱을 돌아서 발을 떼고 있다. 아래쪽

174

에서 총성이 가끔 울리지만 산은 다시 조용해지는 중이다.

밤. 3시가 되어가고 있다.

앞장서 가던 아흘락이 바위 사이를 빠져나가면서 말했다.

"수십 군데 안가를 만들어 놓았지만 언제 놈들이 선수를 칠지 알 수가 없어."

아흘락이 말을 이었다.

"이번에도 정보가 새나간 거야."

그것도 간발의 차이로 피한 것이다. 지노가 스코프로 찾아내지 않았다면 후세인이 잡혔을 가능성도 있다.

"서둘러야겠어, 지노."

"갓댐."

아흘락의 등에 대고 지노가 투덜거렸다.

"난 시킨 일만 하는 용병이야. 그것도 내 능력 안에서. 저놈들을 쏜 건 추격을 늦추기 위해서였지, 증오심이나 충성심 따위는 없단 말이다."

그때 아흘락이 앞을 향한 채 짧게 웃었다.

"잘 쏘더군, 지노."

"지휘관급 넷, 모두 16명을 죽였다."

"네가 이라크 군인이었다면 금방 장군이 되었을 텐데."

곧 둘은 입을 다물고 산을 기어오른다.

아직도 산은 어둠에 덮여 있다. 산등성이 하나를 넘고 골짜기를 내려가 다시 산 하나를 넘었더니 오전 5시가 되어가고 있다. 동쪽 산마루가 부옇게 밝아오는 중이다.


오전 5시 반이 되었을 때 지노와 아흘락은 작은 골짜기 안쪽에 박힌 농가로 들어섰다. 통나무와 흙을 섞어서 만든 농가다. 이곳은 숲에 싸인 농가로 축사에는 양과 염소가 20여 마리나 된다.

농가 마당에 서 있던 핫산이 둘을 반겼다.

"우리는 조금 전에 왔어. 각하께선 주무시네."

핫산이 목소리를 낮춰 말했다.

"밤새도록 산길을 걸으셨기 때문에."

지노와 아흘락도 지친 상태이니 66세인 후세인에게는 강행군이었을 것이다. 핫산이 고개를 돌려 지노를 보았다.

"소령, 당신이 오면 각하께서 깨워달라고 하셨어. 날 따라와."

"갓뎀."

지노가 투덜거렸다.

"돈 주고 고용했다고 인정사정없이 부려먹는군."

핫산은 잠자코 앞장섰고 아흘락은 지쳤는지 웃지도 않는다.


"어, 왔나?"

잠에서 깬 후세인이 지친 표정으로 지노에게 말했다. 후세인은 침상 옆의 의자에 앉아있었는데 방금 하인이 갖다 놓은 찻잔을 손에 쥐었다.

지노가 앞쪽에 앉았을 때 후세인이 뜨거운 차를 한 모금 삼켰다.

"이봐, 소령."

"예, 각하."

"난 오늘 밤에 다시 거처를 옮길 거야. 내 영상 인터뷰를 녹화하려고 말야."

"예, 각하."

"그런데 소령은 내 심부름을 해줘야겠어."

"예, 각하."

"여기서 그곳이 가까워. 20킬로 정도밖에 안 돼."

찻잔을 내려놓은 후세인이 지노를 보았다. 눈동자가 흐려져 있다.

"그곳에 내 딸이 숨어있어."

지노가 숨을 죽였고 후세인의 말이 이어졌다.

"내 경호실 소속 대령이 부하 셋과 함께 보호하고 있는데 못 만난 지 석 달이 넘었어."

"……."

"그동안 수없이 안가를 옮겼는데 이번에 가장 가깝게 접근한 셈이구만."

"……."

"내 딸은 내가 이곳에 있는지도 모를 거야."

후세인의 눈동자가 번들거렸다.

"가서 내 편지를 전해주게, 소령."

"예, 각하."

"낮에는 정찰기가 떠 있을 테니까 밤에 갔다가 오게."

후세인이 탁자 위에 놓인 편지봉투를 집어 지노에게 내밀었다.


"그럼 고단을 데려가."

지노한테서 이야기를 들은 핫산이 말했다.

"고단이 안가(安家) 안내역이니까. 머릿속에 지도가 다 들어있는 놈이지."

그때 아흘락이 말했다.

"지노, 일 끝내고 다음 은신처로 와야 할 테니까 내일 밤이나 모레 새벽에 도착하겠군."

"거기서 바로 출발하면 그렇겠지."

오늘 밤에 후세인의 딸이 숨어있는 은신처로 떠나야 하기 때문이다.

셋은 축사 안쪽의 짚 위에 둘러앉아 있다. 염소와 양의 똥을 깔고 앉아 있었

지만 바닥이 푹신한 데다 동굴보다 편안하다. 가끔 양이 셋의 몸을 비비고 지나
간다.

그때 지노가 물었다.

"각하 가족은 다 흩어져 있는 거야?"

핫산과 아흘락이 서로의 얼굴을 보았다. 그러더니 핫산이 대답했다.

"아들 셋은 다 죽고 딸 셋 중에서 둘은 미군이 억류하고 있어. 그리고 하나 남
은 카밀라 씨가 지금 근처에 있는 거지."

"왜 숨어있는 거야? 전범도 아닐 텐데?"

"억류된 딸 둘은 공직에 있지 않아서 현상금도 붙지 않았어. 남편들만 사살
되고 감옥에 갇혔을 뿐이지. 하지만……."

핫산이 말을 그쳤을 때 아흘락이 말을 이었다.

"카밀라 씨는 옥스퍼드를 나온 박사야. 각하의 환경복지 보좌관이었다구. 미
군이 현상금 1천만 불을 걸어놓은 수배범이야."

핫산이 거들었다.

"우리보다 현상금이 높아."

"갓댐."

외면한 지노가 혼잣말을 했지만 둘은 다 들었다. 영어니까.

"재수 없군. 난 왜 유식한 여자만 만나게 될까?"


밤. 9시 반.

다시 길도 없는 산속을 걸으면서 앞장선 고단이 말했다.

"카밀라 공주도 거처를 옮기고 있지만 각하처럼 자주 옮기지는 않습니다."

고단은 친위대 상사 출신으로 티크리트 출신이라고 했다. 고단이 말을 이
었다.

178

"지난번에 각하께서 공주께 외국으로 피신하라고 전갈을 보냈지만 거절했다는군요."

"……."

"각하 자식들 중에서 가장 똑똑하다는 소문이 났습니다. 용감하구요."

후세인의 아들 셋은 숨어있다가 현상금 사냥꾼의 기습을 받고 저항하다가 사살되었다. 나머지 딸 둘은 주부였다니 비교 대상이 안 된다.

"공주 남편도 죽었나?"

지노가 묻자 고단이 바위로 올라가면서 대답했다.

"미혼입니다. 각하가 신임하는 친위대 장군, 총리 아들, 장관까지 여러 명을 추천했지만 모두 거절했다고 합니다."

"소문은 그렇게 만드는 거야."

지노가 고단의 등에 대고 말했다.

"그렇게 해서 공주를 띄우는 거지."

"이해가 갑니다."

"공주 주가가 그렇게 해서 올라가는 거야."

"그래서인지 공주 사진을 갖고 다니는 병사들이 많았습니다."

"하지만 실제로 겪어보면 전혀 다른 경우가 많아."

"그렇습니까?"

"미국 같은 경우에 TV 스타나 유명 인사들, 사생활에서 보면 아주 개 같은 품성이 나온다고."

놀랐는지 고단의 걸음이 늦춰졌고 지노의 말이 혼잣말처럼 변했다.

"내가 여기자의 용병이 되고 나서부터 배운 여자에 대한 선입견이 만들어진 것 같군."

그러고는 지노가 검은 하늘을 향해 한숨을 쉬었다.

아아, 케이트. 미안하다. 너에 대한 미안함이 이렇게 뒤틀려졌다.

민가 6채가 산비탈에 박혀 있다. 앞쪽 골짜기에 개울이 흐르고 마을 주위는 목초지다. 밤이어서 마을은 짙은 정적에 덮였고 민가 2채에서만 불빛이 흘러나오고 있다.

조심스럽게 민가로 다가간 둘 앞에서 인기척이 났다. 민가에서 1백 미터쯤 떨어진 지점이다.

"누구냐?"

낮게 묻는다.

"나, 고단이야."

고단도 낮게 대답하자 곧 어둠 속에서 사내 하나가 나타났다. 경비병이다. 손에 AK-47을 쥐고 있다.

"오, 아크람. 네가 경비를 서는구나."

다가간 고단이 경비병에게 지노를 소개했다.

"각하께서 공주님께 특사를 보내셨다. 가서 보고해."

고개를 끄덕인 아크람이 몸을 돌려 어둠 속으로 사라졌다.

잠시 후에 지노는 불이 켜진 민가 안으로 들어섰다. 함께 들어선 고단이 안쪽에 앉아있는 여자에게 지노를 소개했다.

"공주님, 각하께서 보내신 특사입니다."

여자와 지노의 시선이 마주쳤다. 그때 여자가 자리에서 일어섰다.

"잘 오셨어요."

"제가 특사가 아니라 각하의 용병입니다."

지노가 여자의 시선을 받으면서 말을 이었다.

"각하께서 편지를 보내셨습니다."

지노가 재킷 안주머니에서 편지를 꺼내 여자에게 내밀었을 때다. 갑자기 문이 열리더니 사내 하나가 들어섰다.

장신의 거구다. 짙은 수염. 셔츠 위에 작업복을 걸쳤고 손에 AK-47을 쥐었다. 그런데 사내에게서 술 냄새가 풍겨왔다.

"당신, 이렇게 절차를 무시하면 돼?"

사내가 지노를 노려보면서 거친 목소리로 묻는다. 아랍어다.

"심부름을 왔으면 먼저 나한테 신고를 하고 공주님을 만나야 될 것 아닌가?"

바로 공주의 경호대장인 경호실 소속 대령이다. 지노는 핫산과 아흘락은 물론 고단한테도 대령에 대한 언급은 듣지 못했다. 후세인만 경호실 소속 대령이 카밀라를 경호하고 있다고 했다.

그때 지노가 카밀라를 보았다. 카밀라가 중재해주기를 바랐기 때문이다. 그 순간 카밀라의 표정을 본 지노가 숨을 들이켰다. 카밀라의 입술 끝이 비틀려 있었기 때문이다.

쓴웃음이다. 잠깐 동안이지만 카밀라는 쓴웃음을 짓고 나서 얼굴이 차분한 표정으로 돌아갔다. 그때 사내가 지노에게 바짝 다가섰다. 이제는 술 냄새가 더 짙게 풍겨왔다.

"용병이라고 들었지만 절차를 지켜. 예의를 지키란 말야."

"갓댐."

마침내 지노의 입에서 욕이 나왔다.

놀란 사내가 눈을 크게 떴을 때 지노가 허리에 찬 권총을 빼내어서 사내의 배를 꾹 찔렀다. 이제는 사내가 숨을 들이켰는데 벌린 입에서 다시 악취가 맡아졌다.

옆에 서 있던 고단이 놀라 한 발짝 뒤로 물러섰다. 그때 지노가 베레타로 사내의 배를 더 밀면서 말했다.

"개새꺄. 널 이 자리에서 쏴죽일 수도 있어."

지노가 다시 베레타로 배를 밀었더니 사내가 한 발짝 뒤로 물러섰다.

"술 처먹고 있는 놈한테 보고하란 말이냐? 이 개아들놈아."

"아니……."

사내가 다시 입을 벌린 순간이다. 지노가 권총 자루로 사내의 옆머리를 후려갈겼다.

"턱!"

뼈가 쇳덩이하고 부딪치는 소리가 그렇게 났다. 사내가 휘청거렸을 때다. 지노의 권총 자루가 이번에는 턱을 후려쳤다.

"우직!"

뼈가 부서지는 소리다. 사내가 담장이 허물어지는 것처럼 방바닥에 쓰러졌을 때 지노가 공주에게 말했다.

"죄송합니다. 각하께서 이런 지시는 하지 않으셨지만 이런 놈의 경호를 받으시면 안 된다고 생각했습니다."

공주가 잠자코 시선만 주었기 때문에 지노도 맞받아 쳐다보았다. 그때 지노는 숨을 들이켰다.

공주의 검은 눈동자, 그리고 짙은 속눈썹, 곧은 콧날과 붉고 요염한 입술. 일렁거리는 촛불에 비친 공주의 모습이 마치 딴 세상의 여자처럼 비쳤기 때문이다.

딴 세상? 전혀 다른 세상. 아름다움과 욕정이 있는 세상. 향기와 말랑한 육체가 있는 세상.

그때 쓰러져 있던 대령이 신음 소리를 냈기 때문에 지노가 현실로 돌아왔다.

"죽여요."

그때 천상의 선녀 목소리가 울렸다. 아니, 현실의 공주, 카밀라.

지노보다 놀란 고단이 숨을 들이켜는 소리를 내었을 때다. 대령이 신음 소리를 내면서 꿈틀거렸다. 머리는 들지 못하고 두 팔로 상반신을 일으키려고 한다.

그때 지노가 한쪽 무릎을 꿇고 앉더니 대령의 머리를 두 손으로 감싸 쥐었다. 그러고는 몸을 기울이면서 감싸 쥔 머리를 두 손으로 비틀었다.

"뚜두둑."

조금 두꺼운 나무가 부러지는 소리가 나더니 대령이 사지를 늘어뜨렸다. 그러나 두 다리가 경련을 일으키고 있다.

그 순간 고단이 한 발짝 물러섰다. 대령이 엎어져 있지만 얼굴은 천장을 바라보았기 때문이다.


경호원 셋을 집 안으로 부른 카밀라가 사건을 간단히 설명했다.

"내가 함단 대령을 처형시켰다."

그 한마디로 정리가 되었다. 함단의 시체를 들고 나갔을 때 고단이 상황을 설명해주겠지.

집 안에 둘이 남았을 때 카밀라가 지노에게 자리를 권했다. 그리고 나서 후세인이 보낸 편지를 읽기 시작했다. 그동안 지노는 방을 둘러보았다. 방바닥에 거적이 깔린 방은 깨끗하다. 방 안쪽에 나무침대가 놓였고 의자가 2개, 창가에 붙여진 탁자 하나뿐이다.

이윽고 고개를 든 카밀라가 지노를 보았다.

"외가 쪽 친척인데 요즘 불안했어요."

방금 처형한 대령을 말하고 있는 거다.

"내 현상금이 얼마죠?"

카밀라가 물었기 때문에 지노는 고개를 저었다.

"모릅니다."

"전에는 1천만 불이라고 들었는데 올랐겠죠?"

"모릅니다."

"아버지가 필요한 것 있으면 당신 편에 전하라고 쓰셨군요."

"책임자 대리 역할을 할 사람이 있습니까?"

"없어요."

지노가 고개를 끄덕였다.

"그렇다면 나하고 함께 온 병사를 각하께 보내도록 하죠. 각하께서 책임자를 보내주실 겁니다."

그동안은 지노가 책임자 대리 역할을 해야겠지, 책임자 목을 꺾어 죽였으니까.


고단은 아직 날이 밝기도 전인 새벽에 출발했다.

카밀라의 숙소 옆쪽의 민가에서 경호원들을 만난 지노가 이야기를 듣는다. 경호원 셋 중 하나가 경비를 나갔기 때문에 아크람, 쥬타, 둘한테 번갈아 이야기를 시킨 것이다.

"죽은 놈 욕하기 멋쩍지만."

아크람이 작심한 표정으로 말했다.

"함단은 미군에게 공주를 데려갈 생각까지 했습니다. 우리 때문에 그렇게 못한 겁니다."

쥬타가 덧붙였다.

"지금 경비를 나가 있는 아무디부터 설득했는데 아무디가 우리한테 이야기해주었습니다."

184

고개를 절레절레 흔든 쥬타가 말을 이었다.

"내가 각하 친구의 아들이 아니었다면 나부터 설득하려고 했겠지요."

아크람이 말을 이었다.

"아무디가 설득되었다면 우리 둘을 쏴 죽이고 공주를 데리고 나갔을 겁니다."

지노가 고개만 끄덕였다.

망한 집안에는 빗자루도 남지 않는다.


오후 1시 반.

점심을 먹고 난 지노가 카밀라에게 불려 들어갔다. 지노에게 자리를 권한 카밀라가 입을 열었다.

"각하 편지에 당신이 자료를 갖고 나가기로 계약을 하셨다더군요."

지노는 쳐다만 보았고 카밀라가 말을 이었다.

"각하께선 내가 당신과 함께 이라크를 빠져나갔으면 좋겠다고 하셨는데요."

"……."

"시리아나 요르단 쪽이 낫다고 하셨습니다. 어떻게 생각하세요?"

지노가 카밀라의 시선을 맞받았다.

카밀라는 아랍 여자처럼 온몸을 가리고 얼굴만 내놓는 차도르나 머리, 목 부분만 가린 히잡도 쓰지 않았다. 짧게 숏커트한 검은 머리, 갸름한 얼굴에 검은 보석 같은 눈동자, 너무 짙어서 빗자루를 매단 것 같은 속눈썹, 곧은 콧날과 붉고 선명한 입술을 가진 미인이 앞에 앉아 있다.

터틀넥의 긴팔 셔츠를 입고 바지 차림으로 더러운 운동화를 신었다. 30대 중반쯤 되었을까? 후세인의 딸이라는 선입견이 없었다면 더 호감이 갔겠지. 시내에서 만났다면 한 번은 돌아보았을 것 같다.

지노가 카밀라의 눈에서 시선을 떼고 대답했다.

"난 지금까지 혼자 나가서 전달하는 것으로 용병 계약을 했는데 처음 듣습니다."

"계약이 추가된 셈이네요."

"난 요르단으로 빠져나갈 생각이었습니다."

"나도 아직 결정하지 않았어요."

카밀라가 먼 곳을 보는 눈으로 지노를 보았다.

"물론 생각은 많이 했죠. 간다면 6년간이나 살았던 영국이 나은데……"

"……"

"위험하겠죠?"

"정상적으로 살기 힘들 겁니다."

"미국은 어때요?"

"가기도 힘들지만 꼭 미국에 갈 이유라도 있습니까?"

"일단은 넓고 돈만 있으면 다 통하는 나라 아닌가요?"

"누가 그럽니까?"

"영국에서 만난 사람들이."

"그렇다면 할 말 없습니다."

"난 당신의 의견을 듣고 싶은데요."

"당신 혼자서 미국에서 산다면 오래 못 갈 겁니다."

"……"

"보통사람은 몇십 년도 가겠죠. 하지만 당신 같은 수배자는 힘듭니다."

"혼자가 아니라는 건 뭘 말하는 거죠?"

"보호를 받아야죠."

"용병의?"

"그럴 용병은 없습니다."

186

지노가 고개를 저었다.

"자수하는 것이 미국에서 안전하게 사는 방법이 될 겁니다."


바위 사이에서 나온 고단이 앞을 가로막은 거대한 암벽 윗부분을 올려다보
았을 때다.

오전 11시 반.

잠깐 멈춰 서서 올려다본 시간이 3초쯤 되었을까? 다시 고단이 옆쪽으로 발
한 짝을 뗀 순간.

"턱!"

엉덩이를 누가 발길로 찬 것 같은 충격이 오더니 고단은 앞쪽 암벽에 상반신
을 부딪쳤다. 다음 순간.

"꽝!"

총성.

맞았다. 넘어지지는 않았기 때문에 몸을 비틀어 한 발짝 뛰었던 고단의 입에
서 저절로 신음이 터졌다. 격렬한 통증과 함께 오른쪽 다리가 앞으로 굽혀졌기
때문이다.

못 걷겠다. 바위틈으로 우선 몸을 숨긴 고단이 쥐고 있던 AK-47로 앞쪽을 겨
눴다. 그러나 적의 위치를 알 수가 없다. 다음 순간.

이번에는 어깨가 무너지는 것 같은 충격이 오더니 쥐고 있던 AK-47이 손에서
떨어졌다. 이어서.

"꽝!"

총소리.

저격수는 4백 미터에서 5백 미터 거리에 있다. 이제 놈의 의도는 알았다. 생포
하려는 것이다.

AK-47을 왼손으로 집어 든 고단이 어금니를 물었다. 아직까지 선택권은 자신에게 남아있는 것이다, 움직이지는 못하지만 놈이, 또는 놈들이 여기까지 오려면 30분은 충분히 걸릴 테니까.

아크람, 쥬타 그리고 아무디는 친위대 소속으로 모두 상사다.

후세인의 친위대는 모두 고향인 티크리트 출신이다. 그래서 거의 배신하지 않는다. 물론 셋에게 현상금은 붙지 않았다. 함단에게는 현상금 50만 불이 걸려있었는데 카밀라를 경호하고 있는 줄을 몰랐기 때문일 것이다.

이번에는 아크람이 초소에 나갔고 집 안에는 쥬타, 아무디가 남았다.

오전 11시 반.

카밀라의 시중을 드는 민가의 여자 둘이 마당에서 식사 준비를 하느라고 오가고 있다. 쥬타가 고개를 들고 지노를 보았다.

"캡틴, 지금까지 8개 안가를 돌아가면서 피신하고 있었지만 소문이 퍼지고 있습니다."

쥬타가 말을 이었다.

"그래서 그중 2개를 폐쇄했는데 나머지도 위험합니다."

지노가 고개를 끄덕였다.

"8개월 동안 고생하고 있군."

"지쳤지요."

아무디가 길게 숨을 뱉었다.

"죽은 함단은 요즘 매일 불평을 쏟아내고 있었습니다."

"당연하지."

"매일 술을 먹고 공주께 인사도 하지 않은 날도 많았습니다."

"내가 와서 다행이다."

188

"공주께서도 불안하셨을 것입니다."

쥬타가 말을 받았다.

"그렇다고 각하께 연락할 방법도 없는 데다 부담을 드리기 싫으셨을 테니까요."

지노가 다시 고개만 끄덕였을 때 아무디가 말을 잇는다.

"만일 오시지 않았다면 조만간 일이 터졌을 겁니다. 함단이 우리 셋을 쏴 죽이고 미군에 투항하든지 우리끼리 총질을 하다가 다 죽었을지도 모르지요."

솔직한 말이다.


저녁 식사를 끝냈을 때 지노는 카밀라에게 다시 불려 들어갔다.

오후 5시 반.

산골짜기는 밤이 일찍 찾아와서 저녁도 일찍 먹는다.

"오늘 밤에는 전령이 돌아오겠지요?"

집 안으로 들어선 지노에게 카밀라가 물었다.

고단은 10시간이면 오갈 수 있겠지만 왔다 갔다만 할 수 있겠는가? 보고하고 상의하고 경비대장을 고르는 데 시간이 걸리겠지. 그렇다고 해도 오늘 밤에는 도착할 것이다.

"예, 그럴 겁니다. 그쪽에서도 서두를 테니까요."

"지금 본부는 어디죠?"

"이틀 후에 옮긴다고 했는데, 왜 그러십니까?"

"아버지 편지에 내가 결심을 했다면 당신을 따라서 오라고 하셨거든요."

"결심하신 겁니까?"

"네."

지노가 잠깐 카밀라를 쳐다보았다.

그렇다면 새벽에 고단을 출발시키지 않아도 될 뻔했다. 지노의 머릿속을 읽었는지 카밀라가 물었다.

"새벽에 전령을 보내지 않아도 되었는데, 그렇죠?"

"잘한 겁니다. 사람 일이란 게 다 그렇습니다. 카밀라 씨가 결심할 때까지 고단을 여기서 대기시킬 수는 없었지요."

그러자 카밀라의 얼굴에 웃음이 떠올랐다.

"그러네요."

"인생이 우연한 일로 어긋나고 잘되기도 하지요. 총탄이 머리를 스치고 가는 것처럼 말입니다."

다시 웃은 카밀라가 고개를 끄덕였다.

"전령이 오기를 기다렸다가 갈까요?"

"내가 지리를 아니까 지금 떠납시다. 가다가 만나든지 어긋나면 돌아오겠지요."

"그래요."

카밀라가 자리에서 일어섰다. 떠나자는 시늉이다.


뭐, 짐 꾸리고 자시고 할 것도 없다. 고단이 새 경호책임자하고 올 경우에 대비해서 일 거들어주던 이웃집 여자에게 쪽지를 남겼을 뿐이다.

민가 4채에 여자 넷, 노인 셋이 사는 산골이다. 염소를 키우면서 사는 이곳의 민가는 지도에도 없다.

지노가 인솔하는 남자 셋, 여자 하나는 오후 7시가 되었을 때 은신처를 떠났다.


고단이 오면서 지형 설명을 해주었지만 지노는 베이루트, 아프간, 이라크 전쟁을 거치면서 눈에 띈 지형을 지도에 겹쳐 읽는 습성을 길러왔다.

특히 아프간 산악지역은 길을 잃어버리면 바로 죽는다. 지휘관의 실수는 부대를 전멸시키는 것이다. 지노는 고단이 앞장서 온 길을 거침없이 돌아가고 있다.

밤. 마을을 떠난 지 한 시간쯤.

산악지역으로 들어서서 바위를 타고 있다. 오늘도 별이 휘황했고 산 위로 올라갈수록 더 찬란해졌다.

그 순간. 지노가 바위를 타 넘으려는 순간이 되겠다.

지노가 손을 번쩍 들고 멈춰 섰기 때문에 바로 뒤에서 따라오던 카밀라의 얼굴이 등에 부딪혔다. 지노가 카밀라에게 입술에 손가락을 세로로 세워 보이더니 바위 위로 몸을 엎드렸다. 긴장한 카밀라가 쪼그리고 앉았고 아크람 등이 옆으로 다가왔다.

그때 지노가 손으로 옆쪽을 가리켰다. 지노가 가려는 골짜기다. 지금 산비탈을 내려가 골짜기를 지나 옆쪽 산길로 가려는 것이다.

그런데 그쪽에서 인기척이 들리고 있다. 이제는 카밀라한테도 들린다.

지노가 배낭에서 스코프를 꺼내 앞을 보았다. AK-47에 장착된 스코프를 따로 떼어 놓았다. 그 순간 지노가 숨을 들이켰다.

앞장선 병사들은 10여 명. 거리는 185미터.

지금 골짜기에서 이쪽으로 올라오고 있다. 그 뒤로 우글거리는 병사들. 산길에서 나오는 중인데 30~40명이다.

그때 옆에서 아크람이 망원경을 눈에 붙인 채 말했다.

"수비대입니다."

수비대는 해체된 이라크군에서 미군이 수색, 정찰, 또는 반란군 소탕을 목적으로 조직한 '미군 용병대'다. 약 20개 중대 규모로 조직해놓았는데 미군은 그들을 '수비대'로 불렀지만, 그들은 자신들을 '혁명군'이라고 한다.

"저놈들이 우리 안가로 가는 것 같은데."

옆에서 쥬타가 낮게 말했다.

"이 길로 거침없이 오는 걸 보면 우리 아지트가 탄로 난 거야."

"자, 옮겨가자."

지노가 일어서며 말했다. 우선 피해야 한다.


길을 피해서 바위산 위쪽으로 1백 미터쯤 올라갔더니 그사이에 수비대는 지노 일행이 조금 전에 엎드렸던 자리를 지나간다.

바위틈에 엎드린 다섯은 숨을 죽이고 '수비대'가 지나는 것을 내려다본다. 수비대가 지나면서 두런두런 이야기하는 소리도 들린다. 앞장선 첨병대 8명, 50미터쯤 뒤로 30여 명, 그 뒤쪽에 다시 30여 명이 따르고 있다.

예상이 맞았다.

그들은 지노 일행이 지금까지 온 길을 되짚어가고 있다. 민가까지는 4킬로쯤의 거리다. 그때 지노가 잇새로 말했다.

"고단한테 사고가 난 것일까?"

수비대가 사라지기를 기다렸다가 지노는 몸을 일으켰다. 만일 고단이 잡혔다면 후세인의 안가도 위험한 것이다.

다시 행군이 시작되었다.

지노가 앞장섰고 뒤를 카밀라가, 뒤쪽으로 등에 짐을 멘 아크람, 쥬타, 아무디가 따른다.

모두 말이 없다. 가파른 산길이어서 거친 숨소리만 들린다.


후세인의 안가에 도착했을 때는 오전 2시가 조금 넘었을 때다.

지노가 도착하자마자 고단을 찾았더니 놀란 아흘락이 오지 않았다고 했다.

예상했던 일이 일어난 것이다.

당장 세이크를 중심으로 작전 회의가 열렸다.

"고단이 안가를 다 알고 있는 건 아니지만 지금 당장 옮겨야겠다."

작전 회의는 금방 끝났다.

후세인에게 보고를 하려고 세이크가 서둘러 나갔을 때 아흘락이 지노에게
물었다.

"지노, 함단을 처형했다는 건 어떻게 된 일이야?"

"그놈은 반역 기도를 했어."

지노가 경호원들한테서 들은 이야기를 해주었을 때 세이크가 돌아왔다.

"자, 이동 준비."

소리치듯 말한 세이크가 지노를 보았다.

"각하 계신 데서 함단 이야기 들었어, 소령."

카밀라가 이야기해 준 것이다.


또 이동. 오전 3시.

길게 늘어선 대열이 산악지대를 걷고 있다. 후세인의 거처 이동이다. 인원은
모두 15명으로 늘어났다. 카밀라와 경호원 셋이 포함되었기 때문이다. 후세인도
간편한 차림으로 뒤를 따른다. 후세인의 뒤에는 카밀라, 그 뒤에 지노가 붙어
간다.

앞쪽을 가던 후세인이 고개를 돌려 카밀라를 보았다.

"카밀라, 내가 너하고 등산간 적이 있었던가?"

그때 카밀라가 대답했다.

"아뇨, 없었는데요."

"그렇구나."

다시 발을 뗀 후세인이 말을 이었다.

"미군 덕분에 첫 등산을 하는구나."

"네, 아버지."

"나쁜 일만 있는 게 아냐. 그 이면을 보면 좋은 일도 있어. 지금 같은 경우가 그렇지 않으냐?"

"네, 아버지."

"희망을 잃지 말라는 뜻이다."

"알고 있습니다."

"열심히 살아야 한다."

"네, 아버지."

지노는 걸음을 늦춰 간격을 벌렸다.

부녀간의 대화는 다 비슷하다, 양치기 부녀나 독재자 대통령 부녀나.


깁슨이 앞에 누운 고단을 물끄러미 보았다.

오전 7시 반.

깁슨은 방금 이곳에 도착했다. 그래서 눈빛에서 찬 기운이 느껴진다.

고단은 '수비대'에 포로가 되어서 미군에 넘겨졌는데 두 시간 전에야 깁슨이 그 사실을 알게 된 것이다. 깁슨이 '국무부 용역'을 하고는 있지만 미군 정보를 직보 받을 수는 없다.

병실 안에는 셋이 앉아있다. 고단과 앞쪽의 깁슨, 그리고 미군 수색대 대대장인 중령까지. 그때 깁슨이 고단에게 물었다.

"고단이라고 했지?"

"그래."

고단은 붕대를 감은 어깨와 엉덩이 한쪽을 드러낸 채 침대에 비스듬히 눕혀져 있다. 숨을 고른 깁슨이 다시 물었다.

"계급이 상사라고 했나?"

아랍어다. 고단이 눈을 끔뻑이며 깁슨을 보았다.

"당신은 누군데?"

"난 지노를 잘 아는 사람이야."

"아, 그렇다면."

고단이 누운 채 빙그레 웃었다.

"더러운 용병이군."

"더러운 용병 대장이지."

"내가 놀랄 줄 알았나, 대장?"

"아니. 그런 생각은 안 했어."

"난 상사 출신이지만 장군쯤은 부럽지 않은 사람이야, 병신아."

"알고 있다니까. 내가 널 만나러 왔을 때는 고단 마하디 상사에 대해서 조사를 하고 오지 않았겠나?"

"알고 있으면서 뭘 또 묻나? 난 이미 다 이야기했어, 대장."

"네가 카밀라의 경호원으로 따라다녔다고는 하지만 내 자료에는 후세인의 경호원으로 되어있더군, 상사."

"너희들 멋대로 해라, 대장."

"네가 후세인과 지노의 은신처를 가장 잘 아는 사람으로 되어있어."

"글쎄, 멋대로 하라니까?"

"여기 있는 수색대장한테는 카밀라의 안가만 말해주었는데, 그것도 빈 안가를 말야. 넌 후세인의 은신처도 알고 있는 사람이야. 거기에 지노도 있겠지?"

"고문을 할 거야?"

"아니. 하지만 티크리트에 네가 숨겨놓은 처 슈크넬라와 자식 넷을 찾아내었지. 덤으로 네 어머니 마흔밧하고."

이맛살을 찌푸린 깁슨이 길게 한숨을 쉬었다.

"그래. 난 더러운 용병 대장이야. 어떻게든 목적을 달성하는 놈이지. 네 가족을 몰살시키는 건 말 한마디면 돼, 상사."


"오마르 아무디 대장이 투항했어."

세이크가 말했을 때는 새 은신처에 도착해서 3시간쯤 지났을 때다.

이곳은 동굴 안. 암산의 천연 동굴이었는데 크고 높아서 목소리가 울린다.

"배신을 한 것이지."

세이크의 검은 눈동자가 번들거리고 있다.

"우유부단해서 한 번도 전쟁에 나가본 적이 없는 사람이지만 지금까지 버텨주어서 고맙게 생각했는데 이렇게 되었군."

지노는 잠자코 서서 듣기만 했다.

동굴은 길고 여러 가닥으로 나뉘어서 1개 중대 병력도 넣을 만했다. 출구도 4개나 되었기 때문에 탈출 방법도 여러 가지다. 세이크가 말을 이었다.

"보안군을 결집하는 데는 차질이 있겠지만 작업은 계획대로 진행될 거네."

"고단이 전령으로 안내역을 맡았는데 안가 위치가 밝혀지지 않겠습니까?"

지노가 묻자 세이크는 고개를 저었다.

"다 알지는 못해, 소령."

"각하의 녹화작업은 언제 끝납니까?"

"사흘쯤 걸릴 거네."

세이크의 얼굴에 웃음이 떠올랐다.

"각하께서 카밀라 공주가 오고 나서 밝아지셨어. 녹화작업이 끝나면 공주를 탈출시킬 계획이네. 알고 있지?"

"공주한테서 들었습니다."

"상황이 수시로 변하고 있어서 일단 녹화작업부터 서둘러야겠어."

"공주를 어디로 보내실 겁니까?"

"소령에게 부탁할 건데, 소령은 어디로 계획을 세우고 있나?"

"요르단입니다."

세이크가 고개를 끄덕였다.

"내 생각도 그래."

"공주를 요르단까지만 데려다주는 것으로 하죠. 난 두 가지 일은 힘듭니다."

"각하께 말씀드리겠네."

세이크가 길게 숨을 뱉고 나서 물었다.

"뉴욕타임스에서도 기다리고 있겠지?"

짐 하드웰에게 두 번째 테이프를 주고 나서 아직 연락도 하지 못한 상태다.


그 시간. 오후 4시 반.

티크리트의 '아르카디' 본부 상황실에서 깁슨이 벽에 붙은 상황판을 보면서 말했다.

"고단의 정보를 토대로 후세인의 안가를 추정했더니 이 범위야."

깁슨이 상황판에 그려진 반원형 선을 지휘봉으로 가리켰다.

고단이 실토한 후세인의 안가 3곳을 중심으로 추정한 것이다. 앞쪽에 둘러앉은 간부들은 모두 10여 명. 이번에 60여 명 20개 조가 증원되었다.

"여기서 지금 지노가 후세인의 자료를 받아서 탈출할 예정이야."

지휘봉이 티크리트 북방의 가로 10킬로, 세로 5킬로 정도의 타원형 부분을 가리키고 있다. 깁슨의 얼굴에 쓴웃음이 번졌다.

"어제 투항한 오마르 대장은 경호대원 고단보다도 정보가 없어. 그저 안내원을 따라 다녔다고 했어. 기대도 안 했지만 말야."

깁슨이 말을 이었다.

"이제는 전 조(組)가 후세인 추적조가 된다. 길목마다 침투해서 매복하고 수색한다. 목표는 후세인과 그 용병 놈, 지노 장이다."

아르카디의 총공세다.


총을 손질하고 있던 지노가 고개를 틀었다. 앞쪽에 카밀라가 나타났기 때문이다.

동굴 안. 오후 5시 반이다.

이곳은 문이 없기 때문에 다른 사람은 인기척을 내거나 후세인은 소리 내어 불렀지만 카밀라는 어색한 것 같다.

지노의 시선을 받은 카밀라가 다가오더니 앞쪽 바위 위에 앉았다. 벽에서 튀어나온 바위 위에 헝겊을 깔아서 의자처럼 만들어놓은 것이다. 벽에 세워놓은 양초 불꽃이 조금 흔들렸다. 그때 카밀라가 말했다.

"막상 같이 갈 사람을 찾았더니 아무도 없어요."

"……."

"나하고 같이 탈출할 사람 말이죠."

지노가 다시 드라구노프를 결합하기 시작했고 카밀라가 말을 이었다.

"이런 상황이니까요. 다른 때라면 수백 명의 동반자를 찾을 수 있었겠죠."

"……."

"아버지도 세이크 장군한테서 이야기를 들었는지 요르단으로 가는 것이 낫겠다고 하시네요."

"……."

"거기서 유럽이나 이집트로 숨어 들어가라고요."

방아틀이 결합되지 않아서 들여다보았더니 안쪽 스프링이 제대로 끼어있지 않았다. 처음 있는 일이다. 열이 난 지노가 스프링을 맞추고 방아틀을 제대로 결합하는 동안 카밀라도 쳐다만 보았다.

이윽고 지노가 고개를 들었을 때 카밀라가 말했다.

"어제 오마르 대장이 투항한 것 아시죠?"

"들었습니다."

"오마르가 각하의 계획을 다 알고 있을 테니까 미국 측은 더 서두르겠죠. 부시는 9.11의 복수를 이것으로 마무리 지으려고 할 테니까요."

"……"

"그런데 이 복수가 거짓으로 만들어진 희생양을 처단하는 연극이었다는 것이 밝혀지면 곤란하겠죠."

드라구노프를 다 결합한 지노가 방아쇠를 당겨 격발시켰다.

"철컥."

상쾌한 금속음. 그때 카밀라가 말을 이었다.

"아버지는 당신이 믿을 만하다고 하셨어요, 그 누구보다도."

"……"

"돈으로 고용된 용병이지만 배신하지 않을 사람이라고."

"……"

"특히 당신이 한국계 미국인이라는 것도 마음에 든다고 하셨어요."

지노가 이제는 AK-47을 분해하기 시작했다. 오늘 낮에도 했지만 카밀라의 얼굴만 쳐다보고 있을 수만은 없었기 때문이다.

카밀라의 말은 오른쪽 귀로 들어와서 왼쪽 귀로 나가고 있다. 하지만 말이라도 찌꺼기가 쌓인다. 부담이 된다.

순식간에 분해를 마친 지노가 문득 고개를 들었더니 카밀라가 보이지 않았다. 분위기를 눈치챈 것 같다.


하르낫 산의 정상에서 보면 알무트 마을과 마을로 이어진 세 갈래의 길이 환하게 드러난다. 거리는 1킬로에서 2킬로 사이여서 망원렌즈로 다 잡힌다.

마틴 조(組) 4명은 어젯밤부터 이곳에 '저격장'을 만들어 놓고 있었는데 '타깃'은 '후세인 잔당'이다. 물론 그럴 확률은 낮지만 '후세인'도 타깃에 포함되어 있다.

마틴과 베일, 쟈니, 쿠지 네 명은 둘씩 사수, 조수가 되어서 2정의 헤클러 앤 코흐제 PSG-1 저격 총을 거치해놓고 있었는데 마틴과 쟈니는 명사수다. 1,500미터 사거리 안에서 실수한 적이 거의 없다.

오후 4시 반.

베일이 무전을 수신했다. 포터블 무전기. 통신 거리 8~12킬로지만 정보원은 2킬로 이내에 흩어져있다.

"1번 도로로 양치기 3명이 양 떼 10여 마리를 몰고 알무트로 간다."

1번 도로 근처에 숨어있는 정보원이다. 정보원이 말을 잇는다.

"셋이 각각 풀을 베어 메고 가는데 안에 무기를 감춰 넣을 수 있을 만해."

"알았다, 오버."

베일이 무전을 껐을 때 옆에서 들은 마틴이 투덜거렸다.

"저 새끼, 그래서 어쩌라는 거야? 수상하면 저희들이 잡을 것이지. 놔둬."

그래놓고 PSG의 스코프로 1번 도로를 보았더니 과연 양 떼를 몰고 세 사내가 다가오고 있다. 알무트 마을까지는 약 1킬로 거리. 마틴과의 거리는 1,424미터. 셋은 산 아래쪽을 가로로 지나가고 있다.

"마틴, 저놈들 등에 멘 풀 더미 속에 뭐가 들은 것 같은데?"

같이 스코프를 보던 쟈니가 말했다.

200

"무거워 보여."

"반군 잡으려고 우리가 이 개고생을 하는 게 아냐."

마틴이 짜증을 냈다.

알무트 마을이 어디인가?

지금은 철저히 파괴되어서 주민이 1백여 명밖에 남았지 않지만 후세인이 태어난 마을이다. 생가는 폭파시켜서 흔적도 없고 기념관 등은 불에 타서 뼈대만 남아있는 곳이다. 그러나 1천여 명이었던 주민 중에 20여 가구는 남아있다.

그때 다시 무전기가 울렸고 베일이 수신기를 귀에 붙였다.

"뭐야?"

"여기는 2번 도로."

"말해."

"염소를 끌고 두 명이 알무트로 가는 중이야."

"양치기가?"

되물은 베일이 마틴을 보았다. 옆에서 수화기에서 울리는 정보원의 말을 들은 마틴이 총구를 2번 도로로 겨누었다. 그 순간 2번 도로에 풀 짐을 진 두 사내가 나타났다. 1번 도로의 사내들과 비슷한 모습.

"갓댐."

긴장한 마틴이 고개를 들었다.

이런 우연이 있는가? 만일 하르낫 산의 정상에서 이것을 보지 않았다면 이 '우연'을 누가 알아차렸겠는가?

"비상."

마틴이 낮게 말하자 쟈니가 PSG-1의 받침대를 다시 고정시켰다. 그때 정보원의 목소리가 다시 울렸다.

"염소는 모두 8마리다."

양치기 둘이 염소 8마리를 끌고 가다니.

"어떻게 할 거야?"

그 상태에서 쟈니가 물었다.

위치상 쟈니는 2번 도로, 마틴은 1번 도로다. 거리는 모두 1,500미터 미만. 점점 좁혀지고는 있다. 그러다 1,200미터에서 멀어진다.

마틴은 눈꺼풀 위에 고여 있는 땀방울을 눈을 껌뻑여 떨어내었다.

"마틴."

쟈니가 다시 부르자 마틴이 결정했다.

"놔둬."

"가앗댐."

스코프에서 눈을 뗀 쟈니가 투덜거렸다. 한쪽 눈에 둥그렇게 스코프 자국이 찍혀 있다.

"맞추기 좋았는데, 마틴."

"네가 확인할 거냐?"

우선 그렇게 기를 죽인 마틴이 바위에 어깨를 기대고 앉았다. 확인은 조수의 몫이니 1킬로가 넘는 거리를 갔다가 와야 한다.

"놔둬. 마을 북쪽 제이슨 조(組)한테 연락이나 하고."

알무트 마을 위쪽의 구릉 위에 제이슨 조가 있는 것이다. 베일이 무전기를 켰을 때 마틴이 말했다.

"두 군데서 양치기 다섯이 마을로 들어간다고 해. 풀 짐을 지고."

그러고는 고개를 돌려 쟈니와 쿠지까지 보았다.

"반군을 쏘기에는 내 총탄이 아까워서 그래."

말도 안 되는 소리였지만 전시에는 말도 안 되는 일도 수없이 일어나니까.

"마을로 들어갔습니다."

핫산이 말하자 알 세이크가 고개를 끄덕였다.

"예상했던 대로 비었군."

"먼저 첨병을 보낼까요?"

"그래. 둘만."

세이크가 손목시계를 보았다. 오후 5시 10분.

그때 앞쪽에서 지노가 다가왔다. 지노 뒤로 아흘락이 따르고 있다. 다가선 지노가 세이크에게 말했다.

"장군, 위험합니다."

"무슨 말인가?"

그렇게 물은 사람이 뒤쪽에 앉아있던 후세인이다.

이곳은 알무트 마을에서 5킬로쯤 떨어진 암산 중턱. 후세인 옆에는 카밀라가 서 있다. 지노가 후세인 앞으로 다가가 섰다. 지노가 알무트 마을 앞쪽까지 정찰을 나갔다 온 것이다.

"마을 주위에 저격하기 좋은 포인트가 10개 정도나 됩니다. 거리가 1킬로에서 2킬로 사이인데 미군이 놔둘 리가 없습니다."

지노가 말을 이었다.

"미끼로 2개 조를 보냈지만 무사히 마을로 들어갔다고 안심할 수는 없습니다. 위험합니다."

"이봐. 세 번이나 정찰했다고 하지 않나?"

후세인이 이맛살을 찌푸리고 말했다.

"이곳까지 와서 돌아가란 말인가?"

후세인이 태어난 마을은 꼭 한 번 봐야겠다고 말한 것은 몇 달 전부터다. 미군 수색대, 용병대의 압박이 시간이 지날수록 심해지고 있지만 후세인의 바람은 꺾이지 않았다. 오히려 점점 더 간절해지는 것 같았다.

생가(生家)가 폭파되어 흔적도 남지 않았다는 것을 알면서도 그렇다. '그 자리에 한 번 가보겠다'라면서 고집을 꺾지 않았다.

그러고 나서, 오늘.

생가가 위치한 알무트 마을에서 가까운 안가로 옮겨온 기회에 마침내 찾아온 것이다. 그때 지노가 말했다.

"2킬로 이내의 주변 능선을 수색한 후에 마을로 진입하시지요. 마을에 진입했더라도 나올 때 당할 수가 있습니다."

마을 안은 안심해도 좋다고 했다. 남아있는 주민 대부분이 노인과 여자들인데다 모두 철저한 후세인 추종자였기 때문이다. 외부인은 발을 붙이지 못하는마을이다. 노인들도 무장하고 있어서 반군(反軍)은 물론이고 미군도 내버려둔마을인 것이다.

후세인이 물었다.

"그럼 언제까지 기다려야 하나?"

"다섯 시간만 기다려 주십시오."

"다섯 시간이나?"

눈을 치켜떴던 후세인이 뒤에 선 세이크를 보았다.

"세이크, 돌아가자."

"예, 각하."

세이크가 외면한 채 대답했다. 마을로 진입하려고 첨병을 보내려던 세이크다.진입 직전에 좌절되었기 때문에 무안해진 것이다.


밤. 11시 반.

산등성이를 따라 걷던 지노가 다시 걸음을 멈췄다. 바위틈에서 멈춰 선 것이다. 암산의 뒤쪽에서 접근하는 중이다.

뒤를 따르던 아흘락이 지노의 옆에 서서 앞쪽을 보았다. 지노가 손으로 가리킨 곳은 앞쪽의 희뜩희뜩한 바위. 밤이어서 바위의 흰 부분이 드러났다. 아흘락이 지노를 보았다. 묻는 표정이다. 그때 지노가 말했다.

"저격조다."

순간 아흘락이 숨을 들이켰다. 이곳에서는 마을로 진입하는 길이 다 보이는 것이다. 산등성이를 타고 수색한 지 3시간째다.

20미터쯤 더 전진했더니 바위틈에 주저앉은 넷이 보였다.

둘씩 짝을 진 2개 저격조. 앞에 거치해놓은 저격 총까지 보인다. 그들의 앞쪽이 알무트 마을로 뻗은 넓은 골짜기. 아흘락이 고개를 돌려 지노를 보았다.

"마을로 들어갔다가 그대로 표적이 될 뻔했군."

"저 거리에서는 다 맞춘다."

"양치기 2개조는 놈들이 그냥 보낸 거야."

아흘락이 고개를 절레절레 흔들었다.

"아마 첨병도 보내고 나서 본대를 쳤겠지."

그 본대가 사담 후세인이다. 더구나 카밀라까지 동행이다.

그때 지노가 말했다.

"여기만 매복시켰을 리가 없어. 또 있을 거다."

"그렇겠군."

"마을에 들여보내고 나서 여유 있게 잡을 수도 있어."

지노가 자리에서 일어섰다. 알무트 마을이 함정으로 변해 있는 것을 확인했다.


"놔두었나?"

지노의 보고를 받은 후세인이 그렇게 물었다. 동굴 안에는 카밀라, 세이크까지 모여 있다.

밤. 오전 2시쯤 되었다.

후세인은 자지도 않고 기다린 것이다. 그만큼 마을에 가고 싶었겠지.

"예, 놔두었습니다."

지노가 '후세인 식'으로 대답했다.

"만일의 경우, 각하께서 가실 예정이면 놔두는 게 낫습니다."

"무리해서 갈 생각은 없어."

촛불에 비친 후세인의 얼굴에 쓴웃음이 떠올랐다.

"카밀라에게 내 생가의 터라도 보여주고 싶었기 때문이야."

"……."

"가깝게 온 김에 나도 한번 땅 냄새를 맡고 싶었고."

그러더니 눈동자의 초점을 잡고 지노를 보았다.

"소령, 내 목숨을 또 구해주었군. 고맙네."

후세인의 시선이 세이크에게 옮겨졌다.

"세이크, 내가 이런 식으로 고집을 부려서 이라크가 망한 거야. 그렇지 않나?"

"아닙니다."

당황한 세이크가 고개를 저었다.

"부하들이 보좌를 제대로 못했기 때문입니다, 각하."

"너희들한테 미안하다."

그때 외면하던 지노의 시선이 카밀라와 부딪쳤다. 카밀라도 외면하다가 서로 마주친 셈인데.


"각하가 약해지셨어."

206

'각하의 동굴'에서 나온 세이크가 한숨과 함께 말했다.

"전에는 저런 스타일이 아니셨어."

지노는 듣기만 했고 세이크가 말을 이었다.

"지금까지 알무트 마을에는 한 번도 가신 적이 없어. 매년 각하 생신 때 마을에서 기념식을 했어도 말이네."

동굴 밖으로 나온 둘은 나란히 서서 어둠에 덮인 앞쪽 산을 보았다. 그때 지노가 물었다.

"각하 영상 작업은 잘 됩니까?"

"이삼일이면 끝나네."

"그럼 사흘 후에는 떠날 수 있겠네요."

"카밀라 씨도 함께 갈 테니 국경까지는 아흘락과 경호원 둘을 붙여주겠네."

지노가 고개만 끄덕였다. 지리에 밝은 안내원이 필요하다. 요르단으로 방향을 잡았으니 남서쪽으로 이라크 지역을 횡단해야만 한다.

세이크가 어둠 속에서 반짝이는 눈으로 지노를 보았다.

"본래 시카고 포스트의 케이트 기자에게 자료를 넘기기로 했지만 소령 덕분에 뉴욕타임스가 되었군. 지금도 짐 하드웰 기자는 기다리고 있을 거네."

"그렇지 않아도 내가 짐 하드웰을 만나야 될 것 같습니다."

"무슨 말이야?"

놀란 세이크가 바짝 다가섰다.

"그 친구도 아르카디의 감시 대상이 되어있는 걸 모르나?"

"제가 생각을 해보았는데요."

지노가 말을 이었다.

"이곳에서 짐을 만나 테이프를 줄 수 있으면 건네주고 나머지 복사본을 제가 들고 나가는 것입니다. 만일의 경우에 대비해서 복사본은 많이 만들어 놓는 것이 낮습니다."

"5개씩 준비하고 있어."

"모두 5뭉치가 되겠군요."

지노가 쓴웃음을 짓고 세이크를 보았다.

"용병이 별 작전을 다 쓰는군요. 난 머리 쓰는 작전 체질이 아닌데."

"소령."

세이크가 지노의 시선을 맞받았다.

"이것이 각하의 마지막 작전인 것 같네. 그 작전을 소령이 실행하는 것이지."

별빛을 받은 세이크의 두 눈이 번들거렸다.

"그럼 내일 내려가 보게."


"저 새끼, 아르카디지?"

짐이 묻자 피터가 고개를 끄덕였다.

"맞아. 용병 아닌 척하는 놈이 아르카디 놈들이지."

오후 1시 반.

점심을 먹고 난 짐과 피터가 식당 옆 PX에 들어와 맥주를 마시고 있다. PX에는 기자 대여섯 명, 군수 관계 민간인 대여섯 명, 그리고 용병으로 보이는 서너 명이 하사관 서너 명과 잡담 중이다.

짐은 그들 중 떨어져 앉은 사내 하나를 가리킨 것이다.

"저 새끼들, 아르카디 말야."

피터는 LA타임스 기자로 짐과 단짝이다. 피터가 말을 이었다.

"국무부 하청을 받아서 후세인을 잡는다고 안하무인이야."

짐은 듣기만 했고 피터의 목소리가 높아졌다.

"저 새끼들은 군을 제 부하처럼 부려먹는단 말야. 국무부 놈들이 돈 먹은 거야."

그때 PX로 사내 둘이 들어섰는데 곧장 이쪽으로 다가왔다. 그들을 본 짐의 얼굴에 쓴웃음이 번졌다. 그사이에 다가온 둘 중 나이든 사내가 짐에게 말했다.

"짐, 우리하고 잠깐 이야기 좀 합시다."

"그렇지 않아도 이제 나타날 때가 되었다고 생각하던 중이오."

짐이 고개를 돌려 피터를 보았다.

"피터, 이분이 아르카디 파견대 본부장 에드워드 깁슨 씨야."

"아이구, 방금 아르카디 욕하던 중이었는데."

피터가 눈을 둥그렇게 떴고 깁슨이 손을 내밀었다.

"LA타임스의 피터 부르노 기자시군. 말씀 많이 들었습니다."

악수를 마친 깁슨이 선 채로 짐을 보았다.

"잠깐 밖으로 나가실까?"


PX 옆 창고 앞에 박스를 갖다 놓고 셋이 둘러앉았다. 깁슨, 터너, 그리고 짐이다. 깁슨이 정색하고 짐을 보았다.

"짐, 당신 지금 헛일하는 거요."

"무슨 이야기요?"

"지금 당신 주머니에서 돌아가는 녹음기 말이오, 짐."

깁슨이 눈으로 짐의 군용 재킷 주머니를 가리켰다.

"물론 녹음을 해도 증거물로는 사용하지 못하겠지만 말요."

"내가 당신들보다는 점잖은 편인데."

"녹음기 꺼요, 짐."

"내 마음인데."

"그럼 이야기할 것 없는데."

깁슨이 자리에서 일어서자 짐이 주머니에서 소형 녹음기를 꺼내 옆쪽의 박스 위에 놓았다. 그때 터너가 일어나 짐에게 다가갔다. 얼굴에 웃음이 떠올라 있다.

"짐, 실례합니다."

"갓댐."

짐은 터너가 몸수색을 하도록 놔두었다. 이윽고 터너가 물러서자 셋은 다시 자리에 앉았다.

"복잡한 세상이야, 짐."

깁슨이 말했을 때 짐이 고개를 끄덕였다.

"더러운 세상이지, 깁슨 씨."

"후세인이 마지막 발악을 하고 있어."

"억울해서 그런 게 아닐까?"

"당신이 받은 테이프는 가짜야. 위조된 것이라고."

"확인해봐야지."

"그걸로 전세를 뒤집을 수 없어."

"난 기자야. 용병 나부랭이가 아니라고."

짐의 목소리가 높아졌다.

"난 내 일을 할 테니까 당신은 당신 일을 해, 깁슨 씨."

"반역자가 되지 않도록 해, 짐. 당신을 위해서 이렇게 만나고 있는 거야."

"그건 알고 있어, 깁슨. 하지만 반역자라니, 너무하군."

짐이 빙그레 웃었다.

"반역은 당신과 국무부 놈들이 하는 것 같은데. 차관보 해리슨이 곧 제1차관이 된다지? 그 개아들놈."

"미국을 전범국으로 만들지 말란 말야, 짐."

"그렇게 만든 건 몇 놈이야. 금방 찾아낼 수 있어, 깁슨. 그래서 전범국 누명을 벗어야 돼."

"갓댐."

마침내 깁슨이 허리를 젖히고 짐을 보았다.

"이 꼴을 봐, 짐. 몇 놈 찾아낸다고 해도 이미 이라크는 쑥대밭이 되었고 수십만이 죽었어. 그 책임이 어디로 갈 것 같으냐?"

"책임을 져야지."

짐도 똑바로 깁슨을 보았다.

"그래야 위대한 미국이 되는 거야, 깁슨."

그때 마른 바람이 불어와 먼지를 날렸다. 먼지를 피해 모두 머리를 돌렸고 세 쌍의 시선이 막 앞을 지나는 장갑차에 모였다.

출동이다.

지금도 수시로 산적들과의 전투가 일어난다.


술잔을 든 마이키가 눈을 깜빡이고 나서 앞에 선 여자를 보았다. 바의 종업원 하파스다.

"어, 파피. 네가 웬일이냐?"

마이키가 반색을 했다.

이집트 태생인 하파스는 '비싼' 여자다. 좀처럼 빈틈을 보이지 않는다. 수많은 용병, 기자, 군 장교가 찔벅거렸지만 넘어가지 않았다. 그래서 점점 명성이 높아졌고 티크리트 지역의 '왕'인 미 제7사단장 카튼의 애인이라는 소문까지 났다. 밤에 카튼의 숙소로 하파스가 장갑차를 타고 들어갔다는 것이다.

그건 그렇고.

정신을 차린 마이키가 서둘러 물었다.

"내 앞에 선 건 나한테 마음이 있기 때문이지? 내가 지금 5백 불 정도밖에 없는데 괜찮을까?"

주위는 시끄럽고 어둡다.

밤. 9시 반.

바 '더글라스'는 외국인 전용 클럽이어서 미군 관계자와 기자들의 단골이다. 그때 하파스가 말했다.

"뒷문 건너편 물담배 집에서 지노가 기다린다고 했어."

"갓댐."

놀란 마이키가 주위부터 둘러보고는 숨을 들이켰다.

"파피, 너 지노가 누구인지 알아?"

"수배자지."

"오 마이 갓. 네가 이런 심부름을 하다니."

"누가 전해주라고 했을 뿐이야."

"갓댐."

하파스, 애칭 파피는 이미 어두운 안쪽으로 사라진 후다.


화장실에 가는 척하고 뒷문으로 빠져나온 마이키가 단숨에 물담배 집 앞으로 왔을 때 옆쪽 골목에서 아랍인 하나가 나타났다.

"마이키 씨?"

마이키의 시선을 받은 사내가 손짓을 했다.

"이쪽으로."

마이키는 사내를 따라 골목으로 들어섰다.

골목을 빠져나가 민가의 열린 대문 안으로 들어갔던 사내가 다시 옆집과의 쪽문을 통해 옆집 마당을 통과했다. 그러더니 골목으로 나왔고 또 민가를 두 집이나 거친 후에 골목으로 나왔을 때다.

마이키의 얼굴에 저절로 쓴웃음이 번졌다. 골목 끝 쪽이 조금 전에 나왔던 '바' 더글라스 옆이기 때문이다. 더글라스를 중심으로 한 바퀴 돈 셈이다.

"이쪽으로."

사내가 담장 옆의 쪽문으로 들어서며 말했다.


저택 안으로 들어선 마이키는 건물 옆에 서 있는 사내를 보았다. 사내에게 다가간 마이키의 얼굴에 웃음이 떠올랐다.

지노였기 때문이다. 지노가 살아있을 것을 예상하고 있던 마이키가 손을 내밀었다.

"지노, 살아있었구나."

"너도 나 때문에 고생이 많지?"

마이키의 손을 쥔 지노도 웃었다.

"그래. 벌이도 뚝 끊겼어."

이제 둘은 벽에 나란히 기대섰다. 마이키가 말을 이었다.

"난 팀에서도 배제되었어. 작전에 끼워주지도 않아."

지노하고 한통속이라는 의심 때문이다. 마이키가 고개를 돌려 지노를 보았다.

"넌 후세인하고 같이 있다던데, 맞아?"

"그래. 같이 있다가 나온 거야."

"갓댐. 그래서 너한테 돈 냄새가 펄펄 나는 거군."

후세인의 현상금이 1억 불까지 오른 것이다. 지노가 정색하고 말했다.

"마이키, 깁슨이 기를 쓰고 날 잡으려고 하는 이유를 알아?"

"네가 우리 요원 둘을 죽인 것으로 알고 있어. 그때 나하고 만난 날 밤에 말야."

"밖에 나갔더니 이미 처치한 후였어. 저쪽에서 말야."

"하긴. 네가 그만큼 빠를 리는 없지."

"깁슨은 내가 후세인의 심부름을 하는 것을 막으려는 거야. 본래 그 일은 나를 고용한 시카고 포스트의 케이트 기자가 맡고 있었는데."

"어떤 심부름인데?"

"이번 미국의 이라크 침공이 음모라는 것. 핵이 없었는데 미 국무부가 있는 것처럼 이라크 측과 음모를 꾸민 거야. 케이트는 그 증거를 가져가서 보도할 계획이었어."

"갓댐."

"그것을 내가 인계받는 것으로 깁슨이 믿고 있는 거지."

"사실이야?"

"맞아. 내가 인계받았다."

"그럼 네가 후세인의 용병이 된 셈이군."

"그렇지."

"얼마 받았는데?"

"내가 좀 나눠줄까?"

"그러려고 날 찾은 거냐?"

"그래, 마이키."

"용건을 말해, 지노."

"깁슨을 처치하면 아르카디가 흔들리겠지?"

"당연히."

마이키가 눈을 가늘게 뜨고 지노를 보았다.

"지노, 그것을 나한테 도우라고 할 거냐?"

"깁슨은 반역자의 행동대장이야. 돈을 받고 진실 은폐에 앞장서는 놈이지."

214

"그렇다고 난 조직을 배신하지는 못해."

"넌 아르카디에서 끝났어, 마이키."

"고향으로 돌아가서 자동차 수리 센터나 할 거다."

"깁슨의 안가만 알려주면 2백만 불을 주지."

지노가 똑바로 마이키를 보았다.

"네 계좌번호만 말해, 바로 송금시켜 줄 테니까."


밤. 오전 2시 반.

'바' 더글라스에서 50미터 거리의 주택으로 들어선 짐 하드웰이 마당을 건너 건물의 왼쪽 끝 방으로 다가갔다. 주위는 짙은 어둠에 덮였고 단층 벽돌 저택의 불빛도 보이지 않는다. 주택 대문은 열려 있지만 방문은 굳게 닫혀 있다.

문 앞에 멈춰 선 짐이 노크를 하자 곧 문이 열렸다. 불빛을 등에 받고 선 여자가 바로 '더글라스' 종업원 하파스다. 짐은 잠자코 방으로 들어서면서 문을 닫았다.

하파스와 이렇게 된 것은 열흘쯤 전이다. 그때부터 매일 밤 이 시간에 짐이 하파스의 방으로 찾아오는 것이다.

"파피, 여기 담배하고 술 가져왔다."

짐이 들고 온 비닐 가방을 탁자 위에 내려놓았다. 미군 PX에서 사 온 것이다. 그때 하파스가 머리만 끄덕였기 때문에 짐이 고개를 들었다.

"무슨 일 있어?"

하파스의 표정이 굳어 있었기 때문이다. 그때 옆쪽 문이 열리더니 지노가 들어섰다. 놀란 짐이 숨을 들이켰다가 곧 주위를 둘러보고 나서 물었다.

"아니, 지노, 여기 웬일이야?"

짐의 시선을 받은 지노가 쓴웃음을 지었다.

"당신 만나러 온 거야, 짐."

짐이 이번에는 하파스를 보았지만, 옆모습만 보일 뿐이다. 그때 하파스가 옆쪽 문을 열고 나가서 방에는 둘이 남았다. 그제서야 정신을 가다듬은 짐이 앞쪽 의자에 앉았다.

"나도 미행당하고 있어, 지노."

한숨을 쉰 짐이 말을 이었다.

"아르카디 놈들이 내가 여기를 들락거린다는 것도 다 알고 있다고."

"오늘은 따라오지 않았어, 짐."

"그래. 무슨 일이야?"

"서둘지 마, 짐."

쓴웃음을 지은 지노가 말을 이었다.

"하파스는 곧 돌아올 테니까."

"말해, 지노."

"여기."

지노가 탁자 위로 비닐 가방을 내밀었다. 머리통만 한 규격의 낡은 가방이다.

"이번 전쟁을 기획한 당사자들의 녹음테이프야. 음모의 증거가 모두 녹음되어 있어."

숨을 들이켠 짐이 가방을 열었다. 그 순간 안에 들어있는 테이프가 드러났다. 모두 20개. 고개를 든 짐이 지노를 보았다.

"이게 다야?"

"후세인 대통령의 육성 증언 테이프가 남아 있어. 그건 내가 마지막으로 가져갈 거야."

"그건 나한테 언제 줄 건데?"

"당신한테 준다고 약속할 테니까 먼저 이곳을 빠져나가."

"좋아."

짐이 고개를 끄덕이면서 지노를 보았다.

"당신은 언제 나갈 거지?"

"곧."

그때 비닐 가방을 움켜쥔 짐이 자리에서 일어섰다.

"내가 이러고 있을 때가 아니지."

"잠깐만."

지노가 따라 일어서면서 말했다.

"서둘지 마, 짐. 내가 먼저 나갈 테니까 당신은 이곳에 머물다가 가. 다른 때처럼 행동하란 말야."


오전 8시 반.

후세인이 동굴에서 세이크의 보고를 받는다. 후세인 옆쪽에는 카밀라가 옆모습을 보이고 앉아 테이프를 정리하고 있다.

"소령이 뉴욕타임스 기자 짐 하드웰한테 테이프를 넘겨주었습니다."

후세인이 쳐다만 보았고 세이크의 말이 이어졌다.

"오늘 밤에는 아르카디 본부장 깁슨을 기습하고 돌아올 예정입니다."

지노와 함께 갔던 요원이 돌아온 것이다. 그때 후세인이 웃었다.

"준비는 다 되었나?"

"예, 각하."

세이크가 후세인을 보았다.

"각하의 영상 테이프 편집도 다 끝났습니다."

"그럼 출발하는 것만 남았군."

"소령이 돌아오면 바로 출발할 수 있습니다, 각하."

후세인의 시선이 카밀라에게 옮겨졌다.

"너도 준비 다 되었지?"

"네."

카밀라가 외면한 채 대답했을 때 후세인이 혼잣소리처럼 말했다.

"너하고 같이 알무트에 갔다면 좋았을 텐데."

"……."

"다 파괴되었다지만 그곳의 땅 냄새는 사라지지 않았을 거야. 그 냄새를 너하고 함께 맡고 싶었는데."

"제가 다녀와서 같이 맡지요."

"그럴까?"

후세인의 얼굴에 웃음이 떠올랐다.

"그러기로 하자."

그때 세이크가 슬그머니 자리에서 일어섰지만 후세인은 못 본 척했다.

# 5장 용병단과의 전쟁

아흘락과는 함께 탈출할 예정이었기 때문에 손발을 맞출 필요가 있다. 이른바 '팀워크 훈련'이다. 이번에 티크리트 시내로 함께 잠입한 것도 그런 맥락이다.

"지노, 이건 무리야."

아흘락이 폐차장 구석에 앉아 고개를 저었다.

오후 3시.

폐차장에는 온갖 차량에다 쓰레기까지 산더미처럼 쌓였는데 대개가 이라크군 차량이다. 탱크류는 무거워서 실어오지 못하고 장갑차에서부터 동강 난 전투기까지 쌓여있는 것이다.

평시라면 이것도 고철로 팔릴 것이지만 지금은 반(半) 전시(戰時)다. 그냥 쓰레기다. 그 쓰레기를 뒤지려고 남녀노소가 꼬였는데 폐차의 부품, 차 안에 떨어진 지갑이나 귀중품을 찾는다. 운이 좋은 어떤 놈은 차 안에 떨어진 사람의 팔목 하나만 주워들고 도망간 적도 있다. 그 팔목에 시계, 손가락에 금반지가 2개나 있었기 때문이다.

둘의 행색은 쓰레기 뒤지는 사람들과 비슷했다. 쑵에 더러운 모자, 더러운 발에 타이어를 잘라 만든 신발. 그러나 뒤쪽 폐차 안에 AK-47을 숨겨두고 있다.

아흘락이 말을 이었다.

"바빌론 호텔은 정문에서 현관까지 1백 미터가 넘어. 그리고 뒷문 앞쪽은 축구장이야. 1개 중대 병력이 공격해도 안 돼."

아르카디의 본부 겸 깁슨의 숙소다. 깁슨은 최상층인 6층 602호실에 투숙하고 있다. 그때 지노가 말했다.

"RPG-7V를 구해야겠어. 내가 가져온 건 빼앗겼어."

"RPG를 쏘려고?"

"왼쪽 주택가 지붕에서 602호실이 보여."

"그럴 생각이었군."

"임무가 남아있는 상황에 돌격해서 들어갈 수는 없지."

"거리가 멀 텐데."

"5백 미터 정도야."

RPG-7V의 유효 사거리가 500미터다. 아흘락이 고개를 끄덕였다.

"히트탄과 대인용탄 2개면 되겠지?"

지노 생각과 같다.


"아직도 후세인을 잡지 못하다니 한심하군."

리차드 해리슨이 이맛살을 찌푸리며 말했다.

"도대체 언제까지 이렇게 기다려야 되는 거야?"

"이봐, 해리슨."

깁슨이 해리슨을 노려보았다.

"티크리트 주민을 싹 죽이란 말이야?"

어깨를 부풀린 깁슨이 말을 이었다.

"점점 압축되고 있어. 서둘면 실수하게 되는 거야."

"그러다가 테이프가 터지면 누가 책임을 지는데?"

"그럴 일은 없을 테니까 협조나 잘해."

"갓댐."

마침내 해리슨이 목소리를 높였다.

"성과가 있어야 대가를 줄 것 아닌가?"

해리슨은 이제 차관보에서 국무부의 2인자인 차관으로 승진했다. 지금 해리슨은 워싱턴에서 날아온 것이다.

바빌론 호텔의 1층 식당 안. 밀실에서 둘이 물잔을 앞에 놓고 마주 보고 앉아 있다.

오후 6시.

해리슨이 말을 이었다.

"깁슨, 뉴욕타임스가 아직 터뜨리지는 않았지만, 자료가 더 쌓이면 나도 막을 수가 없어."

"여기서 더 이상 자료 유출은 없어."

깁슨이 고개를 저었다.

"후세인이 용병 한 놈한테 일을 맡긴 모양인데 그놈만 잡으면 끝나."

"지노 장이란 놈 말인가?"

"그래."

깁슨이 번들거리는 눈으로 해리슨을 보았다.

"곧 좋은 소식이 올 거야, 해리슨."


"불이 켜졌어."

옆에 엎드려있던 아흘락이 말했다. 과연 바빌론 호텔 6층의 왼쪽 창문이 환해졌다. 불을 켠 것이다.

밤. 10시 45분.

이것은 방 주인 깁슨이 들어왔다는 표시다. 지노가 탄두와 부스터를 연결했다. 나사로 결합하는 것이다. 그러고는 탄두를 발사통에 장전했다.

221

침착한 손놀림.

무릎을 꿇은 채 탄두 끝의 안전 캡을 벗기고 안전핀을 뽑아 던졌다.

됐다.

지노가 지붕 위에 한쪽 무릎을 꿇고 다른 쪽 발로 단단히 몸의 중심을 잡는다. RPG는 후폭풍이 커서 후방 각도 45도, 30미터 거리가 위험 지역이다. 포미 후방 2미터까지는 공간이어야 한다.

"됐어."

아흘락이 주위를 살피면서 말했다.

이곳은 주인 없는 민가 지붕 위. 호텔과는 정확히 485미터 거리. 직선거리다. 다행히 옆바람도 불어오지 않는다. 그러나 RPG의 최대 유효 사거리 5백 미터에 근접한 타깃이다.

지노가 발사통을 어깨에 메고 오른손으로 피스톨 그립을 쥐었다. 안전장치를 눌러 해제시킨 후에 조준구에 눈을 붙였다. 왼손으로 어깨 쪽 그립을 쥔 후에 피스톨 그립의 공이치기를 엄지로 내려서 코킹시켰다.

이제 방아쇠만 당기면 발사된다.

"후방 확인 완료."

아흘락이 낮게 말했다. 485미터 거리. 지노가 각도를 잡고는 숨을 들이켰다. 6층의 왼쪽 창문이 눈앞에 떠 있다. 다음 순간 지노가 방아쇠를 당겼다.

"퍼엉!"

요란한 발사음이 울리더니 엄청난 후폭풍이 일어났다. 발사된 탄두의 꼬리날개가 펴지면서 곧 번쩍이며 로켓이 점화되었다. 탄두가 연기를 뿜으며 날아갔다. 그때 지노가 다시 탄두 하나를 집어 들었다.

두 번째 탄.

술잔을 든 깁슨이 터너에게 말했다.

"수비대를 이용하는 것이 빨라. 그놈들은 후세인한테 적대감을 가지고 있거든."

깁슨이 말을 이었다.

"후세인이 제 고향으로 도망왔지만 배겨내지 못할 거다. 이제 남은 측근도 몇 놈뿐이야."

"지노가 카밀라를 데려간 건 확실합니다."

터너가 말하자 깁슨은 쓴웃음을 지었다.

"후세인하고 지노, 카밀라가 같이 있는 거지. 잘된 거야. 한꺼번에 잡자."

"산적이 된 정부군 무리가 많아서 위성으로도 구분이 잘 안 됩니다."

"보이는 대로 섬멸시키는 수밖에 없어."

한 모금 위스키를 삼킨 깁슨이 자리에서 일어섰다.

"터너, 룸서비스 불러서 얼음 좀 가져오라고 해라."

화장실로 다가가면서 깁슨이 말을 이었다.

"짐 하드웰도 강도를 만나게 해야겠어."

그 순간이다.

"꾸꽈꽝!"

엄청난 폭음과 함께 깁슨은 폭풍에 휘말려 막 문을 연 화장실 안으로 곤두박질로 처박혔다.

"우르릉."

벽이 무너지는 소리가 이어지더니 불길이 솟아올랐다.

"갓댐."

상반신을 일으킨 깁슨이 고개를 돌려 방을 보았다. 불이 꺼진 방 안은 불길과 연기로 가득 차 있다.

"터너!"

깁슨이 부르자 안쪽에서 터너의 목소리가 울렸다. 그러나 연기에 덮여서 보이지는 않는다.

"예, 여기 있습니다! 괜찮습니까?"

"난 괜찮다!"

그 순간.

"꾸꽝꽝!"

더 큰 폭음과 함께 화장실 안으로 불길이 휘몰려 들어왔기 때문에 깁슨은 다시 뒤로 자빠졌다. 이제 안쪽 거실은 완전히 무너졌다.

"터너!"

깁슨이 소리쳤지만 대답이 없다.


다음 날 오전 10시 무렵.

티크리트 정보를 받아온 요원이 세이크에게 보고했다. 세이크 옆에는 새벽에 돌아온 지노와 아흐락까지 서 있다.

"깁슨의 방이 대전차포를 맞아 폭파되었습니다."

동굴 안이어서 목소리가 울린다.

"대전차포 2발을 맞았고 방에 있던 깁슨의 보좌관 터너가 폭사했습니다."

"……."

"깁슨은 경미한 부상을 입고 병원에서 팔에 붕대만 감고 나왔습니다."

그때 세이크와 지노의 시선이 마주쳤다. 세이크는 쳐다만 보았고 지노는 입맛을 다셨다.

"운이 좋은 놈이군."

세이크가 지노에게 말했다.

"이젠 독이 바짝 올라있겠다."

"내일 출발하겠습니다."

한숨을 쉰 지노가 말을 이었다.

"서둘러야겠습니다."

독이 오른 깁슨이 발광할 것이다.


점심시간에 지노는 후세인의 방으로 불려 들어갔다. 방에는 카밀라가 와 있었기 때문에 셋이 둘러앉았다. 후세인이 카밀라를 떠나보내기 전에 지노를 부른 셈이다.

지노가 자리에 앉았을 때 후세인이 입을 열었다.

"내일 출발한다니까 부탁할 일이 있어서 불렀어."

"예, 각하."

예상하고 있었다. 후세인이 말을 이었다.

"요르단에 도착하면 마카르 씨를 찾아가도록. 마카르는 요르단의 전(前) 정보부장으로 믿을 만한 사람이야."

후세인이 옆에 놓인 쪽지를 꺼내 지노에게 내밀었다. 지노가 받아 주머니에 넣었을 때 후세인이 말을 이었다.

"마카르의 전화번호야. 마카르의 직통 전화번호니까 도착하면 연락해."

"예, 각하."

"바그다드가 함락되기 전에 마카르가 사람까지 보내 요르단으로 망명해오기를 권했어. 마카르가 카밀라를 보호해줄 거야."

"알겠습니다."

"부탁하네."

후세인의 검은 눈동자가 깊은 우물처럼 느껴졌다.

"차명계좌로 3천만 불을 넣었어. 그 돈을 로비자금으로 쓰게."

"너무 많습니다."

계약은 1천만 불이었기 때문이다. 그러자 후세인의 얼굴에 쓴웃음이 번졌다.

"나한테는 이제 쓸데없는 돈이야. 카밀라를 잘 부탁해."

지노가 입을 다물었다. 지금은 돈 문제를 길게 이야기할 상황이 아니다.


출발 인원은 다섯으로 압축되었다.

지노와 카밀라, 아흘락과 바튼, 후사드다. 바튼과 후사드는 아흘락과 호흡을 맞춰온 부하다.

오후 3시.

출발 준비를 하던 지노에게 세이크와 핫산이 찾아왔다.

"소령, 깁슨이 수비대 전원을 지휘해서 티크리트 북방을 뒤지고 있어. 곧 산악 지역에 대규모 수색군을 투입할 거네."

세이크가 지그시 지노를 보았다.

"우리도 내일 북방으로 이동할 거야. 각하께서도 이제 떠나겠다고 하시네."

고향인 티크리트를 떠나겠다는 것이다. 그러나 숨어다니는 데다 고향 근처에 만 돌아다녔지 출생지인 알무트 마을은 가보지 못했다.

"소령, 이것으로 소령과 작별이네. 앞으로 만나지 못하겠지."

"다시 뵐 날을 기대하겠습니다."

지노가 말을 이었다.

"제 일이 잘되면 그럴 가능성이 있지 않겠습니까?"

"그래야지. 우리는 끝까지 희망을 버리지 않을 거네."

"저도 최선을 다하겠습니다."

그때 세이크가 지노의 손을 두 손으로 감싸 쥐었다.

"내일 떠날 때 경황이 없을 테니 오늘 이야기하네."

"말씀하십시오."

"이라크 운명은 소령에게 달렸네. 이대로 나가면 이라크는 개 떼에게 뜯어먹히는 짐승 꼴이 되네. 이라크는 두 번 다시 일어나지 못하고 중동의 최빈국이 되네."

세이크의 눈이 습기에 차서 번들거리고 있다. 지노가 숨을 들이켰다.

이게 바로 애국자다. 후세인보다 나은 애국자.


오전 3시. 아직 깊은 밤.

지노가 아흘락, 바튼, 후사드를 데리고 후세인의 동굴 앞에 섰을 때 곧 카밀라가 나왔다. 뒤를 후세인과 세이크, 핫산이 따라 나온다. 지노가 후세인에게 인사를 했다.

"각하, 몸조심하십시오."

"소령."

다가온 후세인이 지노를 껴안고 볼에 입을 맞췄다.

한 번, 두 번, 세 번.

지노도 따라 입을 맞추고 나서 손바닥을 가슴에 붙이고 경의를 보였다. 다음에 세이크, 핫산까지. 후세인이 이제는 아흘락과 바튼, 후사드한테까지 입을 맞춘다.

이윽고 인사가 끝났을 때 후세인이 말했다.

"알라신의 가호가 깃들기를."

그때 물러선 모두 한목소리로 소리쳤다, 지노까지.

"알라 아크바르."

알라는 위대하다는 말이다.

그리고 나서 다섯은 동굴을 떠나 골짜기를 내려가기 시작했다. 앞에는 후사드가, 그 뒤를 지노, 카밀라, 바튼, 아흘락의 순서다.


가방을 어깨에 멘 짐이 헬리콥터로 다가갈 때다.

"짐 하드웰 씨."

뒤에서 부르는 소리에 짐은 고개를 돌렸다. 사내 셋이 다가오고 있다.

오전 8시 반.

이곳은 티크리트 주둔 미 공군 제121부대 격납고 밖이다.

"뭐요?"

짐은 사진기자 코니하고 동행이다. 그때 다가선 셋 중 하나가 주머니에서 신분증을 꺼내 내밀었다.

"국무부 특별수사관입니다."

"그래서?"

"우리는 영장 없이 검문검색을 할 수 있다는 건 아시죠?"

"나를 검문검색 하겠다고?"

"가방 수색을 해야겠습니다."

"못 하게 한다면?"

"강제로 하는 수밖에."

그때는 셋이 짐 주위를 둘러싼 상황이다.

"코니, 이 사람들 사진 찍어."

짐이 소리치자 기다리고 있던 코니가 사진을 찍기 시작했다. 잠깐 당황했던 사내들이 주춤거렸을 때다. 앞쪽 사내가 소리치면서 짐의 팔을 움켜쥐었다.

"잡아!"

사내 둘이 짐의 양쪽 팔을 쥐었고 하나는 코니의 사진기를 낚아채었다.

"가방에 수상한 물건은 없었습니다."

깁슨이 조지 커티스의 보고를 받는다.

"짐은 바그다드로 떠났습니다."

"갓댐."

외면한 깁슨이 말을 이었다.

"그놈이 갑자기 여기를 떠나간 것이 수상해."

"본사에서 부른 이유도 아마 그 일 때문인 것 같습니다."

조지는 터너가 대전차 포탄에 폭사한 후에 깁슨의 보좌역을 맡고 있다.

오전 10시 반.

조지는 국무부 특별수사관으로부터 연락을 받은 것이다. 고개를 든 깁슨이 조지를 보았다.

"파코한테 연락해."

조지의 시선을 받은 깁슨이 목소리를 낮췄다.

"암세포 같은 놈이 본국에 가도록 놔둘 수는 없어."

"어떻게 할까요?"

"바그다드에서 사고사로 처리하라고 해."

조지가 잠자코 자리에서 일어섰다.

이곳은 티크리트 주둔 제7사단 사령부 안.

깁슨은 바빌론 호텔 객실에서 대전차 포탄을 맞고 나서 다시 미군기지 안으로 거처를 옮겼다. 이번에는 사령부 건물 옆 창고를 아르카디 용병단 숙소로 쓴다. 정부 하청을 받은 용역단의 특권이다.

깁슨은 깁스를 한 팔을 목에 매달고 있다. 오랜 시간 수족처럼 여겨왔던 터너의 시신은 어젯밤 수송기에 실려 바그다드로 떠났다. 거기서 다른 시신들과 함께 미국으로 떠날 것이다.

8시간 동안의 강행군이어서 지노도 지쳤으니 카밀라는 발까지 부르텄다.

이곳은 티크리트에서 서쪽으로 20킬로쯤 떨어진 골짜기 안. 오전 11시.

일행은 개울가에 앉아 쉬는 중이다. 카밀라는 청바지에 운동화 차림이었는데 신발을 벗고 발을 개울물에 담그고 있다. 주위를 둘러본 지노가 아흘락에게 말했다.

"여기서 5시간을 쉬고 오후 4시에 출발하자."

고개를 끄덕인 아흘락이 바튼과 후사드를 데리고 장소를 찾으러 바위 뒤쪽으로 사라졌다. 지노가 카밀라에게 말했다.

"발을 너무 오래 물에 담그지 말아요. 이제 말려서 약을 발라요."

지노가 카밀라에게 약통을 건네주었다.

"그리고 마른 양말로 갈아 신어요."

배낭에서 양말을 꺼낸 지노가 카밀라 옆에 놓았다. 준비해 온 것이다.

"앞으로 10일은 더 걸어야 합니다."

사방에 반군(反軍), 강도단, 미군이 고용한 수비군, 용병, 미군 정보원, 미군으로 뒤덮여 있는 상황이다. 그때 카밀라가 고개를 돌려 지노를 보았다.

"벌써 발에 물집이 생겼는데 괜찮을까요?"

"가는 데까지 가다가 다른 방법을 찾도록 하죠."

"나 때문에 방해가 되면 안 되죠."

그때 지노가 빙그레 웃었다.

"그것도 다 예상하고 있으니까 걱정하지 않아도 돼요."


깜빡 잠이 들었던 지노가 옆에서 돌이 구르는 소리에 눈을 떴다.

아흘락이다. 이곳은 골짜기 위쪽의 바위틈. 듬성듬성 나무가 있었기 때문에 은신하기도 적당한 장소다.

"지노, 산적이야."

몸을 일으킨 지노가 아흘락을 따라 바위 모퉁이를 돌았다. 그 순간 아래쪽 골짜기로 들어서는 사내들이 보였다. 거리는 1백 미터 정도. 모두 12명. 모두 중무장한 차림.

"모두 군 출신이군."

아흘락이 한숨과 함께 말했다.

군복을 입은 사내도 5명이나 되는 것이다.

8시간 동안 길도 없는 산과 골짜기를 헤치고 나오면서 수비대나 미군 수색대, 반군과 마주친 적은 없다. 길 안내를 맡은 후사드가 근처 지리에 익숙했기 때문이다.

"기다려."

지노가 옆으로 다가온 일행에게 말했다.

"저놈들이 먼저 떠날 테니까."

이곳은 가파른 산 중턱으로 올라올 이유는 없다. 아흘락이 고개를 돌려 지노를 보았다.

"뒤로 조금 더 물러서기로 하지."

지노가 고개를 끄덕였다. 일단 피해야 한다.


두 시간쯤 개울가에서 쉰 반군은 남쪽으로 사라졌다.

그래서 오후 4시가 되었을 때 일행은 다시 서쪽을 향해 출발했다. 그러나 카밀라의 발이 낫지 않아서 행군 속도는 점점 느려졌다.

가파른 산길, 험한 골짜기를 통과하는 터라 카밀라는 금방 지쳤다. 그래서 두 시간쯤 지났을 때 지노가 산골짜기에 멈춰 서서 말했다.

"국도로 나가자."

아흘락이 고개를 끄덕였다.

"여기서 서북쪽으로 5킬로쯤 가면 국도가 나와."

"앞장서라."

지노가 후사드에게 지시하고는 메고 있던 배낭을 벗어 아흘락에게 내밀었다.

"이것을 나눠 메도록."

그러고는 카밀라에게 등을 보이고는 주저앉았다.

"자, 업혀요."

당황한 카밀라가 얼굴을 붉히더니 한 걸음 물러서다가 비틀거렸다. 아흘락은 지노의 배낭을 두 개로 나눠 자신과 바튼이 나눠 메고 있다.

"자, 어서."

지노가 재촉하자 후사드가 앞장섰다.


"서쪽으로 갔습니다."

아크람이 말했다.

이곳은 7사단 사령부 왼쪽의 창고 안. 아크람은 의자에 묶여있었는데 머리는 헝클어졌고 눈동자가 흐려져 있다. 아크람의 앞에 앉은 커티스는 듣기만 했고 아크람이 말을 이었다.

"모두 5명입니다. 지노가 대장이고 아흘락 대위, 바튼, 후사드, 그리고 카밀라 공주까지입니다."

커티스가 숨을 들이켰고 둘러선 요원들이 동요했다.

아크람은 티크리트에 나왔다가 아르카디 요원들에게 잡힌 것이다. 생필품을 가지러 왔던 아크람을 연락책이 배신했기 때문이다. 아크람과 같이 내려온 요원 둘은 반항하다가 사살되었다.

그때 커티스가 물었다.

"지노가 자료는 가져가나?"

"예, 대장."

아크람이 바로 대답했다.

"배낭에 테이프를 넣고 갑니다."

"좋아. 지금 후세인의 위치는? 넌 억만장자가 될 기회를 잡았어."

커티스가 앞쪽 탁자 위에 펼쳐진 지도를 눈으로 가리켰다.

"손을 풀어줄 테니까 짚어."


10분 후.

깁슨이 둘러앉은 조장들에게 말했다.

"출발한 지 이틀째니까 50킬로 정도밖에 못 갔을 거다. 우리는 먼저 가서 앞을 막는다."

깁슨이 지휘봉으로 벽에 걸린 지도를 가리켰다.

"티크리트 서쪽이면 시리아, 요르단이야. 우리는 이 선에서 그물을 치고 기다리는 거야."

둘러앉은 조장들은 모두 16명. 16개 조가 출동하는 것이다.

후세인의 은신처로는 조금 전에 12개 조 48명이 출발했다. 지노 일행에게는 그보다 많은 16개 조 64명이 깁슨의 인솔로 출동한다.

"자, 출동. 헬기가 대기하고 있다."

깁슨이 먼저 일어서면서 말했다.

미군의 헬기가 동원되는 것이다.


카밀라를 업은 지노의 속도에 맞춰야 했기 때문에 한 시간에 2킬로밖에 전진하지 못했다. 그러나 산에서 내려와 골짜기로 들어서면서 속도가 조금 늘어났다.

골짜기의 개울을 따라 전진한 지 다시 20분쯤 되었을 때다.

헬기 소음이 울렸다. 소음을 들은 순간 지노가 소리쳤다.

"은폐!"

지노가 카밀라를 업은 채 옆쪽 바위틈에 몸을 붙였고 모두 순식간에 몸을 숨겼다.

그 순간 산등성이를 넘어오는 헬기 편대가 보였다. 4대다. 엎드린 채 지노가 머리만 들고 헬기를 보았다. 미군용 헬기다. 4대는 서쪽으로 날아가고 있다.

"갓뎀."

옆쪽에서 아흘락이 영어 욕을 했다. 나쁜 예감이 들었기 때문이다.


바그다드에 도착한 짐 하드웰은 사진기자 코니와 함께 '바그다드 호텔'에 투숙했다. 내일 아침 10시 출발인 '팬앰' 티켓을 예약했기 때문에 오늘 밤은 바그다드에서 지내야 한다.

오후 8시 반.

호텔 식당에서 저녁을 먹고 난 짐이 코니와 함께 12층 바로 올라왔다. 바그다드 호텔은 몇 개 안 남은 온전한 건물 중 하나여서 기자, 외교관, 사업가와 미군 장교들의 숙소가 되어 있다.

"여긴 수준이 좀 낫네."

구석 자리를 겨우 차지한 짐 하드웰이 주위를 둘러보며 말했다. 다가온 종업원에게 코니가 술을 시켰다. 바 안에는 여자들도 많다.

"여기서 며칠 쉬었다가 가는 것이 낫겠는데."

지나가는 여자 뒷모습을 보면서 코니가 말을 이었다.

"그 빌어먹을 국무부 놈들도 보이지 않는 것 같네."

티크리트에서 헬기에 탑승하기 전에 코니의 가방도 수색을 받은 것이다. 코니도 이젠 국무부 요원들이 왜 그랬는지를 안다. 짐 하드웰이 말해주었기 때문이다.

짐 하드웰이 종업원이 놓고 간 맥주병을 들고 다시 주위를 둘러보았을 때다.

여자 하나가 다가와 테이블 앞에 섰다. 금발의 미인이다. 날씬한 몸매. 바로 앞이어서 짙은 향수 냄새가 맡아졌다.

"한 잔 사주실래요?"

여자가 나긋한 목소리로 물었다. 우즈베키스탄, 카자흐스탄에서 여자들이 쏟아져 들어온다. 짐 하드웰이 입을 열기도 전에 코니가 옆쪽 의자를 가리켰다.

"여기 앉아, 아가씨."

여자가 자리에 앉자 코니가 종업원을 불러 술을 시켰다.

바 안은 시끄럽고 담배 연기로 가득 차 있다. 1백 평쯤 되는 면적에 빈자리도 보이지 않는다. 한 모금 맥주를 삼킨 짐 하드웰이 자리에서 일어나면서 코니에게 말했다.

"화장실에 다녀올게."

화장실로 들어선 짐 하드웰이 소변기 앞에 서면서 안을 둘러보았다. 옆쪽 좌변기가 들어있는 칸막이 3개는 비었다. 화장실 안에는 짐 하드웰 하나뿐이다.

그때 안으로 군인 하나가 들어섰다. 맨머리에 어깨에는 중령 계급장이 붙어 있는 흑인이다. 짐 하드웰 옆에 선 중령이 바지 지퍼를 내리면서 불쑥 물었다.

"어떻게 할 거야?"

"뉴욕에서 만나, 하비."

"알았어."

그때 지퍼를 올린 짐 하드웰이 화장실을 나갔다.

짐 하드웰은 티크리트에서 오랜 안면이 있는 하비 앤더슨 중령을 만나 테이프를 넘겨주었던 것이다. 하비는 하루 전에 바그다드에 도착했고 내일 아침 일찍 군용기 편으로 미국으로 날아간다. 물론 군용 백에 테이프 뭉치가 들어 있는 것이다.

짐 하드웰이 테이블로 돌아왔을 때 코니와 여자는 딱 붙어 앉아서 희희낙락하는 중이었다.

"코니, 그럼 넌 여기서 놀다가 와, 난 방에 들어갈 테니까."

"오케이."

코니가 말이 끝나기도 전에 대답했는데 짐 하드웰에게 시선도 주지 않는다. 짐 하드웰이 테이블 위로 1백 불 지폐 한 장을 던져 놓고는 몸을 돌렸다. 코니한테 술값을 준 것이다.

방문을 연 짐 하드웰이 안으로 들어서면서 전등 스위치를 켰다.

그 순간 짐 하드웰이 숨을 들이켰다. 방 안이 뒤집혀져 있다. 침대의 매트리스까지 방바닥으로 떨어졌고 가방은 다 풀어헤쳐져 있다. 난장판이다.

짐 하드웰이 방 안으로 두 발짝 들어섰을 때다.

옆쪽에서 인기척이 났다. 화들짝 놀란 짐 하드웰이 고개를 돌렸을 때다. 짐 하드웰의 시야에 두 사내가 들어왔다. 백인. 그중 하나는 손에 소음기를 낀 권총을 쥐고 있다.

다음 순간.

"퍽! 퍽!"

두 발의 발사음이 울리면서 짐 하드웰은 뒤로 훌쩍 날아가듯이 넘어졌다. 총탄이 이마와 가슴을 뚫은 것이다.

"잠깐."

앞장선 후사드가 손을 들었기 때문에 대열이 멈췄다.

깊은 밤.

지노가 업고 있던 카밀라를 내려놓았다. 어둠 속에서 아래쪽 도로를 달려가는 차량의 불빛이 보인다. 도로와의 거리는 직선으로 1킬로 정도. 이제 산에서 벗어나 국도로 들어서려는 것이다.

"저기 검문소가 있습니다."

후사드가 손으로 가리킨 앞쪽을 본 지노가 고개를 끄덕였다. 길에서 안쪽으로 검문소가 세워져 있다.

그때 지노가 말했다.

"검문소에서 차를 탈취해서 날이 밝을 때까지 서진(西進)하자."

아흘락이 고개를 끄덕였다.

카밀라가 더 이상 걸을 수가 없기 때문이다. 지노가 카밀라를 업고 4킬로를 걷는 데 3시간이 걸렸다. 아흘락과 바튼까지 대신 업겠다고 했지만 카밀라는 강경하게 거부한 것이다. 이왕 지노에게 업히긴 했지만 다른 사람에게 폐를 끼치기 싫은 것 같다.

지노가 주위를 둘러보았다. 오후에 머리 위로 날아간 헬기 편대가 떠올랐기 때문이다.

카밀라를 뒤쪽에 남겨놓고 넷이 초소로 접근했다.

도로에는 드문드문 차량이 오고 있다. 민간인 차량과 군용 차량이 반반 정도다.

"초소에 두 명이 서 있고 뒤쪽 막사에 대여섯 명이 있을 겁니다."

후사드가 말했다.

막사 규모로 보면 그렇다. 50미터 거리로 접근했을 때 경비병의 모습도 드러났다. 군복 차림의 이라크군. 이라크군은 해체되었으니 미군이 조직한 '수비대'다.

지노가 옆에 엎드린 아흘락을 보았다.

"내가 바튼하고 밖의 둘을 처치할 테니까 넌 뒤로 돌아서 막사를 맡아."

"오케."

"수비대 옷을 바꿔 입고 차를 탈취할 거다."

아흘락이 고개를 끄덕였다.


AK-47 총구에 소음기를 낀 지노가 경비병을 겨눴다.

거리는 25미터가량. 하나는 차단봉 뒤에 서 있었는데 차단기는 올라가 있다. 차량들은 차단기 앞으로 다가오면서 속력을 줄였다가 경비병 앞을 지나고 나서 다시 속력을 올려 사라졌다.

오전 1시 반.

경비병 하나는 막사 앞쪽의 상자 위에 앉아서 담배를 피우고 있다. 이윽고 숨을 들이켠 지노가 방아쇠를 당겼다.

"퍽! 퍽! 퍽!"

세 발이 발사되었다. 첫 발에 머리를 맞은 차단봉 뒤의 경비병이 뒤로 쓰러졌고, 두 번째, 세 번째 탄환이 앉아 있던 경비병의 몸통을 맞혔다. 그 순간 막사 옆에서 기다리던 아흘락이 문을 열고 뛰어 들어갔다.

"투투투투투투."

막사 안에서 발사음이 울렸다. 그때 바튼이 뛰어가 차단봉 뒤에 쓰러진 경비병을 끌고 막사 뒤쪽으로 사라졌다.

지노도 뛰어서 상자와 함께 쓰러진 경비병을 끌고 어둠 속으로 데려갔다. 차량의 불빛이 다가오고 있었기 때문이다.

오전 3시가 되었을 때 마르칸 검문소의 경비병 구르만은 산비탈을 꺾어 오는 전조등 불빛을 보았다.

이곳은 인구 5만 정도의 마르칸 시 동쪽 검문소다. 차량 통행이 뜸한 시간이어서 구르만이 어깨에 멘 AK-47을 두 손으로 움켜쥐고 차단봉 옆에 섰다. 이곳 차단봉은 내려져 있다.

전조등 빛 때문에 눈을 가늘게 떴던 구르만의 앞으로 차가 멈춰 섰다. 트럭이다. 구르만이 운전석 옆으로 다가가 손을 내밀었다.

"통행증."

운전사가 통행증을 꺼내 내밀었을 때다. 어둠 속에서 사내 셋이 다가와 트럭의 뒤쪽으로 다가갔다. 경비초소 옆에서도 수비대원 다섯 명이 나타났다.


"저기 뒤쪽 셋."

산 중턱에서 검문소를 내려다보던 지노가 말했다.

"용병이다."

망원경으로 그쪽을 보던 아흘락이 고개를 끄덕였다.

"맞아. 용병이 이곳까지 와 있는 건 의외인데?"

지노는 망원경을 돌려 막사 쪽을 보았다.

특별한 경우다. 수비군과 용병이 합동작전을 하는 것이다.

"차를 버리고 오기를 잘했어."

아흘락이 혼잣소리를 했다.

2시간 전.

검문소를 습격한 후에 차 한 대를 강탈해서 이곳까지 온 것이다. 차는 뒤쪽 골짜기로 밀어 떨어뜨렸다.

이곳은 티크리트 서쪽으로 1백 킬로쯤 떨어진 마르칸 시 입구다. 검문소를 지나 2킬로만 가면 마르칸 시다. 그때 지노가 말했다.

"우리 머리 위로 지나간 헬기가 수상했어."

고개를 든 지노가 말을 이었다.

"돌아가자."

힘들지만 검문소를 피해서 진입하는 수밖에 없다.


티크리트에서 가장 가까운 서쪽 도시는 마르칸 시다.

마르칸 시의 시청 별관 안. 군인이었던 시장은 미군에 체포되어 수감 중이고 도시는 미군의 통제하에 관리되고 있다. 깁슨은 별관을 차지하고 있었는데 오전 4시가 되었을 때 보고를 받는다.

"국도상 W-12 검문소가 피습을 받아 수비군 7명이 사망했습니다."

무선 보고여서 목소리가 잡음 속에서 울렸다.

"기습당해서 저항도 못 하고 당했습니다."

깁슨이 심호흡을 했다.

W-12 검문소를 통해야 이쪽으로 온다.


뉴욕타임스의 편집국장실 안.

편집국장 프랭크 이스트우드가 충혈된 눈으로 간부들을 둘러보았다.

"증거 자료를 반출하려던 짐을 암살한 거야. 이건 분명해."

프랭크의 목소리가 점점 커졌다.

"이건 국무부와 아르카디 놈들의 반역 행위다. 이걸 기사화해야 돼."

탁자 위에 놓인 녹음테이프를 집어 든 프랭크가 흔들었다.

"이것만 갖고도 충분해."

짐 하드웰이 전해준 녹음테이프다. 프랭크가 전화기로 들려준 내용을 녹음해

240

놓은 것이다. 그때 부국장 에디 머피가 말했다.

"알겠습니다. 월요일 자 신문에 보도하기로 하죠. 짐을 위해서라도 보도되어야 합니다. 짐이 목숨을 걸고 취재해 온 것입니다."

간부들이 모두 고개를 끄덕이며 동의했다.

짐 하드웰은 호텔에서 강도를 만나 피살되었다고 이라크 주재 미군 당국이 공식 발표를 했다. 그러나 편집국장실에 모인 간부 중 믿는 사람은 아무도 없다.


"비었습니다."

커티스의 목소리가 송화기를 울렸다.

"다른 곳으로 이동했습니다."

깁슨이 전화기를 고쳐 쥐었다.

"또 놓쳤군."

"예, 서둘러 떠나간 것 같습니다."

"갓댐."

마침내 깁슨이 잇새로 말했다. 팔의 상처가 갑자기 쑤셔왔기 때문에 깁슨은 어금니를 물었다. 호텔방으로 대전차 포탄이 2발이나 날아와 폭발한 것이다. 후세인 측은 '적'이 누구인지 분명하게 의식하고 있다.

전화기를 내려놓은 깁슨이 앞에 선 마크를 보았다.

"지노, 후세인은 놓쳤지만 그놈을 잡는 것이 중요해. 그놈은 놓치지 마."


오전 6시 반.

마른 개울을 건넌 일행이 폐가 안으로 들어섰다.

이곳은 마르칸 시 북쪽 지역. 도로를 피해 우회해서 북쪽으로 진입한 것이다. 반쯤 부서졌고 방에서도 하늘이 보이는 폐가였지만 넓고, 첫째로 건초가 많아서 바닥에 깔았더니 앉을 만했다. 이미 날이 밝았기 때문에 지노는 이곳에서 쉬기로 했다.

폐가는 산비탈에 세워져 있었는데 50미터쯤 아래쪽이 민가다. 교외의 민가들은 모두 양과 염소를 키우고 있어서 간격이 넓다.

카밀라를 지붕도 없는 안방에 내려놓은 지노가 마당에서 아흘락, 후사드, 바튼을 불러놓고 말했다.

"후사드는 여기서 감시로 남고 나머지는 시내 정찰이다. 권총만 갖고 출발이야."

마르칸에 머물 생각은 없는 것이다. 요르단 국경까지는 2백 킬로나 남았다.

안방으로 들어간 지노가 배낭에서 브라우닝을 꺼내 카밀라에게 내밀었다.

"이게 필요할지 모르니 갖고 있도록 해요. 안전장치는 여기 있어요."

카밀라에게 브라우닝을 건넨 지노가 안전장치 작동법을 가르쳐 주고는 허리를 폈다.

"배낭 안에 테이프가 들었으니까 주의하시고."

카밀라가 지노를 보았지만 시선이 마주치지는 않았다.


지노도 터번을 썼고 덥수룩하게 코와 턱수염을 기른 데다 쑵 차림이어서 영락없는 아랍인이다. 피부도 검게 탔고 발에는 더러운 양말에 이라크 군용 군화를 신었다.

아흘락, 바튼과 함께 마르칸 시장을 지나던 지노가 걸음을 멈췄다. 가축시장이다.

"저녁때쯤 빠져나가야 돼. 걸어갈 수는 없으니까 저기 양을 싣는 트럭에 타는 것이 낫겠는데."

지노가 눈으로 가리킨 곳에 낡아빠진 트럭이 보였다. 짐승을 태우려고 뒤쪽

짐칸의 칸막이를 높인 트럭이다. 고개를 끄덕인 아흘락이 지노를 보았다.

"트럭 주인하고 흥정을 해봐야겠어."

"오케."

지노가 등에 멘 풀을 담는 망태를 벗어 아흘락에게 내밀었다. 안에 달러 뭉치가 들어있는 것이다.

오전 10시 반이 되어가고 있다. 어젯밤 한숨도 자지 못한 데다 세 시간 동안 시내를 돌아다녔더니 다리가 모래주머니를 찬 것처럼 무거워졌다.

지노가 고개를 돌려 바튼에게 말했다.

"바튼, 먹을 걸 사서 먼저 공주한테 돌아가, 우리는 오후 3시까지 갈 테니까."

"예, 대장."

바튼이 일어나더니 아흘락한테서 달러 몇 장을 받아들고 시장 안으로 사라졌다. 바튼은 물론이고 후사드도 노련한 병사여서 한마디만 하면 앞뒤 두 마디 말까지는 알아듣는다. 너도 같이 점심을 먹으라는 말까지 할 필요는 없다.


"저기."

갑자기 아흘락이 눈으로 앞쪽을 가리켰기 때문에 지노가 그쪽을 보았다.

이곳은 시장 안의 찻집. 손님이 가득 차 있어서 소란하다.

지노가 숨을 들이켰다. 쏩에 터번을 쓰고 허름한 야전 점퍼를 걸친 두 사내가 앞을 지나고 있다. 점퍼 주머니가 늘어진 것을 보면 권총을 넣고 있는 것이 분명하다. 그런데 얼굴을 보면 백인이다. 수염을 기르고 있었지만 붉은 얼굴.

그중 하나가 힐끗 이쪽을 보았다. 거리는 10미터 정도. 지노와 그들 사이로 사람들이 오가고 있었기 때문에 금방 시선이 끊겼다.

"아르카디야."

지노가 잇새로 말했다.

"그놈들이 앞질러 와 있는 거야."

"젠장. 그럼 빠져나갈 길도 막혔겠는데?"

한 모금 차를 삼킨 아흘락이 길게 숨을 뱉었다.


마르칸 시는 인구 5만 정도의 작은 도시다. 이곳에 주둔한 미군은 7사단 2연대 소속의 1개 중대 병력뿐인데 전략적으로 중요하지 않았기 때문이다. 반군(反軍)이나 강도단 출몰도 드물어서 가끔 현상 수배된 이라크군 전범을 잡으려고 용병들만 돌아다니고 있다.

마르칸의 수비대장 격인 중대장 찰튼 대위가 사무실로 찾아온 깁슨을 맞는다.

깁슨은 계급장 없는 미군 군복 차림에 권총을 찼다. 미리 연락을 하고 왔기 때문에 찰튼이 자리에서 일어나 맞는다.

"로간 대령님한테서 연락받았습니다."

"바쁜데 귀찮게 해드립니다."

악수를 나눈 깁슨이 앞자리에 앉았다.

깁슨은 52세. 3년 전 준장으로 예편한 웨스트포인트 출신이다. 찰튼의 시선을 받은 깁슨이 말을 이었다.

"대위, 내가 현상범을 찾는 게 아니오. 우리 대원을 살해한 살인범을 찾고 있는 거요."

"지노 장 말씀입니까?"

"그렇소."

깁슨이 정색하고 찰튼을 보았다.

"나는 대원들을 인솔해서 그놈을 잡으려고 온 거요."

"대단한데요?"

244

찰튼이 어깨를 올렸다가 내렸다.

"헬기 9대에 대원들을 싣고 오시지 않았습니까?"

"그렇소. 그자는 반역자요."

"반역자라고 하셨습니까?"

"그렇소."

어깨를 편 깁슨이 말을 이었다.

"로간한테서 들었겠지만 마르칸에서 서쪽으로 나가는 통로를 막아주시오."

"……."

"차량이 운행할 수 있는 도로가 4개인데 4개 초소에 검문 병력을 1개 분대씩 파견시켜 주시오."

"……."

"샛길이 9개 있습니다. 그 샛길에도 1개 분대씩 파견시켜 주시기 바랍니다."

"서쪽에 이미 1개 소대 병력이 파견되어 있습니다."

찰튼이 말을 이었다.

"거기에다 2개 소대 병력이 나가면 시내 치안, 동쪽은 누가 지킵니까?"

"비상시국이오, 중대장."

깁슨이 눈을 좁혀 뜨고 찰튼을 보았다.

"사단 참모장의 지시를 받아야 집행하시겠소?"

"마르칸 시 치안은 내가 책임지고 있습니다. 참모장이 간섭할 일이 아니죠."

"대위."

마침내 깁슨이 목소리를 높였다.

"대위는 국가를 위한 일에 협조하지 않겠단 말요?"

"나는 지금도 국가에 봉사하고 있습니다, 깁슨 씨."

"난 준장 출신이야, 대위."

"압니다, 깁슨 씨."

"웨스트포인트?"

"난 하사관에서 장교가 된 겁니다, 깁슨 씨."

"소령 진급하기 힘들 거야."

자리에서 일어선 깁슨이 잇새로 말했을 때 찰튼이 빙그레 웃었다.

"안녕히 가십시오, 깁슨 씨."


폐가를 향해 걷던 아흘락이 걸음을 늦췄다. 5미터쯤 뒤에서 따르고 있던 지노가 아흘락의 앞쪽을 보았다.

오후 3시 반.

지노는 등에 구운 빵 2개를 끈으로 묶어 매달고 터번을 눌러써서 수염투성이의 얼굴 아래쪽만 드러나 있다.

아흘락의 20미터쯤 앞으로 사내 둘이 다가오고 있다. 백인. 허름한 군복 차림에 등에는 AK-47을 매었다. 덥수룩한 머리. 용병이다.

거리는 오가는 행인이 많았지만 좁은 도로다. 지노는 메고 있던 빵 자루를 앞으로 고쳐 들고 검은색 비닐봉투 안에 넣은 베레타 92F의 손잡이를 쥐었다. 누가 보면 빵을 만지는 모양새고 실제로 고개를 숙이면서 걷는다.

그때 용병이 아흘락을 불러 세웠다.

"이봐. 서."

둘이 아흘락의 앞을 가로막더니 하나가 AK-47을 앞에 총 자세로 순식간에 고쳐 쥐었다. 빠르다. 다른 사내가 아흘락에게 손을 내밀었다.

"신분증."

그때 지노가 아흘락을 스치고 지나갔다. 순간 고개를 든 왼쪽 용병과 시선을 마주쳤다.

"당신들 누구야?"

아흘락이 아랍어로 묻는 소리가 뒤에서 울렸을 때 지노가 앞쪽을 둘러보았다. 두 걸음을 뗀 상태. 용병의 뒤를 받치는 사내들은 없다.

그때 용병의 목소리.

"미군 조사관이다."

용병들은 대개 이렇게 신분을 밝힌다. 용병이라고 하는 놈들은 없다.

그 순간 지노가 빵이 든 검은색 비닐봉투를 앞으로 치키면서 몸을 돌렸다. 사내들과의 거리는 3미터쯤. 둘의 등판이 앞을 가로막듯 세워져 있다.

"퍽! 퍽!"

소음기를 낀 발사음.

등판에 총탄이 적중하자 사내들은 한 발짝씩 앞으로 발을 내딛더니 아흘락을 덮치듯이 엎어졌다.

몸을 비틀어 피한 아흘락이 뛰었고 지노도 몸을 돌려 뛰었다. 길 가던 행인들이 길을 비켰지만 소리를 지르거나 하물며 놀란 표정도 짓지 않는다.

지노는 열 발짝쯤 뛰어서 옆쪽 골목으로 들어섰고 아흘락도 따라 들어왔다.


"우회해서 빠져나가자."

폐가에 도착한 지노가 기다리고 있던 바튼, 후사드, 카밀라에게 말했다.

오후 4시 반.

폐가에서 되돌아가면 곧 제법 숲이 무성한 산줄기가 나온다. 이 상황에서 마르칸을 출발하는 버스나 탈 것을 이용할 수는 없기 때문이다.

곧장 짐을 꾸리고 출발했던 일행은 2백 미터쯤 가고 나서 멈췄다. 굳이 걷겠다고 나섰던 카밀라가 절름거리기 시작했기 때문이다. 그래서 지노가 다시 업었다. 그렇게 2킬로쯤 인적이 없는 골짜기를 걷다가 산속으로 들어갔다.

그때가 오후 6시다.


"여기 왔다."

수색조로 데려온 요원 둘이 피살되었다는 보고를 받은 순간 깁슨이 한 말이다.

"시내에 있어."

깁슨이 목에 건 붕대를 풀어 던지고는 소리쳤다.

"시내를 봉쇄해야 돼! 밖으로 나가는 출구는 다 막아라!"

그러고는 덧붙였다.

"동쪽도!"

이미 마르칸 지형은 헬기를 타고 파악한 상태다. 깁슨이 방을 뛰쳐나가면서 말했다.

"중대장 놈한테 연락해! 용병 둘이 피살되었다고! 즉시 도로를 차단하라고!"

중대장은 곧 교체될 것이지만 지금은 어쩔 수 없다. 부탁하는 수밖에. 미국인 둘이 살해되었는데 가만있지는 못할 테니까.


6시 15분.

양치기 샤간이 모하브에게 말했다.

"내가 이상한 사람들을 보았는데 상금을 주면 말할 수 있어."

샤간은 마르칸 시 북쪽에 사는 자후란의 양치기다. 모하브가 화를 내려다가 참고 뒤에 선 마틴에게 샤간의 말을 전했다.

"선오브비치."

일단 욕부터 하고 난 마틴이 모하브에게 말했다. 모하브는 안내역 겸 통역이다.

"10불 줄 테니까 말하라고 해. 거짓말이면 쏴 죽이겠다고도 하고."

모하브가 10불 준다는 말만 했을 때 샤간이 말했다.

"내가 양을 찾아서 산에서 내려오는데 남자가 여자를 업고 산으로 들어갔어. 앞뒤로 사내 셋이 따랐고."

그러고는 손을 내밀었다.

"돈을 내면 어느 쪽으로 갔는지 말할게."


무전기로 마틴의 보고를 받은 깁슨이 소리쳤다.

"모두 북쪽으로! 중대장 놈한테도 연락해! 후세인의 딸을 잡을 기회라고!"

아무리 심사가 뒤틀린 놈이라고 해도 이번에는 가만있지 못할 것이다.


어두워졌기 때문에 앞장서 가던 후사드의 속도가 느려졌다. 그래서 지노가 보조를 맞출 수가 있다. 조금 평탄한 산길을 걸을 때 카밀라가 낮게 말했다.

"여자 업어본 적 있어요?"

"처음입니다."

지노가 카밀라를 고쳐 업으면서 말을 이었다.

"이것이 처음이자 마지막이 될 겁니다."

"질렸군요."

카밀라의 입김이 목덜미에 닿았다.

그때 헬기 소리가 울렸다. 8인승 수송용 헬리콥터의 로우터 소리다. 지난번에 서쪽으로 날아간 그 소리.

"발각되었어!"

카밀라를 업은 채 지노가 소리쳤다.

지노의 명령이 있기도 전에 일행은 일제히 은폐했고 곧 헬기 2대가 날아왔다.

저공비행. 지상 50미터쯤 높이에서 그들의 위로 스치듯 날아가더니 곧 좌우로 꺾어서 사라졌다.

"시 외곽을 봉쇄하려는 모양이군."

아흘락이 말했을 때다. 고개를 든 지노가 아흘락을 보았다.

"돌아가자."

시내로 돌아가자는 말이다. 네 쌍의 시선을 받은 지노가 말을 이었다.

"시내가 차라리 낫다."

발길을 돌려 다시 마르칸 시 북쪽으로 돌아왔다. 이번에는 서북쪽 교외 민가의 축사로 숨어든 것이다.

밤. 9시 반.

카밀라를 안쪽에 앉혀두고 지노가 셋을 불러 모았다.

"공주는 여기다 두고 우리 넷이 시내로 나가기로 하자."

지노의 목소리가 뒤쪽의 카밀라한테도 다 들린다. 새끼 양 한 마리가 지노에게 다가와 허리 부분의 옷자락을 입으로 물어 당겼다. 지노가 말을 이었다.

"시내 버스정류장의 유류 저장고에 수류탄을 던져서 폭파하고 그 옆쪽 대합실도 비었을 테니까 수류탄을 던지는 거야."

지노가 아흘락을 보았다.

"아흘락, 그건 너하고 후사드가 맡아라, 나는 바튼하고 같이 시 서쪽 경계 지역으로 가서 경비초소와 총격전을 하고 올 테니까."

"아니, 그러면……"

아흘락이 번들거리는 눈으로 지노를 보았다.

"서쪽 끝까지 갔다가 다시 이곳으로 온단 말야?"

"너도 정류장을 폭파하고 이곳으로 오는 거야."

"그렇다면……."

"다시 이곳에 모여서 동쪽으로 탈출하는 거다."

"음. 우리가 서쪽으로 탈출하는 것으로 보일 계획이군."

"외곽 경비가 서쪽으로 몰려올 테니까."

지노의 얼굴에 쓴웃음이 번졌다.

"잠깐 동안일 거야, 그놈들도 전문가니까. 그사이에 빠져나가야 돼."

"경비초소와 총격전을 할 때 놈들한테 발각된 시늉을 해야겠군."

"그건 나한테 맡기고."

지노가 이제는 몸을 비벼대는 새끼 양을 안고 말을 이었다.

"10시 반까지는 다시 이곳에 올 것. 만일 내가 못 오면 아흘락, 네가 이끌어라."

"알라 아크바르."

자리에서 일어선 지노가 카밀라에게 다가갔다. 뒤에서 다 들었을 것이므로 지노가 안고 있던 새끼 양을 카밀라에게 넘기면서 말했다.

"배낭 잘 보관하시고."

새끼 양을 받아든 카밀라가 쳐다만 보았고 지노는 몸을 돌렸다.


깁슨은 시내 중심부인 시청 건물의 2층에 상황실을 만들어 놓았다.

상황실에는 깁슨이 가져온 위성통신 무전기 PRC70 개량형(SATCOM)이 놓였고 각 조(組)와 연결된 RPC77로 지휘하고 있다. 상황실에는 깁슨 외에 지휘부 4명과 2개 조가 대기하는 중이다.

"이젠 잡았어."

상황판을 응시한 채 깁슨이 말했다.

"티크리트보다 훨씬 조건이 좋다. 티크리트가 테니스장이라면 여긴 돼지우리야. 놈들은 지금 돼지우리 안에 있어."

상황판에는 대형 마르칸 시 지도가 붙여졌고 주위 검문소와 아르카디 조(組)의 위치가 붉은 핀으로 박혀 있다. 빈틈없이 마르칸 시를 봉쇄한 것이다.

그때 부관 카터가 말했다.

"장군, 모두 자리 잡았습니다."

아르카디 조가 외곽 초소와 요지를 지키고 있는 것이다.

"꽝!"

폭음이 울렸을 때는 그 순간이다.

벽에 걸린 액자가 비틀려졌고 천장에서 횟가루가 떨어졌다. 놀란 카터가 벌떡 일어섰고 깁슨은 숨을 들이켰다.

"뭐야?"

카터가 소리쳤을 때다.

"꽝!"

다시 폭음이 울리면서 총성이 이어졌다.

"타타타타타타타타."

그때는 상황실에 있던 조장들이 뛰쳐나갔다. 흔들거리던 액자가 떨어지면서 유리 깨지는 소리가 났다.

"갓댐."

깁슨이 악문 잇새로 상황판을 노려보았다. 폭음은 아주 가까운 곳에서 울린 것이다.

조장들을 따라 밖으로 뛰쳐나온 카터는 앞쪽 건물 뒤쪽에서 뿜어 오르는 불길을 보았다.

"어디야?"

"버스정류장 같은데?"

조장 하나가 말했을 때다.

"퍼엉!"

요란한 폭음과 함께 불길이 10여 미터나 더 높게 솟아올랐다.

유류탱크 폭발이다.

폭음이 울리자 초소에서 경비병이 뛰쳐나왔다.

초소에는 미군 4명, 아르카디 1개 조(組), 그리고 수비대 1개 조(組)가 경비하고 있다. 수비대는 해체된 이라크군으로 구성되어 있는 것이다.

지노가 고개를 돌려 바튼을 보았다.

"기다려."

바튼이 눈만 껌뻑였다. 옆쪽 담에 붙어 선 바튼은 육중한 체격에 말수가 적었지만 동작이 빠르다.

이곳은 서쪽 국도로 통하는 길가 민가의 담장이다.

총성이 이어서 울렸고 다시 폭음과 함께 불길이 수십 미터나 치솟았다. 아흘락이 버스정류장을 폭파한 것이다.

지노가 손목시계를 보았다. 정류장에서 이곳까지는 5분 거리다. 이제 초소 밖으로 10여 명의 미군, 수비대, 아르카디 용병들이 모여 정류장의 불기둥을 보고 있다.

"타타탓탓탓탓"

다시 총성이 울렸다.

5분이 지났을 때 지노가 바튼에게 말했다.

"바튼, 내가 초소 뒤로 질러갈 테니까 놈들이 날 발견했을 때 네가 쏘아라."

"대장."

바튼이 지노의 소매를 잡았다.

"제가 질러가지요."

"그건 내가 전문이야."

쓴웃음을 지은 지노가 바튼의 어깨를 두드렸다.

"바튼, 부탁한다."

"대장, 너무 노출시키지 마시오."

바튼이 오랜만에 긴 말을 했다.


초소장 마이클 존슨 하사는 불구경을 하면서 부하에게 말했다.

"갓댐. 안에서 난동을 부리는군. 놈들이 발각된 모양이다."

"버스정류장입니다."

부하가 말했을 때다. 어둠 속에서 초소 뒤쪽으로 달려가는 사내가 드러났다. 거리는 50미터 정도. 마이클이 소리쳤다.

"서라!"

오가는 사람은 모두 초소의 검문을 받아야하는 것이다. 모든 시선이 그쪽으로 모였다.

"서!"

먼저 반응한 병사 서너 명이 그쪽으로 총구를 겨누었지만 사내는 계속 서쪽으로 달려갔다.

"타타타타탕!"

요란한 총성이 울렸다. 수비대원 하나가 그쪽을 향해 쏜 것이다.

"타타타타타."

이어서 일제사격. 대여섯 명이 그쪽을 향해 조준사격을 했다. 그 순간 사내의 모습이 어둠 속으로 사라졌다. 그쪽은 길가의 황무지여서 총에 맞은 것 같다.

그 순간이다.

254

"꽈꽝!"

엄청난 폭음과 함께 초소 한쪽 귀퉁이가 폭발했다. 초소의 잔해가 불기둥과 함께 밤하늘로 솟아올랐다.

"타타타타타타."

이어서 총성.

초소 주위에 서 있던 10여 명의 병사가 일제히 엎드렸다. 총탄이 쏟아진 것이다. 바튼이 쏜 것이다.

"타타타타타타."

초소에서도 응사를 시작했다.

"꽈꽝!"

다시 수류탄 폭발이다. 이번에는 초소 옆쪽에서 폭발했다.


지노가 가쁜 숨을 고르면서 앞쪽을 보았다.

이곳은 초소 안쪽. 다시 시내 쪽으로 돌아와서 바튼을 기다리는 중이다. 그러나 총성이 계속되고 있다. 초소와의 거리는 2백여 미터.

"타타타타타타."

날카로운 AK-47의 총성. 지금 10여 정의 AK-47이 발사되고 있다.

"바튼, 뭐하고 있는 거냐?"

지노가 잇새로 말했다.

바튼이 이곳으로 올 시간이 지났는데도 아직 쏘아대고 있다. 그 이유가 뭐겠는가? 자신에게 이목을 집중시키려는 의도다. 그때 격렬하게 울리던 총성이 조금씩 줄어들고 있다.

그 순간이다.

"꽝!"

수류탄 폭음이 울렸다.

"W-12 초소다! 서쪽 3번 도로다!"

깁슨이 무전기에 대고 소리쳤다.

"7번, 9번, 12번, 14번 초소 요원은 즉시 W-12 초소로 집합!"

고개를 든 깁슨이 카터를 보았다.

"카터, 네가 W-12로 가서 지휘해라!"

"예, 장군."

카터가 일어서자 깁슨이 조장 휴고에게 지시했다.

"휴고, 너도 조원 데리고 따라가!"

"예, 장군."

카터와 휴고가 바람처럼 상황실을 나갔을 때 상황 요원 리치가 말했다. 리치는 대위 출신의 요원이다.

"장군, 유인 작전일 수도 있습니다."

"맞다."

고개를 끄덕인 깁슨이 상황판을 보았다.

"손자병법에도 그런 전술이 있지. 성동격서. 동쪽에서 소리를 내고 서쪽을 공격한다는 것이지."

"놈들이 다른 쪽으로 나갈지도 모릅니다."

그때 무전기를 귀에 붙이고 있던 요원이 깁슨을 보았다.

"장군, W-12 초소에서 4명 전사, 4명 부상입니다. 우리 요원 모간이 전사했습니다."

깁슨이 눈만 치켜떴고 요원이 말을 이었다.

"적은 한 놈이 수류탄으로 폭사했다고 합니다. 자살한 것 같습니다."

"떠나자."

축사에 도착하자마자 지노가 말했을 때 기다리고 있던 아흘락이 물었다.

"바튼은?"

"당했어."

눈을 치켜뜬 지노가 말을 이었다.

"날 살리려고 남아 있다가 당한 거야."

아흘락과 후사드가 숨을 들이켰을 때 지노가 카밀라에게 다가갔다.

"갑시다."

지노가 카밀라에게 등을 보이면서 주저앉았다. 업히라는 표시다. 그러고는 아흘락에게 말했다.

"북쪽으로 돌아나간다. 서둘러."


이번에도 후사드가 앞장섰고 뒤를 지노가 카밀라를 업고 따랐다. 그 뒤를 아흘락이 따른다. 바튼의 짐은 축사 위쪽의 바위틈에 박아 놓았다.

초소를 피해 포위망을 돌파했는데 확실히 경계망이 느슨해져 있는 것이 드러났다. 인원을 빼내 서쪽으로 보냈기 때문이다.

한 시간 반 동안을 강행군했을 때 마르칸 외곽의 경계망을 빠져나온 것을 확인할 수 있었다. 오전 2시 반쯤 되었다. 거리상으로 마르칸 시 동북방 4킬로 지점.

산비탈의 바위틈에 넷이 처음으로 휴식했다. 지노가 아흘락과 후사드를 돌아보면서 말했다.

"해가 뜰 때까지 서북쪽으로 강행군이야."

지노가 지도를 꺼내 만년필 형 플래시를 켜 비췄다.

"시리아로 들어갔다가 요르단으로 내려가기로 하자."

시리아가 이곳에서 가까운 것이다.

"그렇지."

아흘락이 고개를 끄덕였다.

시리아는 현재 위치에서 50여 킬로. 요르단은 150킬로 거리다. 이라크를 벗어나는 것이 우선이다. 그러나 시리아까지는 지형이 험난한 데다 국경 감시가 철저한 것이다.


"정찰기를 띄웠습니다."

카터가 보고했다.

"위성도 오전 3시부터 이쪽을 비춥니다. 하루 2교대로 되었으니까 8시간씩, 16시간씩 감시가 됩니다."

정찰위성 2개가 이쪽으로 돌려진 것이다. 국무부의 요청으로 국방부가 특별 배려를 한 것이다. 중동 지역에 배치된 정찰위성 8개 중 2개가 이쪽 궤도로 돌려졌으니 엄청난 특전이다. '빈 라덴'급의 추적 작전이다.

깁슨은 상황판을 응시한 채 대답하지 않았다. 무표정한 얼굴이었지만 화를 삭이고 있는 중이다.

오전 2시 45분.

깁슨은 아직도 상황실에 앉아 있다. W-12 초소로 출동시켰던 대원들도 이제는 모두 원위치로 돌아갔다. 그때 카터가 말했다.

"날이 밝으면 시내 수색을 하겠습니다. 오전에 수비대 3개 중대가 증원될 테니까 샅샅이 수색을 하죠."

깁슨이 7사단 참모장 로간 대령에게 요청해서 이라크군 출신 수비대 3개 중대 병력이 마르칸으로 파견될 것이었다. 마르칸 시 경비대장 찰튼 대위는 깁슨에게 적극적으로 협조하라는 로간의 질책을 받았다.

258

그때 깁슨이 말했다.

"그놈들은 빠져나갔어. 우리가 W-12로 몰려간 사이에 빠져나간 거야."

오전 5시 반.

산 중턱의 바위 사이에 멈춰 선 지노가 말했다.

"여기서 해가 질 때까지 쉬자."

해가 동쪽 산마루에서 떠오르고 있지만 아직 주위는 어둡다.

이곳은 시리아 국경에서 30킬로쯤 떨어진 이라크 영토 안. 마르칸에서는 20
킬로 거리다.

배낭을 내려놓은 아흘락이 곧 은신처를 찾아 나섰고 후사드는 경계병으로
나섰다. 모두 말이 없다. 카밀라도 바위에 기대앉은 채 입을 열지 않는다.

"정찰 드론, 위성을 다 동원했을 거야. 낮에는 움직이지 않는 것이 나아."

지노가 바위에 등을 붙이고 말했다.

"놈들이 우리를 노리고 있는 게 분명해졌어. 바튼이 당하고 넷이 남았다는
것까지 파악되었을 거야."

아흘락이 고개만 끄덕였다.

오전 10시 반.

이곳은 바위 사이의 공간이다. 삼각형 틈이 3미터 폭에 깊이가 5미터쯤 되었
기 때문에 안에 카밀라가 누워 있고 바깥쪽에 지노와 아흘락이 앉아 있다. 그때
안에서 자는 줄 알았던 카밀라가 입을 열었다.

"나 때문에 탈출이 늦어지고 있어요. 그러니까 날 여기다 두고 가는 것이 낫
겠어요."

아흘락은 벽만 쳐다보았지만 지노가 고개를 들고 카밀라에게 말했다.

"그게 당신 마음대로 되는 게 아뇨."

"무슨 말인가요?"

"당신이 이래라 저래라 할 문제가 아니란 말입니다."

"내가 내 일을 결정 못 해요?"

"그렇다면 나도 편하겠지만."

지노가 정색하고 카밀라를 보았다.

"나는 각하로부터 두 가지 임무에 보수를 받고 계약을 했어요. 테이프 전달과 당신의 수송. 결정권은 나한테 있습니다."

카밀라가 입을 벌렸을 때 지노가 말을 이었다.

"아직 포기하기는 일러요. 그리고 그 포기 결정은 내가 합니다."

카밀라는 입을 다물었고 아흘락이 허리를 굽히며 일어섰다.

"교대 시간이 되었는데."

교대 시간은 아직 멀었다.


바위 밑에 둘이 되었을 때 지노가 외면하고 말했다.

"당신 몸무게가 55킬로 정도인데 배낭 무게도 그 정도요. 신경 쓰지 말아요."

카밀라는 대답하지 않았고 지노가 말을 이었다.

"약을 가져오지 않은 것이 내 실수인데 물집이 가라앉으면 내일쯤 조금씩 걸을 수 있을 겁니다."

약은 카밀라가 준비할 품목이었다.


네 시간씩 셋이 교대로 경계를 서고 나서 오후 7시가 되었을 때 다시 출발했다. 힘들지만 산길을 피하고 직선으로 횡단하는 코스를 잡은 것이다. 다행히 바위산들은 험하지 않아서 전진 속도는 꾸준히 늘어났다.

260

밤. 12시 반.

5시간 동안 지도상으로 산길 10킬로 정도를 이동했다. 시리아까지는 20킬로쯤 남았지만 강을 건너야 하고 앞쪽에 마을이 있다.

지도를 펴놓은 지노에게 아흘락이 말했다.

"마을은 피해서 우회하기로 하지."

지노가 고개를 끄덕였다. 이곳은 마르칸보다 조건이 나쁘다.

"강까지 5킬로 남았으니까 날이 밝기 전에 이곳에 닿기로 하자."

지노가 강 위쪽의 산을 가리켰다. 직선거리 5킬로였고 산을 3개나 넘어야 한다.


산길도 피하고 인적이 닿지 않는 직선거리로만의 이동이다. 지도와 나침반, 때로는 밤하늘의 별을 보고 지노는 방향을 잡았다. 이라크 특전대 소령 출신의 아흘락도 지노의 방향 감각을 신뢰해서 두말하지 않고 따른다.

밤.

바위를 타고 올랐다가 내려갔을 때 카밀라가 문득 말했다.

"이제 요령을 알았어요."

지노는 다시 바위틈에 발을 박고 기어올랐다. 그때 카밀라가 지노의 귀에 대고 말을 이었다.

"당신을 편하게 해주려면 내가 몸의 힘을 빼고 늘어져 있어야 한다는 것."

"……"

"그러면 내 몸이 자연스럽게 흔들려서 당신이 쉽게 균형을 잡게 되네요."

"……"

"내가 물건처럼 당신한테 내 몸을 맡겨야 돼요."

"……"

"호흡이 맞는 것이죠."

카밀라의 따뜻한 체온이 등에 전달되었고 가슴의 탄력감이 생생하게 느껴지고 있다. 카밀라는 배낭의 윗부분을 칼로 뜯어낸 후에 몸을 배낭에 담는 것처럼 끈으로 묶은 형태로 지노가 둘러메고 있다. 지노가 아프간에서 부상자를 운반하던 방법이다.

깊은 밤. 하늘의 별이 찬란한 밤이다.


오전 3시 45분.

이마의 땀을 손등으로 닦으면서 지노가 손목시계를 보았다. 일출 시간은 5시 40분쯤 된다. 앞으로 2시간. 지금 거대한 암산을 올라가는 중이다.

후사드는 20미터쯤 앞쪽에서 바위 옆을 돌아가는 중이었고 아흘락은 뒤에 쳐져 있을 것이다. 둘 다 60킬로가 넘는 짐을 지고 있는 데다 아흘락은 총을 2개나 등에 메었다.

후사드가 꺾어진 바위로 다가간 지노가 막 모퉁이를 돌았을 때다.

"타앙!"

밤하늘을 울리는 총성에 지노가 털썩 주저앉았다. 뒤쪽의 카밀라도 놀란 듯 숨 들이켜는 소리를 내었다. 총성이 곧 골짜기로 들어가 메아리를 만들었을 때다.

"타타타타타타."

AK-47의 발사음.

지노가 이를 악물고는 배낭의 벨트를 풀었다. 그때 뒤쪽에서 아흘락이 다가왔다.

"후사드는?"

"아직."

지노가 아흘락이 넘겨주는 AK-47과 탄창 2개를 받았다. 아흘락도 그 자리에서 배낭을 벗어놓더니 왼쪽으로 돌아나갔다.

"여기서 기다려요."

카밀라에게 말한 지노가 반대쪽 바위로 돌았을 때다.

"퍼퍼퍼퍼퍼퍼."

육중한 발사음이 울리면서 옆쪽 바위 파편이 튀어 얼굴을 때렸다. 중기관총이다.

지노가 바위틈에 엎드린 채 소리쳤다.

"후사드!"

"예!"

앞쪽에서 외침소리가 들리는 바람에 지노가 눈을 치켜떴다.

"괜찮아?"

그때 다시 중기관총과 소총 사격 소리가 울리더니 주변의 바위에 맞는 파열음이 일어났다.

"도대체 어디야?"

"2시 방향."

후사드가 소리쳤다.

"초소가 있는 것 같습니다!"

그때 총성이 뚝 그쳤기 때문에 지노가 소리쳤다.

"아흘락! 보이나?"

"보여."

오른쪽 바위 옆에서 아흘락의 목소리가 울렸다. 지노가 바위 뒤로 돌아서 아흘락에게로 다가갔다. 아흘락은 엎드려 망원경으로 앞을 보는 중이다.

"중기관총을 거치한 부대야."

지노가 아흘락이 건네준 망원경을 눈에 붙였다. 야간용 적외선 스코프다. 그 순간 지노는 앞쪽 바위 위에 엎드린 사내들이 보였다.

거리 685미터. 7명. 중앙에 중기관총 M2가 거치되어 있다. 50구경의 M2는 위력적이다. 유효 사거리 4킬로. 초속이 898미터여서 음속의 2배 이상. 총신의 무게가 38킬로다.

그때 밑에서 아흘락이 말했다.

"산적이야."

산적이 맞다. 지금은 이라크군이 해체된 상황이다. 미군이 이곳에 초소를 세울 리가 없는 것이다. 산적들의 위치는 산마루 근처다.

"M2 중기관총까지 갖춘 걸 보면 7명만 있을 리는 없어."

지노가 말하고는 다시 망원경을 보았지만 뒤쪽은 보이지 않는다. 그때 후사드가 포복으로 옆으로 다가왔다.

"죄송합니다. 제가 먼저 발견하지 못했습니다."

후사드가 가쁜 숨을 몰아쉬며 말했다.

"지노, 돌아가자."

아흘락이 말했다.

"산을 내려가서 돌아가는 것이 낫겠어."

고개를 든 지노가 산마루를 올려다보았다. 잠깐 동안 저쪽의 총격은 그쳐 있다.

"여기서 시리아까지 17킬로 정도야, 아흘락."

아흘락의 시선을 받은 지노가 말을 이었다.

"시리아의 탈하드 부족이 넘어왔을 수도 있어."

"탈하드."

아흘락이 꿈에서 깨어난 표정을 짓고 지노를 보았다.

264

"어떻게 아나?"

"나도 전쟁에 참여했던 사람이야, 아흘락. 시리아 국경의 탈하드족이 이라크 서쪽 영토를 노리고 있다는 것쯤은 알아."

"이런."

숨을 들이켠 아흘락의 두 눈이 어둠 속에서 번들거렸다. 그때 다시 망원경을 눈에 붙인 지노가 말했다.

"저놈들이 내려온다."


"공주, 이쪽으로."

지노가 카밀라의 팔을 잡고 안내했더니 몇 발자국 따라 걸었다.

"걸을 수 있어요."

바위산이어서 비틀거리면서 카밀라가 따라왔다.

"어떻게 하시려고?"

카밀라가 묻자 지노가 두리번거리면서 대답했다.

"놈들이 내려옵니다. 산악전이 될 것 같은데."

긴장한 카밀라를 향해 지노가 이를 드러내며 웃었다.

"산악전은 내 전문이오, 공주."

"산적인가요?"

"내 추측인데, 시리아의 탈하드 부족이 넘어온 것 같습니다."

놀란 카밀라가 입을 벌렸다가 닫았다. 적당한 바위틈을 찾아낸 지노가 카밀라의 팔을 끌어 안내했다.

"권총 갖고 있지요?"

바위틈에 쪼그리고 앉은 카밀라에게 지노가 물었다. 카밀라 위치는 아래쪽을 내려다보는 바위틈이다. 카밀라가 고개를 끄덕이더니 점퍼 주머니에서 권총을 꺼내 두 손으로 쥐었다. 지노가 몸을 돌렸을 때 카밀라가 등에 대고 말했다.

"조심해요, 소령."

지노는 대답하지 않았다.


"아흘락, 넌 여기서 후사드하고 바위틈에서 놈들을 쏴."

지노가 둘에게 말했다.

이제 내려오는 사내들과의 거리는 540미터. 스코프에 비친 숫자는 5명. 위쪽을 보았더니 M2 중기관총 옆에 4명이 더 있다. 아까는 7명이었는데 2명이 더 늘어났다.

"2백 미터 거리가 되었을 때 쏘도록."

"지노, 너는?"

아흘락이 묻자 지노가 AK-47을 움켜쥐고 일어섰다.

"난 옆으로 돌아서 놈들의 뒤를 친다. 산악전에서는 숫자가 적을수록 유리해."

"처음 듣는 말인데."

"갓댐. 이라크군 전술과는 다를 테니까."

지노가 아흘락의 어깨를 툭 치고는 어둠 속으로 사라졌다.


"소령님, 대장이 믿음직하죠?"

지노의 뒷모습을 보던 후사드가 불쑥 물었기 때문에 아흘락은 쓴웃음을 지었다.

스코프에 드러난 사내들과의 거리는 470미터. 내려오기 때문에 빠르다. 위쪽을 보았더니 M2가 이쪽을 겨냥하고 있다. 그러나 아직 찾아내지는 못한 상태.

"후사드, 보이나?"

스코프에 눈을 붙인 채 묻자 후사드가 대답했다.

"아직 보이지 않습니다."

"기관포 옆에 망원경을 눈에 붙인 놈이 있어. 그놈이 널 본거야."

"거리가 얼맙니까?"

"여기서 672미터."

"저격 총입니까?"

"저격 총이라면 맞혔겠지."

그때 M2 기관포 옆으로 사내들이 7명으로 늘어났다. 내려오는 5명 외에 7명.

"내려오는 놈은 다섯이야, 후사드."

5명과의 거리는 이제 440미터.

그러나 육안으로는 아직 보이지 않았기 때문에 아흘락이 스코프를 눈에 붙인 채 말했다.

"네 위쪽 2시 방향 흰 바위 밑으로 한 놈, 그 왼쪽 10미터 지점에 한 놈. 거리는 435미터……."

그리고 나서 좌우를 훑어보았지만 지노는 보이지 않았다. 시야에서 사라졌다. 더 왼쪽으로 간 것 같다.


바위 사이를 뛰어서 왼쪽으로 200미터쯤 전진한 지노가 방향을 틀어 올라가기 시작했다. 산은 정상이 넓고 정상까지의 경사는 심하지 않다. 그러나 암산인데다 바위가 많아서 엄폐하기에 적당하다.

지노는 앞에 총 자세로 바위 사이를 뚫고 올라가기 시작했다. 그때 앞쪽에서 인기척이 났다.

적이다.

재빨리 바위 뒤에 몸을 붙인 지노가 숨을 골랐다. 왼손으로 AK-47을 옮겨 쥔 지노가 허리춤에 낀 베레타를 꺼내 쥐었다. 소음기를 낀 총신이 길다.

그때 앞쪽에서 사내 하나가 나타났다. 손에 AK-47을 쥔 채 가쁜 숨을 내쉬고 있다. 거리는 5미터 정도. 그때 사내가 고개를 돌려 지노를 보았다. 거리가 4미터.

그 순간 지노가 방아쇠를 당겼다.

"퍽!"

둔탁한 발사음이 바위 사이에 울렸고 동시에 사내가 내려오는 반동으로 앞으로 엎어졌다. 지노가 다가가 사내를 내려다보았다. 그러고는 사내가 가슴에 찬 수류탄을 빼내 주머니에 넣었다.


서둘러 올라가던 지노가 다시 걸음을 멈췄을 때는 진지가 1백 미터 거리쯤 되었을 때다. 바위에 기댄 지노가 가쁜 숨을 고르던 순간.

"타타타타타."

총성이 울렸다.

먼 아래쪽. 아흘락이 쏜 것이다.

"타타타타타타."

조금 가까운 아래쪽에서 서너 정의 발사음이 울렸다.

"타타타타타."

아래쪽에서 교전이 일어났다. 그 순간이다.

"퍼퍼퍼퍼펑."

바로 위쪽의 M2 기관포가 요란한 발사음을 울리며 총탄이 쏟아졌다. 아래쪽의 발사광을 향해 쏘는 것이다.


바위 사이로 빠져 나가던 지노가 사내의 외침 소리를 듣는다. 아랍어.

"돌아서 내려가라!"

"퍼퍼퍼퍼펑!"

M2 기관포의 발사음 때문에 뒷말은 들리지 않는다. 거리는 50~60미터.

지노가 달리면서 주머니에 든 수류탄을 꺼내 쥐었다. 이빨로 안전핀을 뽑고 다시 바위 하나를 돌았을 때 기관포좌가 나타났다. 40미터쯤의 거리. 옆쪽에 사내 넷, 그 뒤쪽의 셋은 소총 사격을 한다.

지노가 수류탄을 던지고 나서 다시 주머니의 수류탄 한 발을 마저 꺼내 이빨로 안전핀을 물어뜯었다.

"퍼퍼퍼퍼퍼!"

"콰광!"

수류탄 폭발과 함께 M2가 허공으로 치솟았다. 지노가 다시 던진 수류탄이 그 옆에서 폭발.

"콰광!"

수류탄이 날아가는 사이에 지노는 5미터쯤 더 뛰었다. 두 개의 수류탄을 맞은 진지는 무너졌지만 아직 서너 명이 꿈틀거린다. 이제 진지와의 거리는 30미터.

"타탓탓탓탓탓탓"

지노가 달리면서 내갈긴 AK-47이 초토화된 진지를 휩쓸었다.

"타탓탓탓탓탓탓"

일어서던 두 명이 사지를 흔들면서 쓰러졌고 쓰러져서 꿈틀대던 셋이 땅에서 총탄에 맞아 펄쩍펄쩍 뒤집혔다. 진지로 다가간 지노가 주위를 둘러보았다.

수류탄 폭발로 넷이 죽었다. 파편과 충격을 받아 사살한 적이 다섯. 오다가 만난 하나까지 열인가?

그 순간이다.

"타타탓탓탓!"

아래쪽에서 총성과 함께 왼쪽 어깨에 화끈한 느낌이 왔다. 맞았다. 납작 엎드린 지노가 총을 고쳐 쥐었다.

"타타탓탓탓!"

다시 총탄이 쏟아졌다. 아래쪽의 왼쪽이다. 지노가 몸을 굴려 돌 벽에 등을 붙이고는 바위틈으로 아래쪽을 보았다.

"타타탓탓"

두 군데다. 밑으로 내려가던 놈들이 돌아온 것 같다. 지노가 바위틈 사이로 총을 겨눴다. 왼쪽 어깨가 화끈거렸지만 총탄이 스쳐간 상태.

"타타탓탓"

다시 총성이 울리면서 머리 위쪽 바위가 부서져 떨어졌다. 지노가 어른거리는 사내의 머리를 겨눴다. 거리는 40미터 정도. 어둠 속이지만 형체는 드러났다.

"타탕."

두 발이 발사되었고 바위 위에 솟았던 머리통이 부서졌다.

"타타타타타."

그 오른쪽에서 다시 발사음이 일어나더니 지노가 기댄 바위 위쪽이 부서졌다. 정확한 사격이다.

"타타타타타."

다시 총격이 울렸을 때 지노가 몸을 돌려 옆쪽의 부서진 M2 기관포대 옆으로 엎드렸다.

"타타타타타."

와락 상반신을 드러낸 지노가 아래쪽을 향해 쏘았다.

맞았다. 옆모습을 보인 사내가 사지를 비틀면서 쓰러졌다. 몸을 돌린 지노가 옆에 쓰러진 사내의 허리에서 AK-47의 탄창을 꺼내 제 탄창과 교환했다.


20분쯤 후.

아래쪽에서 아흘락이 올라왔다. 카밀라도 제 발로 걸어 올라왔는데 후사드가 보이지 않는다. 지노의 시선을 받은 아흘락이 말했다.

"후사드가 옆구리를 맞았어."

카밀라는 외면한 채 서 있었고 아흘락이 말을 이었다.

"남겠다고 해서 놔두었다."

"갓댐."

지노가 이맛살을 찌푸렸다.

"응급처치는?"

"대충 붕대로 감아 주었어."

"움직일 수 없는 거야?"

"중상이야?"

지노가 아흘락을 노려본 순간이다. 아래쪽에서 총성이 울렸다.

"탕."

단 한 발의 총성.

총성이 메아리를 길게 끌고 사라지는 동안 셋은 그 자리에 서서 움직이지 않았다.


이제는 평탄한 정상을 바위 사이로 헤치고 나가다가 내려가기 시작할 때 카밀라의 걸음이 다시 느려졌다.

5시 10분.

곧 일출시간이다. 걸은 지 30분쯤 되었다.

지노가 다시 카밀라를 업었고 20분쯤 걷고 나서 산 중턱의 바위틈을 찾아 들어갔다. 그동안 셋은 입을 열지 않았다. 후사드를 놔두고 떠난 감상 때문이다.

아래쪽에서 울렸던 총성은 후사드가 지노에게 보낸 작별인사였던 것이다. 후사드는 자살했다. 포로로 잡혔을 때보다도 위쪽의 지노에게 부담을 덜어주려는 의도였다.


"다쳤어요?"

날이 밝아지면서 카밀라가 지노의 왼쪽 어깨를 보더니 놀란 표정으로 물었다. 지노가 어깨에 헝겊만 눌러 붙여놓았기 때문에 밖으로 피가 배어나왔다.

"스쳤어요."

지노가 몸을 돌리면서 대답했다. 아흘락은 밖에서 경비를 서고 있다.

"내가 좀 볼 게요."

카밀라가 지노 앞을 가로막았다.

다가선 카밀라가 지노 어깨의 찢어진 옷을 들췄다. 피에 젖은 헝겊을 조심스럽게 뜯어내자 총탄이 뚫고 지나간 상처가 드러났다. 총탄이 1센티쯤의 깊이로 뚫고 지나갔다. 길이는 5센티가량. 옷은 총탄이 뚫어서 찢어졌고 상처에서는 아직도 피가 배어나오고 있다.

그때 지노가 옆에 놓인 배낭을 끌어당겨 안에서 구급약 주머니를 꺼내 카밀라에게 내밀었다. 카밀라가 구급약을 꺼내면서 말했다.

"미안해요."

"난 용병입니다."

쓴웃음을 지은 지노가 말을 이었다.

"바튼하고 후사드한테 내가 미안하죠."

"나 때문에 속도가 늦어졌고 둘이 죽었어요."

"당신도 계약 조건에 들어가 있어요, 카밀라 씨."

카밀라의 붕대 감는 것이 서툴렀기 때문에 지노가 어깨를 비틀어 한 손으로 도와주었다.

"그들은 군인답게, 사내답게 죽었습니다. 용병인 나보다 깨끗하게 죽은 거죠."

그때 아흘락이 앞쪽에서 다가왔다. 해가 떠오르고 있어서 그때서야 아흘락도 지노의 어깨 상처를 보았다.

"맞은 거야?"

"스쳤어."

지노가 어깨를 덮으면서 일어서자 아흘락이 말했다.

"산 아래에 길이 보이는데 저놈들이 탈하드족이라면 그 근처에도 초소가 있을 가능성이 있어."

고개를 끄덕인 지노가 아흘락과 함께 바위틈을 돌아 시야가 트인 곳으로 나왔다. 바위틈에 쪼그리고 앉은 둘이 아래쪽을 번갈아서 망원경으로 훑어보았다.

샛길이 있다. 사람과 말 한 마리가 지날 수 있는 산길이다. 산을 굽이굽이 돌아가는 산길이 희게 드러났다.

"여기서 시리아 국경까지 15킬로 거리야."

건너편 산줄기를 보면서 지노가 말했다. 가슴 주머니에서 지도를 꺼낸 지노가 들여다보고 나서 말을 이었다.

"이 지역이 미군 3사단 관할인데 어젯밤 총격전이 보고되었을지도 몰라."

지노의 지도는 미군용이어서 관할 부대와 초소까지 표시되어 있다. 현재 위치에서 가까운 미군 초소는 7킬로쯤 서북방에 위치한 마을의 파견대다. 1개 소대 병력. 그러나 어젯밤의 폭음과 총성을 듣고 누가 신고했을 수도 있다.

지노가 말을 이었다.

"위성사진에 찍힌다면 오전 6시에는 본부로 보내질 테니까."

"빨리 멀어지는 게 중요한데 현장에서 4킬로 정도야."

아흘락이 지노한테서 망원경을 받아 주위를 둘러보면서 말했다.

"민가는 보이지 않아. 나도 이 지역은 처음이야."

"오늘 밤은 이곳까지 진출하기로 하지."

지노가 지도의 한 곳을 손가락으로 짚었다. 국경에서 5킬로 지점의 계곡이다. 산맥을 2개나 넘어야 한다. 지도를 본 아흘락이 길게 숨을 뱉었다.

"시간이 지날수록 줄어드는구나. 이제는 셋이야."

오전 8시.

깁슨이 상황실에서 보고를 받는다.

"어제 오전 3시 50분에서 약 20분간 좌표 314.375 지점에서 총격전이 발생했습니다."

보고자는 부관 카터. 카터는 티크리트에서 정보를 받은 것이다.

"정찰위성이 필름을 넘겼는데 약 2개 분대 병력의 교전이었습니다."

상황판의 지도를 본 깁슨이 이맛살을 모았다. 마르칸 동북쪽 3킬로 지점이다. 산적들의 교전으로 넘길 수도 있었지만 깁슨이 카터에게 지시했다.

"헬기에 2개 조를 태워서 그곳을 정찰시켜. 그놈들이 되돌아갈 리는 없지만 말야."

"예, 장군."

카터가 자리에서 일어섰다.

헬기로 30분 거리다.

# 6장 이라크 탈출

오전 9시.

아흘락과 교대로 경계를 맡은 지노가 바위틈에 기대앉아 있을 때다. 헬기의 로우터 소리가 울렸기 때문에 본능적으로 몸을 숨긴 지노가 소리 나는 쪽을 보았다.

이곳은 산 중턱. 암산이지만 나무가 많아서 은폐하기도 좋은 곳이다.

이윽고 회색 하늘에 헬기 한 대가 나타났다. 산과 1백 미터쯤의 높이에서 비스듬히 회전하면서 날아온다. 정찰비행이다. 지노는 헬기가 날아온 방향이 어젯밤 총격전이 일어난 곳이라는 것을 알 수 있었다.

어젯밤의 현장이 발각된 것 같다.


"산적들 간의 교전 같습니다."

현장에서 맥콜이 보고했다.

"진지 하나가 파괴되었는데 모두 13명의 시체가 발견되었습니다. 한쪽이 당한 겁니다."

"다른 쪽은?"

무전기에서 카터의 목소리가 울렸다.

"사라졌습니다. M2 기관포까지 거치시켰는데 기습을 받았는지 폭파되었네요."

맥콜이 말을 이었다.

"부루스가 근처를 정찰하고 있습니다."

발에 걸리는 AK-47을 밀어제치던 맥콜이 생각난 듯 말했다.

"무기들을 버리고 갔는데요, 그놈들은 무기가 충분한 것 같습니다."

"무슨 말야?"

"시체들의 무기가 그대로 현장에 남아 있다는 말입니다."

"……."

"권총도 집어가지 않았어요."

그때 무전기에서 깁슨의 목소리가 울렸다.

"거기서 기다려라. 지금 곧 병력이 투입될 테니까."

통신을 끝낸 깁슨이 자리에서 일어서며 말했다.

"놈들이 그쪽으로 옮겨갔다! 최대한의 병력을 투입해! 지금 당장!"


헬기가 지나갔을 때 지노가 은신처로 다가갔다. 입구에서 잠이 들었던 아흘락이 상반신을 일으켰다.

"아흘락, 헬기 소리 들었지?"

"들었긴 한데……."

"아무래도 분위기가 안 좋아. 놈들이 어젯밤 현장을 조사했다면 탄로가 난다."

그때는 카밀라도 일어나 앉았다. 다가간 지노가 배낭을 움켜쥐었다.

"여기서 포위되면 결국은 잡혀."

"그럼 어떻게 하자는 거야?"

"골짜기로 내려가자."

지노가 카밀라에게 다가갔다.

"골짜기는 숲에 덮여서 위에서 보이지 않아. 따라 내려가는 거야."

골짜기가 긴 데다 양쪽 비탈이 험해서 헬기가 착륙하기에도 힘들다. 지노가 카밀라의 앞에 앉아 업히라는 시늉을 했다.

"서둘러야 돼요. 당신의 걸음에 맞추느니 내가 업고 가는 게 빨라요."

그야말로 골짜기를 구르듯이 내려갔을 때 헬기의 폭음이 울렸다. 폭음이다. 여러 대가 한꺼번에 날아오는 로우터 회전음은 멀리서는 기총소사처럼 울렸다가 대지를 흔드는 폭음으로 변한다.

골짜기의 나무 밑에 숨어서 지노가 하늘을 보았다.

헬기가 3대. 왼쪽 산 중턱에 로우프를 내리더니 익숙하게 병사들이 강하하고 있다. '아르카디' 요원들. 거리는 3백여 미터 정도. 그러나 놈들은 안쪽에 강하하고 있다. 3백여 미터를 벗어난 셈이다.

놈들이 조금만 아래쪽으로 날아와서 내렸거나 지노 일행이 늦장을 부렸더라면 포위망에 갇혔겠지.

"가자."

다시 카밀라를 들쳐 업은 지노가 앞장서면서 말했다. 골짜기를 내려가는 것이다. 그때 다시 로우터 소리가 울리면서 헬기 3대가 또 날아왔다. 그러더니 오른쪽 산의 평평한 중턱에다 사내들을 강하시키고 있다.

어젯밤 현장을 중심으로 포위망을 만들고 있다.

"갓댐."

아흘락이 영어 욕을 했다. 지노를 앞질러 골짜기의 길을 만들면서 아흘락이 말했다.

"소령, 덕분에 또 살았다. 어떻게 안 거야?"

"육감이지. 거기에다 경험이고."

숨을 고른 지노가 카밀라의 엉덩이를 추켜올렸다. 배낭으로 메었기 때문에 엉덩이를 움켜쥐지 않아도 되지만 가끔 추켜올릴 필요는 있다. 지노가 덧붙였다.

"내가 미군 출신이기 때문에 작전을 예상할 수가 있는 거야. 신기할 건 없어."

카밀라는 가볍게 지노의 목을 뒤에서 감아 안고 있다. 그것이 지노의 동작을 방해하지 않고 몸을 무겁게 만들지 않는 것이다.

이것도 경험의 산물이다.

정신없이 골짜기를 내려왔다는 표현이 맞다.

개울이 흐르고 있었지만 폭은 2미터도 안 되었고 좌우가 바위투성이에 썩은 나무로 뒤덮인 가파른 벼랑이어서 수십 번 미끄러졌다. 개울에 엎어지고 자빠지는 바람에 지노는 물론이고 카밀라도 물에 빠진 생쥐 꼴이 되었다.

그러나 하늘은 무성한 나무로 가려져서 그동안에 서너 번 헬기가 지나갔지만 발각되지 않았다. 그렇게 2시간을 나간 후에 지노가 말했다.

"휴식이다."

휴식하는 동안에도 계속해서 헬기의 로우터 회전음이 울렸다. 불안해진 카밀라는 자꾸 두리번거렸고 지노와 아흘락은 앞과 뒤를 수색하고 돌아왔다.

"내려가자."

지노가 다시 카밀라 앞에 앉으면서 말했다. 앉아서 10분도 쉬지 못했다. 아흘락이 서둘러 앞장섰다.

"골짜기 입구에서 산으로 들어가."

지노가 아흘락에게 말했다.

오전 11시가 조금 넘은 시간이다.

"현장에서 반경 7킬로 지점으로 포위망을 형성했습니다."

카터가 손으로 아래쪽을 가리키면서 말했다.

"골짜기 쪽은 아래쪽 입구에 1개 조를 배치했고 양쪽 산 중턱에 3개 조씩 내려놓았습니다. 서쪽만 빼고 3면을 포위한 상황입니다."

깁슨이 주위를 둘러보았다. 어젯밤의 전투 현장이다. 시체도 그대로 방치했기 때문에 발밑에 어지럽게 널브러져 있다. 총기도 흩어진 상태다.

고개를 든 깁슨이 카터를 보았다.

"시리아 쪽 국경을 막아야 돼."

"예, 장군."

"여기서 수색했다가 보이지 않으면 시리아 쪽 국경으로 간다."

깁슨이 어깨를 부풀렸다가 내렸다.

"쥐새끼 같은 놈. 이번에는 잡는다."

"위성 정보를 즉시 받도록 하겠습니다."

카터가 억울한 표정으로 말했다.

위성을 이쪽으로 2개나 돌렸으니 즉시 전달이 되었다면 현장 근처에서 잡을 수도 있었을 것이다.


다시 2시간을 내려간 후에 지노는 오른쪽 산비탈을 기어올랐다. 지쳐서 겨우 1백 미터쯤 가파른 산비탈을 오른 후에 셋은 나무둥치 밑에 주저앉았다. 가쁘게 숨을 들이켜는 지노의 입에서 쇳소리가 났다.

오후 1시 45분.

어젯밤부터 거의 잠을 자지 못했기 때문에 아흘락에게 먼저 자게 한 지노가 경계를 섰다. 아래쪽 나무둥치에 몸을 기대고 앉은 지노가 지도를 쳐다보고 있을 때였다.

뒤쪽에서 인기척이 나더니 카밀라가 다가왔다. 시선이 마주치자 카밀라가 외면한 채 말했다.

"제가 대신 감시할 테니까 자도 돼요."

카밀라가 지노의 옆에 쪼그리고 앉았다.

"난 업혀 오면서 좀 잤어요."

"괜찮아요. 아흐락과 교대해서 3시간쯤 자면 되니까."

아래쪽에서 개울물 흐르는 소리가 들렸다. 주위는 조용해졌다. 그러나 헬기가 뿌린 수색대는 맹렬하게 산을 훑고 있을 것이다. 지노가 고개를 돌려 카밀라를 보았다.

"이제는 24시간 위성으로 감시할 테니 마지막 몇 킬로가 힘들어질 거요."

"힘들어질 때 날 버리세요."

지노의 시선을 받은 채 카밀라가 말을 이었다.

"당신의 업무는 테이프 전달이에요. 나 때문에 실패하면 안 됩니다."

"그건 내가 결정합니다."

주위를 둘러본 지노가 턱으로 뒤쪽을 가리켰다.

"당신은 나한테 지시할 권한이 없어요. 내 지시를 따르기만 하면 됩니다."

돌아가라는 턱짓이었기 때문에 카밀라는 몸을 일으켰다.


시리아 국경까지는 7킬로. 산 2개에 개울 하나, 황무지 1.5킬로만 건너면 되는 거리에서 발각되었다.

지노가 지도를 펴놓고 다시 궁리했다. 수없이 곤경을 겪었지만 처음 부딪친 상황이다.

비슷한 경우가 있었는가?

그때는 어떻게 벗어났던가?

"범위를 넓혀!"

깁슨이 소리쳤다.

"국경에서부터 샅샅이 뒤지도록! 위성이 비추고 있으니까 놈들은 빠져나갈 수가 없어."

오후 2시 반.

깁슨은 산 정상에 설치된 상황실에 앉아 있다. 깁슨도 잠을 자지 못했기 때문에 눈에 핏발이 서 있다.

그때 헬기의 엔진음 소리가 가까워졌다. 상황실 밖으로 나가본 커티스가 들어오면서 말했다.

"수비대가 왔습니다."

증원 병력이다. 가까운 3사단에서 수비대 2개 중대 병력을 동원시킨 것이다.

1개 중대는 시리아 쪽 국경을, 1개 중대는 이쪽 산줄기와 골짜기에 배치시켰는데 일부 병력이 헬기로 공수되어 왔다.


아래쪽에서 외치는 소리가 들렸다. 아랍어다. 이제는 아래쪽에서 위쪽으로 훑어 올라온다.

이제는 수색 규모가 커져서 수색 범위 안에 들어왔다. 병력도 증가되어서 이라크군 출신의 수비대가 포함되었다.

거리는 2백 미터 정도.

오후 3시 10분.

아흘락이 지노에게 말했다.

"이쪽으로 올라오고 있어. 옆으로 피해 가야 돼."

"내가 내려가 보고 올 테니까 기다려."

지노가 몸을 일으키며 말했다.

"옆에 공간을 비워두고 덮치는 경우도 있으니까."

아흘락의 시선을 받은 지노가 쓴웃음을 지었다.

"미군의 수색 방법이야. 함정을 만들어 놓고 수색하는 거지."

셋은 위쪽이 나무로 덮인 바위 사이에 모여 있었는데 그늘이 져서 하늘은 보이지 않는다. 지노가 그늘을 나갔을 때 아래쪽의 목소리가 더 가까워졌다.

바위 밑으로 30미터쯤 내려간 지노가 아래쪽에서 올라오는 수색대를 보았다.

장애물에 가려 두 명만 보였는데 간격은 10미터 정도. 횡대로 벌려서 올라오고 있다.

그대로 올라오면 발각된다.


"자, 기운 내!"

압둘라가 소리쳤지만 좌우의 대원들만 들었다. 나무와 바위에 막혀서 그런다.

"정상에서 쉰다!"

압둘라가 이끄는 소대원은 횡대로 벌려 서서 이쪽 산의 오른쪽 면을 맡고 있다. 옆쪽은 3소대. 10미터 간격을 유지한 채 약 600미터 거리를 훑고 올라가는 중이다.


마르하트는 숨을 몰아쉬면서 바위를 돌아 한 걸음 위로 올랐다.

30세. 이라크 제7사단 소속 중사 출신으로 이라크군이 해체된 후에 거지가 되었다가 운 좋게 수비대에 선발된 경우다. 수비대 모병관의 통역을 맡은 아부핫산과 고향이 같기 때문이다. 그래서 아부핫산의 고향인 카르빌라 출신이 많다.

마르하트가 다시 바위 하나를 비껴서 올라가려고 몸을 틀었을 때다.

지노가 불쑥 몸을 드러낸 마르하트의 입부터 한 손으로 막고는 쥐고 있던 칼로 심장을 찔렀다. 단도가 손잡이까지 깊게 마르하트의 심장에 박힌 순간 몸을 비튼 지노가 입을 그대로 막은 채 땅바닥에 쓰러뜨렸다.

그 순간 마르하트가 다리를 쭉 뻗으면서 발길질을 하듯 두어 번 퍼덕거렸다.

지노가 입을 막은 손을 떼었더니 마르하트가 긴 숨을 뱉어내었다. 폐 안에 담긴 숨이다. 그러나 다시 들여 마시지는 않았다.

고개를 돌린 지노가 아흘락에게 말했다.

"자, 가자."

그때 아흘락이 앞장섰고 지노는 카밀라를 들쳐 업었다.


1시간 15분 후.

정상에서 인원 점검을 한 압둘라는 마르하트가 낙오한 것을 발견했다.

4시 40분.

"이 빌어먹을 카르빌라 촌놈."

화가 난 압둘라가 좌우에 있던 함둘라와 무스타파를 다그쳤다.

"이 개자식들아. 그놈이 낙오한 것을 몰랐단 말이냐?"

"산이 험해서 보여야 알지요."

욕을 얻어먹은 무스타파가 대들었다. 이라크군 시절에는 무스타파와 압둘라는 상사로 계급이 같았다.

어깨를 부풀린 압둘라가 잠깐 망설였다. '상부'인 '아르카디' 용병 조장에게 보고를 하느냐 마느냐를 망설인 것이다.

압둘라가 고개를 들고 하늘을 보고 나서 결정했다. 곧 해가 질 것이다. 낙오한 그놈을 찾으려고 밤에 산을 다시 뒤질 수는 없다.


골짜기를 따라 두 시간을 내려갔더니 앞쪽에 불빛이 보였다.

"경비초소야. 피해가자."

카밀라를 추켜올리면서 지노가 말했다. 지노가 다시 오른쪽으로 방향을 틀었다.

오후 6시 반.

이미 주위는 어둡다. 두 시간 동안 골짜기를 따라 5킬로를 내려온 셈이다.

이제 입구가 나왔다. 긴 골짜기를 벗어난 셈이다.


위성이 떠 있었지만 산속의 생물을 다 찍을 수는 없다. 근처 산에 1천 명 가까운 인원이 흩어져 있기 때문이다.

더구나 바위와 나무에 가려서 보였다 안 보였다 한다. 수비대 2개 중대를 쏟아 부었더니 위성 판독이 어렵게 되었다.

깜빡 잠이 들었던 깁슨이 카터가 깨우는 바람에 눈을 떴다.

"장군, 연락 왔습니다."

카터가 전화기를 내밀었다. 티크리트에서 후세인 추적 책임을 맡고 있는 커티스다. 전화기를 받아 쥔 깁슨이 응답했을 때 커티스가 말했다.

"장군, 후세인이 은신처를 자꾸 바꾸는 바람에 아직 찾지 못했습니다."

"……"

"그동안 장군 급 수배자 셋을 잡았습니다. 모두 우리 요원이 잡았습니다."

"……"

"뉴욕타임스 기자가 장군을 찾았습니다."

"누구야?"

"뉴욕에서 연락이 온 겁니다. 피크라는 기자인데요."

"뭐라고 해?"

"취재를 하고 싶답니다. 그래서 출장을 가셨다고만 말했습니다."

"알았어."

통화를 끝낸 깁슨이 카터를 보았다.

"서둘러야겠다. 뉴욕타임스가 더 나서기 전에 여길 끝내야 돼."


"아직 국경을 넘지 못했습니다."

세이크가 조심스러운 표정으로 말했다.

"깁슨이 아르카디 용병단을 이끌고 마르칸으로 날아갔는데 지금 그 근처에서 수색 중입니다."

"잡히지 않아서 다행이다."

후세인이 찻잔을 내려놓고 세이크를 보았다.

이곳은 티크리트 시내의 민가 안. 수색대의 허를 찌르듯이 후세인은 시내로 돌아와 민가에 은신하고 있다.

"세이크, 내가 좀 지쳤다."

세이크가 숨을 들이켰고 후세인의 말이 이어졌다.

"소령이 카밀라를 데리고 빠져나갔다는 말만 들어도 여한이 없을 것 같다."

"각하."

세이크가 똑바로 후세인을 보았다.

"아닙니다. 그 테이프가 보도되고 전 세계가 진실을 알게 될 때까지 기다리실 수 있습니다."

열기를 띤 세이크의 말이 이어졌다.

"그리고 나서 이곳을 탈출하시는 것입니다. 요르단이나 팔레스타인으로 가셔서 이라크군을 모아 재기를 기다리시면 됩니다, 각하."

"……."

"이라크 북부의 부족을 모아 티크리트까지 남하할 수도 있습니다. 그러면 한 달 안에 30만 병사는 모읍니다."

"내가 목숨에 연연하지 않아, 세이크."

"각하와 이라크의 명예를 위한 것입니다."

마침내 세이크의 눈에 눈물이 번졌다. 그것을 본 후세인이 외면했다.

"고맙다, 세이크."

세이크의 눈에서 눈물이 흘러내렸다.

후세인은 좀처럼 고맙다는 말을 안 했다. 약한 소리는 더욱 안 했고.


초소를 피해서 1킬로쯤 서북쪽으로 방향을 틀어 전진했더니 황무지가 나왔다.

"다 왔다."

앞장선 아흘락이 탄성처럼 말했다.

밤. 9시 반.

지노가 풀숲에 카밀라를 내려놓고 하늘을 보았다. 흐린 하늘이다.

이곳은 시리아의 국경 지역. 이라크는 서쪽 면의 7할이 시리아와 국경을 맞대고 있다. 나머지는 요르단이고.

"기다려."

지노가 아흘락에게 말했다.

"하늘이 흐리지만 움직이면 탐지돼."

그것은 무인정찰기가 열 탐지를 하기 때문이다. 국경과의 거리는 1킬로 정도. 황무지를 건너면 된다.

잡초 사이에 엎드려 한동안 앞쪽을 응시하던 지노가 아흘락을 보았다.

"국경에 요원들을 깔아놓았을 거야. 힘들지만 돌아가야겠다."


황무지 끝 쪽.

시리아와의 국경 지점에서 저격 총 PSG-1을 거치해놓고 엎드린 마틴이 황무지를 응시한 채 투덜거렸다.

"갓댐. 언제까지 이러고 있어야 되지?"

옆에 엎드린 베일이 눈에 붙이고 있던 망원경을 떼고 말했다.

"날이 밝으면 윤곽이 잡히겠지."

"쥐새끼 같은 놈이야, 지노 그놈은."

마틴의 스코프 안에 들어온 황무지는 1, 2킬로 정도. 바위와 잡초로 우거져 있었지만 허리 위로는 다 드러나는 황무지다.

마틴 조는 미리 국경으로 투입되어 이라크 측을 겨누고 있다. 시야는 트여서 앞쪽 황무지가 다 보인다. 그리고 1백 미터 간격으로 8개 저격조가 깔려 있다.

깁슨이 막아놓은 마지막 보루다.


"황무지 끝에 저격조를 배치시켰을 거야."

다시 멈춘 지노가 바위틈에 앉으면서 말했다. 카밀라를 멘 벨트를 푼 지노가 시계를 보았다.

밤. 10시 반.

황무지 끝을 따라서 1킬로를 북상하고 나서 쉰 것이다. 7시간이 넘도록 강행군을 했기 때문에 지쳤다. 아흘락이 말했다.

"소령, 내가 황무지를 기어서 국경까지 정찰을 나갔다가 올 테니까."

어둠 속에서 아흘락의 두 눈이 번들거렸다.

"이번에는 나한테 맡겨 줘, 지노."

"갓댐."

지노가 쓴웃음을 지었다.

"두 시간쯤 쉬었다가 가."

"오케, 그렇다면."

아흘락이 바위에 몸을 붙이면서 말했다.

"두 시간을 잘 테니까 깨워줘."

"그러지."

이곳은 황무지가 보이는 바위틈이다.

지노가 온몸의 통증을 참으면서 앞으로 기어가 바위틈에 엎드렸다. 아흘락이 잘 동안 경계를 선다.


아흘락은 잡초 사이를 포복으로 나갔다가 엎드려 쉬고 다시 이번에는 무릎으로 기었다. 1킬로를 전진하는 데 1시간 가깝게 걸렸다. 온몸이 늘어질 정도로 지쳤지만 겨우 시리아의 국경에 닿았다.

국경선에 철조망이나 푯말은 없다. 다만 지도에 표시된 지형으로 짐작할 뿐이다. 국경선으로는 무너진 민가의 돌담, 그리고 우물터, 경사면의 능선이 표시되어 있다.

2백 미터쯤 앞이 국경선이다.

숨을 고른 아흘락이 망원경을 눈에 붙이고는 앞쪽을 보았다. 자리를 옮기면서 둘러보기 20분쯤 지났을 때 우측 2시 방향에서 어른거리는 물체가 잡혔다.

감시병이다.

숨을 죽인 아흘락이 다시 자리를 옮겨 다른 방향에서 보았다. 이제는 위장하고 있는 두 사내가 드러났다. 저격 총도 보인다. 은폐하고 있는 저격병을 찾아낸 것은 보물을 찾아낸 것보다 더 값진 소득이다, 이것으로 목숨을 번 셈이니까.


6번 저격조 샤니와 쿠지는 5번 조 죠와 머피의 오른쪽에 배치되어 있다. 관측병 쿠지가 망원경을 눈에 붙이고 있다가 낮게 소리쳤을 때 샤니는 깜빡 졸고 있었다.

"샤니! 저기!"

졸았어도 샤니는 쿠지의 망원경 각도만 보고 저격 총의 스코프를 그쪽으로 돌렸다. 그 순간 몸을 돌리는 사내의 옆모습이 보였다. 잡초에 가려서 금방 보이지 않았다가 기어가는 뒷모습이 드러났다.

샤니가 스코프에 눈을 붙이고는 숨을 들이켰다. 헤클러 앤 코흐 PSG-1은 샤니의 손에 익은 저격 총이다.

거리는 255미터. 바람도 없는 무더운 날씨.

샤니가 사내의 등판을 겨눴다가 곧 마음을 바꿨다. 포로로 잡으려는 것이다. 가늠자 위에 사내의 허벅지를 겨눈 샤니가 방아쇠에 건 손가락에 힘을 주었다.

일단. 이단.


"탕."

황무지 위로 총성이 울렸을 때 지노가 퍼뜩 고개를 들었다. 아흘락이 떠난 지 한 시간 반. 밤 12시가 되어가고 있다. 총성은 앞쪽. 오른쪽 3시 방향.

그때 고개를 돌린 지노가 뒤쪽에 있는 카밀라를 보았다. 총성에 놀란 카밀라의 눈도 둥그레져 있다. 지노가 물었다.

"카밀라, 당신 기어갈 수 있어요?"

"네."

바로 대답한 카밀라가 옆으로 다가왔다.

"어디로 가요?"

"앞으로."

지노가 턱으로 앞쪽 황무지를 가리켰다.

"저 들판을 지나야 해요."

"갈게요."

"저 들판 앞에 저격수가 있는 것 같습니다. 아흘락이 걸렸는지도 몰라요."

"방금 울린 총성이 그거예요?"

"그럴 가능성이 있어요."

지노가 배낭을 정리했다. 식량, 여분의 탄창도 버리고 달러 뭉치와 테이프만 챙겼다. 아흘락이 두고 간 배낭도 놔두었다. 그러고는 AK-47을 쥐고 땅바닥에 엎드렸다.

"오늘 밤에 이 들판을 건너야 돼요."

"네."

"내 뒤만 따라와요. 몸을 들지 말고."

"알았어요."

"여기만 건너면 됩니다."

다짐하듯 말한 지노가 앞장섰다. 그때다.

"탕."

다시 한 발의 총성이 울렸다.

무릎 뼈가 부서진 아흘락이 기를 쓰고 풀숲 사이를 뱀처럼 기어 나갔지만 그 것도 한계가 있다. 생포하려고 마음을 먹은 샤니가 관측병 쿠지가 달려가는 사이에 아흘락이 드러나기를 기다렸다가 다시 한 발을 쏜 것이다.

이번에는 총탄이 아흘락의 오른쪽 어깨를 부쉈다. 총을 떨군 아흘락이 다시 5미터쯤 전진하다가 바위틈에 몸을 기대고 앉았다. 저격수가 두 발로 무릎과 어깨를 맞춘 이유를 아는 것이다.

가쁜 숨을 뱉으면서 아흘락이 고개를 돌려 뒤쪽을 보았다. 지노와 카밀라가 있는 쪽이다.

"지노, 내가 할 일은 했다."

아흘락이 허리춤에서 베레타를 꺼내면서 말했다. 오른쪽 어깨가 박살이 났기 때문에 왼손으로 겨우 꺼냈다. 지노에게 적의 저격수가 기다리고 있다는 것을 알려준 셈이니까.

"지노."

아흘락이 베레타로 앞쪽을 겨누면서 말을 이었다.

"부탁한다."

무엇을 부탁하는지 더 말하고 싶었지만 아흘락은 목이 메었다. 그때 이미 죽은 가족의 얼굴이 차례로 떠올랐다. 아흘락이 권총 총구를 이마에 붙였다.

"이라크 만세!"

"탕!"

총성이 황무지에 공허하게 울렸다.

지노의 오른쪽에서 세 번째 총성이 울렸다.

그때 지노는 벌판에 진입한 지 1백 미터쯤 되었을 때다. 어금니를 문 지노가 고개를 돌려 카밀라를 보았다. 카밀라는 2미터쯤 뒤에서 따라오고 있다. 1백 미터쯤밖에 가지 않았는데도 카밀라는 지친 표정이다.

지노는 다시 고개를 돌렸다. 아흘락이 당한 것 같다는 말을 할 필요는 없다.

"갓댐."

총성만 울렸지 상대는 보이지 않았기 때문에 샤니가 투덜거렸다. 관측병 쿠지가 당황한 듯 멈춰 서서 두리번거리고 있다. 다시 쿠지가 앞으로 전진하자 샤니가 잇새로 말했다.

"쿠지, 그놈은 갔어."

"한 놈이야?"

샤니의 보고를 받은 깁슨이 바로 물었다.

"예, 한 놈입니다."

샤니가 옆에 선 쿠지를 보고 나서 말을 이었다.

"생포하려고 다리와 어깨를 쏘았는데 죽었습니다."

"잘못 쏜 거냐?"

"그것이……."

입맛을 다신 샤니가 말을 이었다.

"잡으려고 쿠지를 보냈더니 자살했습니다."

"갓댐."

버럭 소리를 지른 깁슨이 서둘렀다.

"비상이다! 내가 곧 그쪽으로 갈 테니까 경계 철저히 해!"


"기운 내요."

기어가면서 지노가 말했다.

"얼마 남지 않았어요."

지대가 들쑥날쑥해서 골을 따라 반쯤 서서 달린 덕분에 2백 미터쯤은 수월하게 전진할 수 있었다. 현재 황무지의 7할 정도는 건넌 상황이다.

이제 다시 포복으로 전진해 가면서 지노가 카밀라에게 말했다.

"이제 3백 미터만 가면 돼요."


헬리콥터를 기다리면서 깁슨이 카터에게 말했다.

"한 놈이 사살되었다면 몇 놈이 남은 거야? 셋인가?"

"지난 밤 전투에서 몇 놈이 죽었는지도 모릅니다."

카터가 말을 이었다.

"그놈이 마지막 남은 놈일 수도 있습니다."

"지노하고 카밀라의 시체를 찾기 전에는 안 돼."

그때 헬기의 로우터 소리가 울렸다. 밤이어서 헬기의 경광등이 번쩍이고 있었는데 10여 대다. 그중 7, 8대는 서쪽으로 날아갔고 두어 대가 착륙하려고 상공을 선회하고 있다.


비상이 걸렸기 때문에 저격조는 눈에 불을 켜고 있다.

밤. 12시 45분.

저격 3조 와튼은 스코프에 눈을 붙이고 전방을 훑어보고 있다. 관측병 조단도 망원경으로 앞을 보는 중이다.

"샤니가 2발을 쏘았다고 했지?"

와튼이 묻자 조단이 앞을 응시한 채 대답했다.

"총성은 세 발이 들렸는데."

"근데 두 발을 맞혔다는 거야."

"한 발은 빗나갔나?"

"근데 언제 오는 거야?"

조단이 망원경으로 별도 없는 하늘을 훑어보았다. 헬기로 증원 부대를 실어 온다고 했던 것이다. 사건이 일어난 지 30분이 되어간다.

"선오브비치. 놈들이 국경을 넘어갔는지도 몰라."

와튼이 말을 이었다.

"테이프를 가져가서 터뜨리면 부시는 큰일 나는 거지."

"와튼, 너 민주당이지?"

조단이 묻자 와튼이 코웃음을 쳤다.

"민주당이지만 너보다 이라크 놈들은 10배쯤 죽였다, 이 자식아."

그때 동쪽에서 헬기의 엔진음이 울렸다. 고개를 든 둘은 하늘에 뜬 불빛들을 보았다. 헬기 편대가 날아오면서 기관포 발사음 같은 폭음이 하늘을 가득 메웠다.


헬기 폭음이 울렸을 때 지노와 카밀라는 3조 저격수 왼쪽의 틈으로 빠져나가는 중이었다.

저격조가 배치될 때 저격조 간 사각(死角) 지역은 존재하지 않는다. 그러나 저격수 출신의 지노는 먼저 3조 와튼을 보아서 빠져나갈 수 있었다.

저격수나 도망자나 먼저 발견한 측이 기선을 쥔다. 와튼 조와 50미터 거리를 두고 빠져나간 둘은 몸을 일으키고 뛰었다.

이제는 카밀라도 허리를 굽히고 내달렸는데 헬기의 폭음이 뒤쪽에서 덮치듯이 밀려왔다.

그렇게 150미터쯤 뛰었을 때 헬기 편대가 뒤쪽에 착륙하기 시작했다. 이곳은 산비탈이어서 잔나무가 바람에 휘날렸다.

그때 지노가 카밀라의 손을 잡고 끌었다.

"갑시다!"

지노의 목소리가 컸고 활기에 차 있다.

카밀라가 손을 잡힌 채 이제는 산비탈을 기어오르기 시작했다. 나무가 무성한 산비탈이다.

그리고 시리아 산이다.


산 중턱까지 그럭저럭 따라오던 카밀라가 다시 비틀거렸기 때문에 지노가 손을 내밀었다. 지노는 등에 짐이 든 배낭을 메었기 때문에 카밀라를 업을 수 없다.

"미안해요."

지노의 손을 잡은 카밀라가 외면하고 말했다.

"내가 백 번도 더 미안하다고 말했죠?"

"아니. 스물두 번밖에 안 했는데."

정색한 지노가 카밀라의 손을 끌었다.

"힘이 들더라도 산을 넘을 때까지 참고 갑시다."

"아흘락 소령도 죽었을까요?"

"죽었습니다."

지노가 비틀거리는 카밀라의 손을 끌고 가파른 산을 헤치고 올랐다. 잡초가 우거져서 허리까지 닿는다. 아직도 헬기 폭음은 그치지 않았지만 이쪽으로 넘어오지는 않는다.


"배낭을 찾았습니다."

현장에서 존슨이 보고했다.

"배낭 안에 식량, 탄창, 옷, 비상약뿐입니다."

"죽은 놈 물건이냐?"

깁슨이 묻는다.

이곳은 국경선이다. 지금 수비대 1개 중대와 아르카디 요원이 국경에서 이라크 쪽 황무지를 수색하고 있는 중이다. 샤니가 사살한 '전범'의 배낭을 찾아낸 것이다. 깁슨은 지노 일당을 '전범'이라고 부르고 있다. 지금 '전범' 사냥을 하고 있는 것이다.

"예, 맞습니다. 배낭을 여기다 두고 황무지로 나간 것 같습니다."

오전 2시 10분.

수색을 시작한 지 30분이 되어가고 있다. 통신을 끝낸 깁슨이 고개를 돌려 뒤쪽을 보았다.

시리아 땅이다.


시리아 국경 경비대 제424 부대는 국경에서 2킬로 떨어진 고지 위에 자리 잡고 있다. 지금 수색이 진행 중인 국경과는 4킬로쯤 떨어진 위치다.

부대 상황장교가 초소의 보고를 받았을 때는 오전 2시 15분.

초소는 가장 가까운 위치였지만 현장과의 거리는 1킬로 정도였다.

"헬기 수십 대가 국경선에 착륙했습니다."

초소병이 소리쳐 보고했다.

"총성이 몇 발 울리더니 이라크 병력이 국경선을 막고 수색을 합니다."

"우리 영토 안에 들어왔어?"

상황장교 루트칸 중위가 소리쳐 물었다.

"어느 지점이야?"

"예, 초소 동쪽 1킬로 지점인데 영토 안에는 들어오지 않았습니다."

"병력이 얼마 정도야?"

"1개 중대 이상입니다."

"거물을 찾는 모양이군."

혼잣소리로 말한 루트칸이 초소병에게 말했다.

"계속 감시해. 월경을 하면 즉시 보고하도록."

통신을 끝낸 루트칸이 부대장에게 보고할지를 잠깐 망설였다가 결정했다. 부대장을 깨울 필요는 없는 것 같다.


골짜기를 내려간 지노가 바위틈의 공간을 찾아내고는 카밀라에게 말했다.

"여기 들어가 자요."

배낭을 벗은 지노가 공간에 나뭇잎을 긁어모아 잠자리를 만들어놓고 나왔다.

"내가 깨울 테니까 푹 자요."

지노가 몸을 돌렸을 때 카밀라가 공간으로 들어가더니 몸을 웅크리고 누웠다. 그러더니 곧 긴 숨을 뱉고 나서 눈을 감았다.

2시 35분이다.

눈꺼풀에 납덩이가 달린 것처럼 늘어졌고 온몸의 뼈마디마다 통증이 왔다. 바위틈에 쪼그리고 앉았던 지노가 들고 있던 AK-47을 내려놓고 눈을 감았다. 그러자 순식간에 잠이 들었다.


"계속해."

깁슨이 소리쳤다.

"범위를 더 넓혀!"

오전 4시.

깁슨은 국경에 만들어놓은 지휘소에 앉아 있다.

이제는 수비대 1개 중대가 더 증원되어서 2개 중대 병력이 직경 2킬로 면적의 황무지를 차례로 훑어나가는 중이다. 그때 카터가 깁슨을 보았다.

"장군, 빠져나갔을지도 모릅니다."

아까부터 입 안에 담고 있던 말이다. 깁슨이 시선만 들었고 카터가 말을 이었다.

"아시지 않습니까? 틈은 얼마든지 있습니다. 그사이에 시리아로 넘어갔을지도 모릅니다."


"카밀라."

이름을 부르는 바람에 카밀라가 놀라 잠에서 깨어났다. 눈을 뜬 순간. 머릿속이 텅 비었기 때문에 멍한 표정이 되었다. 목소리도 생소하다.

"깼어요?"

다시 목소리가 울렸을 때 눈동자의 초점이 잡히더니 지노의 얼굴이 보였다. 세상이 밝다.

아, 시리아.

주르르 기억이 떠오르면서 카밀라는 상반신을 일으켰다.

오전 7시 반.

아직 온몸이 찌뿌듯했지만 활기가 일어났다. 그때 지노가 말했다.

"갑시다. 당신이 자는 동안 살펴보고 왔습니다."

카밀라가 손바닥으로 얼굴을 쓸면서 자리에서 일어섰다.

"이번에도 산으로 들어가나요?"

"산 두 개만 넘읍시다."

지노가 배낭을 메고는 조심스러운 표정으로 카밀라를 보았다.

"걸을 수 있겠어요?"

"조금."

"봐서 다시 업을 테니까."

발을 뗀 지노가 말을 이었다.

"국경에서 멀어지도록 합시다. 산 두 개를 넘고 국도로 들어가서 내륙으로 숨어드는 거요."


오전 8시.

깁슨이 카터에게 말했다.

"자, 출발해라."

카터가 몸을 돌렸다.

298

지금도 수색은 계속하고 있지만 깁슨은 시리아에 7개 조를 침투시키는 것이다. 물론 국경 감시병 모르게 밀입국 시켰다. 카터가 그 침투조의 지휘를 맡은 것이다.


　　한 시간쯤 지났을 때부터 카밀라가 다리를 절었기 때문에 지노가 업었다. 앞에 배낭을 메고 뒤로 카밀라를 업은 것이다.

　　지노가 산을 하나 넘고 비탈을 내려갈 때 등에 업힌 카밀라가 말했다.

　　"지노, 난 당신 등에 익숙해졌어요."

　　지노는 대답하지 않았고 카밀라가 말을 이었다.

　　"내가 무슨 생각하는 줄 아세요?"

　　"말해 봐요."

　　"차라리 내 몸이 당신 등에 붙었으면 좋겠다는 생각."

　　"굿 아이디어."

　　"당신은 몸이 좀 무겁다는 생각만 하겠죠."

　　"55킬로나."

　　"내 하반신이 없어졌으면 좋겠어요."

　　"그럼 곤란해질 텐데."

　　내려가는 길이어서 지노가 속력을 내었다.

　　어쩔 수 없이 몸이 붙여졌지만 자연스럽게 가까워진 것은 사실이다. 지노는 공주라고 불렀다가 카밀라 이름을 부른 것이 그렇다. 카밀라도 그렇고.

　　"깁슨이 수색대를 시리아로 보냈을 거요."

　　지노가 말을 이었다.

　　"하지만 이라크 영내에서처럼 수색할 수는 없겠지."

　　카밀라는 잠자코 지노의 목을 감아 안았다.

오전 11시 반.

지노와 카밀라가 산 중턱에서 아래쪽 마을을 내려다보고 있다.

마을 복판으로 차도가 뚫렸고 도로가에는 상점들이 늘어섰다. 얼룩덜룩한 옷가지가 널려 있는 것이 옷가게 같다. 직선거리는 5백 미터정도.

망원경으로 마을을 보던 지노가 카밀라에게 말했다.

"음식점도 있네요."

그 말만 듣고도 카밀라가 침을 삼켰다. 티크리트를 떠난 지 8일째다. 그동안 제대로 된 식사를 하지 못했다. 지노가 말을 이었다.

"옷도 사야겠고, 신발도 필요한데."

"내가 내려가서 사 올게요."

카밀라가 지노를 보았다.

"당신은 아랍인 행세를 하기에는 아직 어색해요."

"할 수 있겠소?"

"차도르를 가져왔으니까 둘러쓰면 돼요."

그렇다. 접으면 한줌밖에 안 되는 차도르가 배낭에 있다. 그 와중에도 가져온 것이다. 차도르를 온몸에 두르고 얼굴만 내놓으면 된다.

지노가 다시 마을을 살펴보았다.

가게 뒤쪽은 살림집이 30호쯤 되었다. 좌우로 10여 채, 길이는 1백 미터 정도. 끝 쪽 가게에서는 기름을 팔고 차들의 휴게소 역할을 하는 것 같다. 여기서 서쪽으로 가야 국경에서 벗어난다.

한참을 둘러보던 지노가 카밀라를 보았다.

"서쪽 끝 휴게소에서 내려가도록 해요. 차에서 내린 행세를 하도록 해요."

카밀라가 고개를 끄덕였고 지노가 말을 이었다.

"이쪽은 탈하드족 영역이오. 무장한 놈은 보이지 않지만 누가 묻는다면 카루

잔에서 오는 길이라고 해요."

지노가 지도를 꺼내 카밀라에게 카루잔을 짚어 보였다. 이쪽에서 30킬로 떨어진 서쪽의 도시다.

"그리고 마하단의 친척에게 가는 길이라고."

지노가 동쪽의 도시를 짚고 말을 이었다.

"차가 휴게소에서 쉬는 동안에 물건을 사는 것으로 합시다."

"철저하네요."

설명을 듣던 카밀라가 고개를 들고 지노를 보았다.

"지노 씨는 그동안 여기 있을 건가요?"

"아니. 나는 조금 더 내려가서 당신 행동을 감시하고 있겠습니다."

지노가 손으로 아래쪽을 가리켰다.

마을이 내려다보이는 숲이다. 마을까지의 거리는 150미터 정도. AK-47의 사정 거리 안이다. 지노가 말을 이었다.

"내가 보이는 위치에서 행동하도록 해요."


차도르로 몸을 감싼 카밀라의 검은 모습이 AK-47의 스코프에 선명하게 드러나 있다. 옷가게로 들어간 카밀라가 옷을 한 보따리 사들고 나왔다. 주인이 가게 앞까지 따라 나와 카밀라에게 인사를 한다.

카밀라의 뒷모습을 보던 주인이 몸을 돌려 주위를 두리번거렸다. 거리는 162 미터. 지노는 산 중턱의 나무 사이에 엎드려 아래쪽을 내려다본다.

거리는 오가는 사람이 많다. 휴게소에는 버스 1대, 트럭 3대, 승합차 2대, 승용차 2대가 주차장에 세워져 있다. 마을에 휴게소가 하나뿐이어서 차는 이곳에만 멈춘다.

이제 카밀라는 빵가게 앞에서 멈춰 섰다. 앞쪽에 여자 서너 명이 모여서 있다.

지노가 이마에 흐르는 땀을 손등으로 닦았다.

그때 카밀라가 빵가게 안으로 들어가 보이지 않았다.


"빵 2개만 줘요."

한 손에 옷 보따리를 들고 있었기 때문에 카밀라가 의자에 앉았다. 보따리를 의자 밑에 내려놓았을 때 안쪽 테이블에 앉아 있던 사내 둘이 일어나 주인에게 계산을 하고 나갔다. 사내들은 제각기 AK-47을 쥐고 있었는데 다행히 카밀라와 시선도 마주치지 않았다.

"여기 빵 있습니다."

주인이 종이에 싼 둥근 빵 뭉치를 건넸을 때 카밀라가 옷가게에서 받은 시리아 파운드로 빵값을 치렀다. 옷가게에서는 옷을 많이 샀기 때문에 100불짜리 달러를 4장이나 주었던 것이다. 시리아 파운드를 주고 거스름돈까지 받은 카밀라가 빵가게를 나왔을 때다.

고개를 든 카밀라가 숨을 들이켰다.

옷가게 주인이 방금 빵가게에서 나간 두 사내하고 이야기를 하고 있다가 카밀라를 보더니 손으로 가리킨 것이다.


지노는 빵 가게에서 나온 두 사내를 주시하고 있었다. 둘이 소총을 메고 있었기 때문이다. 일반 농부 차림이었는데 총을 멘 것은 이 지역의 자위대 같다. 탈하드족 자위대다.

그 순간 그때까지 밖에 서 있던 옷가게 주인이 사내들에게 손짓을 했다. 사내들이 다가가자 옷가게 주인이 두 손을 까불대면서 열심히 이야기를 했다. 손으로 빵가게를 가리키기도 한다.

숨을 들이켠 지노가 스코프에 옷가게 주인의 얼굴을 넣었다. 조준기의 십자가 중심에 코가 찍혀 있다.

아, 카밀라.


카밀라가 다가오는 두 사내를 보았다. 두 사내 뒤쪽으로 옷가게 주인의 얼굴이 보였다 안 보였다 했다.

"잠깐, 신분증을 봅시다."

사내 하나가 말했을 때 카밀라가 눈을 크게 떴다. 사내는 이제 손바닥까지 내밀었다.

"신분증."

"너 지금 뭐하는 짓이야?"

카밀라가 낮게 물었지만 정확한 발음이다. 그때 사내가 눈을 크게 떴다. 카밀라가 아직도 사내가 내밀고 있는 손바닥을 노려보았다.

"그 손을 잘라버리기 전에 못 치워?"

사내가 슬그머니 손을 내렸을 때 카밀라의 목소리가 높아졌다.

"여자가 신분증 가지고 다니는 거 봤어?"

"아니, 이것 봐요."

"내 남편은 보안대 소령이야. 어디 있는지 알려줄까?"

"아니, 잠깐만."

당황한 사내가 주춤거리더니 옆에 선 사내를 보았다. 지나던 사람들이 슬슬 모이다가 사내 하나가 손짓을 하는 바람에 흩어졌다.

그때 카밀라가 아직도 그들 뒤쪽에서 얼쩡거리는 옷가게 주인을 향해 옷 보따리를 내던졌다.

"너 잘 걸렸다. 너를 무고죄로 고발할 테니까 우선 이 옷 다 물려라!"

카밀라가 소리치자 흩어지던 사람들이 다시 걸음을 멈췄다. 옷 보따리가 길가에 버려져 있다. 그때 카밀라가 두 사내를 향해 다시 소리쳤다.

"곧 내 남편이 차 가지고 올 테니까 당신들 나하고 같이 휴게소로 가자!"

"아니, 부인, 우리는"

뒤쪽 사내가 수습을 했다. 눈동자가 흔들리고 있다.

"옷가게 주인이 신고를 해서요. 죄송합니다. 옷을 많이 사는 것이 조금……."

"대원들한테 나눠준다고 했어요! 옷 많이 사는 것도 죄요? 선물한다는 건데? 장사가 안 되는 것 같기에 내가 일부러 여기 내려서 산 건데?"

카밀라의 목소리가 높아졌다.


스코프에 비친 카밀라의 얼굴은 당당했다. 막 삿대질을 하면서 떠드는 것 같았고 사내 둘은 쩔쩔매고 있다.

이윽고 사내 하나가 카밀라의 옷 보따리를, 하나는 종이로 싼 빵을 들고 휴게소로 다가간다. 카밀라의 등에 대고 옷가게 주인이 허리를 꺾어 절을 했고 사람들이 흩어졌다.

"도대체."

스코프에 눈을 붙인 채 지노가 혼잣말을 했다.

"어떻게 한 거야?"

스코프에 표시된 거리는 163미터다. 유효 사거리 안이다.


"차 기다려야 할 테니까 그만 가세요."

카밀라가 말하자 두 사내는 인사를 하고 몸을 돌렸다. 두 사내가 시야에서 사라지자 카밀라가 손을 들었다. 산 쪽을 향해 손을 든 것이다. 그러고는 얼굴을 펴고 웃어 보였다.

스코프로 이쪽을 보고 있을 지노에게 웃는 것이다.

사내들이 돌아갔을 때 카밀라가 휴게소 뒤를 돌아서 산으로 올라왔다. 기다리고 있던 지노가 보따리를 받아들었다.

"자, 또 갈까요?"

지노가 보따리를 배낭에 넣으면서 말했다. 이곳에서 벗어나야 한다.

"가면서 무용담을 들읍시다."

"봤어요?"

뒤를 따르면서 카밀라가 밝은 목소리로 묻는다.

이제 둘은 마을 뒤쪽의 산을 다시 비스듬한 각도로 오르는 중이다. 내륙으로 몇 킬로라도 더 들어가려는 것이다. 카밀라는 발바닥의 물집이 아물기 시작해서 조금씩 걷는 속도가 빨라지고 있다. 카밀라가 말을 이었다.

"보안군 소령 와이프 행세를 했죠. 시리아는 보안군이 아사드 정권의 비밀경찰이니까요. 내가 아사드도 잘 알아요."

"그렇군. 내가 나타났으면 보안군 소령이 되었겠네."

"당신이 오기를 기다린다고 했거든요."

"순발력이 뛰어나시군."

"옷가게에서 100달러 지폐를 넉 장이나 내놓은 것이 문제였어요."

카밀라가 가쁜 숨을 뱉으며 말했다.

"가게 주인이 놀라서 지폐가 가짜인지 몇 번이나 뒤집어 보더라고요."

지노가 몸을 돌려 손을 내밀자 카밀라가 망설이지 않고 잡았다. 카밀라가 말을 잇는다.

"당신이 위에서 본다고 생각하니까 자신감이 생긴 거죠."

산을 넘었을 때 지친 둘은 바위틈에 들어가 마을에서 사 온 빵을 먹었다. 그러고는 보따리를 풀고 옷을 펼쳤다.

카밀라는 지노의 숍과 작업복 저고리, 시리아인들이 많이 신는 헝겊신까지

샀다. 옷이 3벌. 카밀라의 차도르도 2벌 사 왔다.

오후 2시 반이다.

바위 사이에 나란히 앉아 빵을 먹으면서 지노가 말했다.

"여기서 4시간 쉬고 밤에 25킬로가량 서쪽으로 가서 구비탄 시로 들어가도록 합시다."

구비탄은 국경에서 45킬로쯤 떨어진 내륙도시다. 이곳은 국경과의 직선거리는 20킬로 정도. 이쪽 지형은 경사가 심하지 않은 데다 샛길을 걸을 수도 있기 때문이다.

고개를 끄덕인 카밀라가 가게에서 가져온 생수병을 들고 물을 삼켰다. 다시 차도르를 벗은 카밀라는 바지에 운동화를 신었고 점퍼 차림이다.

"지노, 잠이 오지 않아요."

두 다리를 길게 뻗으면서 카밀라가 말했다. 이쪽 산은 말라 죽은 나무가 많고 토지가 메말랐다. 바위가 많지만 험하지 않아서 한 시간 반 동안에 4킬로를 전진했다.

그때 고개를 든 카밀라가 지노에게 말했다.

"지노, 당신 소령 출신인가요?"

"아니, 하사로 강등되어서 예편했는데."

카밀라의 시선을 받은 지노가 쓴웃음을 지었다.

"사고를 쳤습니다."

"소령이긴 했군요."

"그것도 하사관에서 장교가 되었죠."

"잠도 안 오니까 그 이야기 해줘요."

카밀라가 생기 띤 눈으로 지노를 보았다. 과연 잠이 들것 같지 않은 눈이다.

"그럴까?"

지노가 초점이 멀어진 눈으로 카밀라를 보았다.

그 순간 이야기가 하고 싶어졌다.


"마크다가 탈레반 블랙팀의 호위를 받고 있다는 걸 명심해."

존 멀홀랜드 대령이 말했다.

"4개 팀 40명으로 늘어난 건 그놈이 눈치를 채고 있는 거다."

멀홀랜드가 시가를 빨아들이더니 구름 같은 연기를 뿜어내었다.

오후 6시.

오늘은 마지막 브리핑.

칸다하르 외곽의 그린베레 제5특전단 사령부 안이다. 사령관 멀홀랜드가 사령관실 안에서 대위 계급장을 붙인 사내와 마주 앉아 있다.

"이봐, 지노, 돌아올 때 서둘지 마."

멀홀랜드가 말을 이었다.

"널 지원해줄 여유가 없어."

"알고 있습니다."

자리에서 일어선 지노가 경례를 했다.

"그럼 가겠습니다."

"이따 출동할 때 안 본다."

답례를 한 멀홀랜드가 손을 내밀었다.


막사로 들어선 지노를 팀원 6명이 맞는다.

오늘 밤 10시에 아프간의 잘랄라바드 북서쪽 15킬로 지점으로 낙하할 팀원들.

"돈 좀 받았습니까?"

그렇게 물은 팀원은 빌리 카슨. 수염투성이의 거구. 사령관한테서 금일봉을 받았냐는 것이다.

"갓댐. 이 미친놈을 어떻게 하지?"

눈을 치켜떠 보인 지노가 손짓으로 모두 모이라는 시늉을 했다. 모두 주위에 모였을 때 지노가 입을 열었다.

"마크다 호위로 탈레반 블랙팀이 4개 팀으로 늘어났어. 갑자기 호위병이 두 배로 늘어난 건 눈치를 챈 것 같다는 거다."

지노가 팀원 여섯을 둘러보았다.

"그래도 예정대로 진행한다."

"세 시간 남았군."

시계를 본 헨리 커트만이 말했다. 상사. 부팀장이다.

지노가 고개를 끄덕였다.

"자, 편지 써서 관리과로 넘겨."

편지란 위임장이다. 보상금, 월급 등을 위임받는 가족을 적어놓고 사인을 하는 것이다. 물론 전사했을 경우다.


막사에 지노와 부팀장 헨리가 남았다. 헨리는 30세. 백인으로 그린베레 경력 10년. 지노와 2년 동안 손발을 맞춰왔다.

"지노, 이번은 어려울 것 같은데."

헨리가 AK-47을 분해하면서 말했다.

"작전 지역에서 탈출로가 길어."

"언제는 쉬운 적이 있었냐?"

앞쪽 의자에 앉은 지노가 쓴웃음을 지었다.

"우리가 할 일만 하는 거지."

"보험금이 10만 불쯤 나온다는군."

"갓댐. 그만큼 받으면 됐지."

"누가 받는데."

헨리의 시선을 받은 지노가 정색했다.

"내 어머니."

"10만 불 갖고 몇 년을 버틸 것 같아?"

"닥쳐, 헨리."

"나도 빌리처럼 돈독이 올랐나?"

헨리가 어느새 AK-47의 결합을 끝내고는 옆에 놓았다.

"빌리 그 자식은 전처한테 15만 불을 주면 딸을 데려올 수 있다는 거야. 그래서 돈 타령이야."

"데려와서 어쩌겠다는 거야? 미친놈."

"켄터키에 있는 부모한테 딸을 맡긴다는군."

"갓댐. 그래서 여자를 만나지 말아야 돼."

자리에서 일어선 지노가 말을 이었다.

"나 맥주 한잔하고 올게."


클럽 안의 좌석은 반쯤 차 있었는데 오늘따라 시끄러웠다. 신입 장교의 신고식을 벌이고 있기 때문이다. 이곳은 장교 전용 클럽인데 노는 건 하사관들보다 수준이 떨어진다.

지노가 구석 자리에 앉았을 때 당번병 준이 '허들' 맥주병을 갖다 놓았다. 앉은 지 1분도 안 되었다. 지노가 주머니에서 10불 지폐를 꺼내 건네고 손바닥을 펴서 '됐다'는 표시를 하자 준은 고개를 끄덕이고 돌아섰다.

그때 맥주병을 든 선튼이 다가와 앞자리에 앉았다. 클럽 안이 어두워서 선튼의 흰자위가 더 선명해졌다. 로버트 선튼은 흑인. 제5특전단 작전참모다.

"이봐, 지노, 무리하지 마."

한 모금 맥주를 삼킨 선튼이 지그시 지노를 보았다.

"네 스타일대로 밀어붙이지 말란 말이다."

"갓댐."

지노가 이맛살을 찌푸렸다.

"소령, 무슨 말이야?"

"케니 버틀러가 네 위쪽 5킬로 지점에 강하할 거야."

"알아."

"케니는 압둘라를 맡았지만 그쪽 일이 안 풀렸을 때 네 일을 맡을 수 있어."

"그럴 수도 있지."

한 모금 맥주를 삼킨 지노가 고개를 끄덕였다.

"하지만 그런 일은 일어나지 않을 거야."

케니 버틀러는 지노와 같은 계급인 대위로 K팀 팀장이다. 이번에도 같은 시간대에 잘랄라바드 북방에 투하되는 것이다. 물론 목표는 다르다. 로버트가 말을 이었다.

"지노, 마크다만 제거하면 이번 전쟁은 절반쯤 이긴 거다."

지노는 대답하지 않았다. 마크다 알 살람은 탈레반 정권의 국방 장관이며 제2인자다. 9.11 테러의 주범인 오사마 빈 라덴의 후원자인 것이다.

9.11 테러가 발생한 지 2주일밖에 되지 않았다.


C-140이 고도를 3만 피트(9,000미터)로 낮췄다. 엔진음이 커서 지노가 헬멧에 부착된 헤드폰 버튼을 눌렀다.

"3분 전."

파키스탄 페샤와르 동북쪽 미군 기지를 출발한 C-140 수송기는 지금 잘랄라바드를 향해 날아가는 중이다.

수송기 화물칸에는 'G팀' 7명이 탑승하고 있었는데 팀장 지노 장의 이니셜을 따서 팀 이름을 붙였다. 팀원들이 잠자코 장비를 점검하고 있다.

오후 10시 반.

6천 미터 상공에서 낙하해서 잘랄라바드 서북쪽 12킬로 지점에 낙하할 예정이다.

"1분 전."

지노가 다시 말하고는 자리에서 일어나서 화물칸 뒤쪽으로 다가갔다. 팀원들이 뒤를 따른다. 그때 화물칸 문이 천천히 내려가면서 바람이 휘몰려 들어왔다.

지노가 헬멧의 투명 글라스를 내리고는 맨 앞으로 다가가 섰다. 이제 활짝 열린 화물칸 앞으로 검은 하늘이 펼쳐져 있다. 바람에 몸이 흔들거렸다.

그때 지노가 손목에 찬 시계를 보았다. 야광 숫자가 드러났다.

8, 7, 6, 5, 4, 3, 2, 1.

지노가 밤하늘로 뛰었고 뒤를 6명이 한꺼번에 몸을 던졌다.


30분 후인 오후 11시 무렵.

황무지에 뒤덮인 잡초가 바람결에 흔들리고 있다. 그 잡초를 헤치고 검은 복장의 사내들이 모여들었다.

"이상 없음."

헨리가 보고했다.

맨 나중에 도착한 사일러 베네스토를 확인한 지노가 발을 떼었다.

"출발."


앞장선 첨병은 빌리 카슨, 뒤는 마이클 모간, 뒤는 커크 링컨, 지노, 무전병 존

해포드, 사일러 베네스토, 맨 뒤가 헨리 커트만이다.

목표는 8킬로 남쪽의 A산(山).

마크다 알 살람의 대저택에서 2킬로 떨어진 무명산(無名山)이다. 마크다의 저택은 탈레반군 최정예 부대인 3사단 기지에서 500미터밖에 떨어지지 않았다. 그것을 본부에서는 '벌통' 옆에 있다고 표현했다.

"마이 갓."

앞에 가던 커크가 투덜거렸기 때문에 지노가 물었다.

"뭐냐?"

"십자가를 침대에다 놓고 왔어요."

"굿."

지노가 바로 말을 이었다.

"네가 십자가에 매달리는 것이 눈에 거슬렸는데 잘됐다."

뒤를 따르던 무전병 존이 큭큭 웃었지만 커크가 투덜거렸다.

"이런 일 처음이오, 대장."

"닥치고 앞장서, 이 자식아."

지노의 목소리가 거칠어졌다.

"이번에 살아 돌아가서 그 증거를 보여."


황무지와 바위로 덮인 산 하나를 넘었더니 앞쪽에 검은 산줄기가 나타났다. 그 산을 넘어야 마크다의 대저택이 보인다.

팀원은 산 중턱에 멈춰 섰다. 한 시간 반 동안에 4킬로를 횡단했다. 앞으로 2킬로를 더 나가야 한다.

하늘을 본 지노가 말했다.

"20분 휴식."

밤. 12시 반이 되었다.


"여기서부터 경계 지역이야."

지노가 땅바닥에 지도를 펼쳐놓고 말했다. 주위로 다섯이 둘러서 있다. 20미터쯤 앞에 사일러가 경계를 나갔기 때문에 다섯이다.

지노가 손가락으로 지도의 두 점을 짚었다. 초소가 있는 지점이다.

"계획대로 이 사이로 빠져나간다."

"근데 정찰을 하고 오는 것이 낫겠어, 대장."

헨리가 말했다.

"정찰기가 찍은 사진과 다를 수도 있으니까 말야."

"좋아."

지노가 고개를 끄덕였다. 앞쪽 산기슭에 초소 2개가 3백 미터 거리를 두고 세워져 있다. 지노가 헨리와 커크를 보았다.

"너희들 둘이 다녀와."


팀원 7명에서 5명이 남았다. 같이 작전을 2번 했고 지금이 3번째. 물론 모두 그린베레 소속이지만 서로 소속이 달라서 7명이 모두 모인 것은 반년밖에 되지 않는다. 지노와 오래 겪은 순서로 보면 부팀장 헨리가 2년쯤 되었고 빌리, 커크 등의 순서다.

밤.

황무지의 바위 옆 경사지에 팀원들이 둘러앉았다. 바람이 잡초를 휩쓸고 지나면서 파도 소리를 내었다.

"빌리."

지노가 앞쪽에서 AK-47의 총구에 소음기를 다시 끼우는 빌리를 불렀다. 고개만 든 빌리에게 지노가 말을 이었다.

"너, 딸이 어디에 있어?"

"뉴욕."

빌리의 두 눈이 번들거렸다.

"대장, 왜 묻는 거야?"

"딸을 찾으려면 15만 불이라고?"

"그년이 비싼 변호사를 샀어."

빌리가 말을 이었다.

"딸을 집에 혼자 놔두고 남자 만나러 다닌다고."

"글쎄, 그럴 리가 없다니까."

"내가 정보원을 고용해서 알고 있다니까 그러네."

화가 난 빌리가 무릎걸음으로 다가왔다. 빌리의 거친 숨소리가 울렸다.

"대장, 난 새라를 데려와야 돼."

두 눈을 치켜뜬 빌리가 말을 잇는다.

"우리 부모가 키워야 돼. 그리고 내가 제대하고 새라에게 돌아가야 돼."

그때 앞쪽에서 인기척이 났기 때문에 빌리가 입을 다물었다. 정찰 나간 헨리가 돌아온 것 같다.

돌아온 헨리가 보고했다.

"간격이 3백 미터가량이고 초소들 앞에 경비병이 서 있지만 그 사이로 빠져나갈 수 있어."

헨리가 말을 이었다.

"내가 앞장서겠어."


헨리가 첨병을 서서 탈레반의 초소 사이를 빠져나왔다.

오전 1시 45분.

이제 산을 넘어서 반대편 산 중턱으로 가서 해가 뜨기 전에 피신해야 한다.

사전에 세 번이나 예행 연습을 했고 장애물, 횡단 속도까지 계산해 놓아서 돌발사건이 터지지 않는다면 오전 3시 반에서 4시 사이에 은신처에 도착할 것이었다.

초소가 뒤로 3백 미터쯤 거리로 멀어졌을 때 지노가 앞쪽의 산을 응시하면서 말했다.

"속도를 늦춰, 빌리."

이번에는 지노의 바로 앞에 빌리가 서 있다. 맨 앞에 마이클이 첨병으로 가는 중이다. 빌리의 전갈을 받은 마이클이 전진 속도를 늦췄을 때 지노가 말을 이었다.

"앞쪽 산을 다시 한 번 훑어보자. 산과의 거리가 2백 미터 되었을 때 멈춰."

종대로 선 G팀이 산을 향해 다가가고 있다. 산을 넘어야 마크다의 대저택이 보이는 것이다.


산기슭과 2백 미터 거리에서 7명이 횡대로 엎드렸을 때 헨리가 지노에게 물었다.

"대장, 정찰 자료에 저기는 별거 없던데. 예민한 것 아닐까?"

"닥쳐, 헨리."

지노가 낮게 말했지만 옆쪽 팀원들은 다 들었다.

짙은 밤.

앞쪽 산기슭은 어떤 기척도 없다. 정찰기와 정찰 위성으로 이쪽도 수십 장 찍었지만 감시 초소나 장비 흔적이 드러나지 않았다. 그리고 예행연습에서도 이쪽은 그냥 패스했던 것이다.

지노가 몸을 일으켰다.

"커크, 날 따라와."

커크 링컨이 소리 없이 일어나 지노의 뒤를 따른다.


산기슭과 1백 미터 거리가 되었을 때 납작 엎드려서 접근하던 지노가 멈췄다. 비스듬히 왼쪽에서 따르던 커크도 따라 멈췄다.

풀숲이 펼쳐진 황무지였지만 굴곡이 심해서 은폐하기는 쉽다. 지노가 숨을 고르고는 눈으로 앞쪽을 가리켰다.

"저기, 바위 오른쪽 산기슭."

지노의 시선을 따라 그쪽을 보던 커크가 숨을 들이켰다.

산기슭의 나무인 것 같았지만 어둠에 익숙해진 커크의 눈에 앞쪽의 물체가 보였다. 움직이는 물체. 1백 미터 거리여서 물체가 보이는 것이다.

사람이다. 두 명이 세 명으로 늘어났다. 그때 지노가 말했다.

"잠복 초소다."

지노가 잇새로 말을 잇는다.

"산기슭의 나무에 가려서 위성사진에도 찍히지 않은 거다."

"갓뎀."

커크가 소리죽여 숨을 뱉었다.

"하마터면 당할 뻔했어, 대장."

탈레반 초소다. 이번에는 위장 초소여서 몇 명인지 다 보이지 않는다.

지노가 몸을 일으켰다. 피해가는 수밖에 없다.


"하자드, 미국과의 싸움은 오래갈 것이다. 미국이 9.11의 복수로 우리를 골랐지만 우리는 러시아군을 10년 동안 골탕 먹이다가 물리친 민족이야."

316

마크다의 얼굴에 웃음이 떠올랐다.

"더구나 미국 놈들은 몇십 명이라도 전사자가 나오면 언론이 야단법석을 떨지. 오히려 러시아보다 다루기 쉬워."

저택의 응접실 안.

마크다 알 살람이 앞에 앉은 하자드를 보았다.

오전 2시.

마크다는 45세. 탈레반의 창립 멤버이며 오사마 빈 라덴이 설립한 알 카에다의 간부이기도 하다. 아프간의 지도자 물라 모하메드 오마르의 최측근으로 국방장관까지 겸임한 거물이다.

"하자드, 네가 와줘서 고마운데 난 3사단 수색중대의 경호를 받고 있다."

"제 임무입니다, 장관 각하."

하자드가 정색했다.

"지도자 동지의 명령이기도 하고요."

하자드는 탈레반 최정예 특수부대인 블랙팀의 부사령관이다. 블랙팀은 20개 팀, 200명으로 편성되었는데 하자드가 오늘 2개 팀, 20명을 이끌고 잘랄라바드에 온 것이다.

하자드가 말을 이었다.

"페샤와르에 그린베레 제5특전단이 증강되고 있습니다. 분위기가 심상치 않습니다."

마크다가 고개를 끄덕였다.

"당분간은 내가 이곳에서 군(軍)을 정비할 거다. 장기전에 대비할 거야."

하자드는 38세. 아프간 군 대령으로 블랙팀을 실질적으로 지휘하고 있다. 장신에 건장한 체구. 소련군과의 실전 경험도 많았기 때문에 아프간 군 최정예인

3사단의 참모장도 역임했다.

응접실을 나온 하자드 옆으로 팀장 타랄이 다가왔다. 타랄은 팀장 중 선임 팀장이다.

"대령님, 저택에 2개 팀이면 충분합니다. 2개 팀은 외곽 경비를 맡죠."

저택 면적이 컸지만 수색중대 병력이 안팎을 경비하는 상황이다. 블랙팀은 아프간 최정예 특수작전 팀이다. 팀 전체를 경비에 투입시킬 필요는 없는 것이다.

저택 현관을 나온 하자드가 주위를 둘러보았다.

이곳은 잘랄라바드 외곽의 3사단 주둔지 안이다. 저택은 2층 벽돌 건물로 담장은 뒤쪽만 세워졌고 3면은 3사단 주둔지를 향해 열려 있다.

하자드가 고개를 끄덕였다.

"상황이 심각해."

검은 하늘을 올려다 본 하자드가 말을 이었다.

"미국 놈들이 가만있지 않을 거야."

하자드가 직접 잘랄라바드로 날아온 이유가 바로 이것 때문이다.

아프간 지도자 오마르는 카불에서 3개 사단을 지휘하고 있다. 국방장관이며 2인자인 마크다는 잘랄라바드에서 정예 3사단을 지휘하려는 것이다. 전력(戰力)이 2개로 나뉘어졌다.

이것이 이번 미국 측 침공에 대비한 아프간의 전략이다.


오전 5시가 되었을 때 G팀은 산 중턱의 숲에 은신했다.

아래쪽 3사단 주둔지 서쪽이 내려다보이는 위치다. 서쪽 끝의 2층 저택과의 거리는 약 2킬로. 2킬로 사이에는 황무지와 개울, 그리고 3중의 경계선과 초소 2개를 거쳐야 한다. 주둔지로 뻗은 도로가 황무지를 관통하고 있었는데 잘 닦여 있다.

"갓뎀."

망원경으로 아래쪽을 내려다 본 헨리가 투덜거렸다.

"모형보다 더 험악하군."

모형을 놓고 지형을 눈에 익힌 터라 눈에 익은 장면이다. 지노도 망원경을 눈에 붙인 채 말했다.

"초소 경비병이 1개 소대 급이다."

정찰기 사진에는 2개 분대 정도였다. 망원경을 눈에서 뗀 지노가 옆쪽에 엎드린 팀원을 보았다.

"초소 우측에 굴곡이 많아서 포복해 나가는 게 낫겠어. 멀리 돌더라도 방향을 바꾼다."

작전 변경이다. 계획은 좌측 황무지를 통과하는 것으로 되어 있었던 것이다.

"갓뎀."

헨리 옆에서 PSG-1의 스코프로 내려다보던 저격수 커크 링컨이 욕설을 뱉었다.

"돌파하는 데 5시간은 걸리겠다."

모두 경험자다. 현장을 보면 짐작할 수 있다. 그때 지노가 몸을 일으키며 말했다.

"오후 6시까지 휴식이다."

밤이 될 때까지 기다려야 되는 것이다.


사일러 베네스토는 멕시코 계로 G팀에 가장 늦게 합류한 병사다. 계급은 중사. 27세. 그린베레 경력은 6년 반. 6개월 전에 G팀에 합류했다.

나무 밑에 쪼그리고 앉은 사일러 옆으로 지노가 다가가 앉았다.

"사일러, 컨디션 어떠냐?"

"괜찮습니다."

사일러가 검은 눈동자로 지노를 보았다.

"내가 대장을 실망시켜 드리지 않을 겁니다. 알고 계시죠?"

"그건 알아."

"저는 살아남을 겁니다. 성모 마리아가 날 지켜주고 있거든요."

"그래, 사일러."

지노가 고개를 끄덕였다. 사일러는 LA에 부모가 있다. 팀원 중 폭약 전문가.

"그런데, 사일러."

"예, 대장."

"넌 이번 위임장에 '린다'라는 여자를 수취인으로 해놓았더라."

"예, 대장."

"네가 클럽에서 만났다는 그 여자지?"

"맞아요."

"지난번에는 어머니 앞으로 했잖아?"

"그렇죠."

"왜 그런 거야?"

"린다가 임신했다고 해서."

"정말야?"

"태아 사진도 보내왔어요."

사일러가 가슴주머니에서 접힌 사진을 꺼냈다. 그늘진 나무 밑에서 희뜩한 물체만 보였다.

"석 달짜리 사진이래요. 이게 머리고……."

손으로 흰 부분을 짚었지만 칠판의 낙서 같다. 주머니에 다시 사진을 넣은 사일러가 말을 이었다.

"린다는 내가 어떻게 되었을 때 아이를 데리고 엄마한테 가겠다고 약속했어요."

"뭐라고?"

"위임장 이야기를 했더니 그러던데요."

"언제?"

"지난번 휴가 갔을 때."

"……"

"그래서 위임장의 린다를 수취인으로 쓰기로 한 겁니다."

"린다한테 말했다고?"

"약속했다니까요?"

"다음번에는 네 엄마가 기르는 강아지 이름으로 써라."

"그러지요."

사일러가 이를 드러내고 웃었다.


무전병 존 해포드. 중사. 백인. 28세. 그린베레 경력 8년. 120킬로의 거구지만 몸이 빠르고 순발력이 뛰어났다. 무전병으로 지노의 그림자처럼 붙어 다니는 중이다. 전투 시에는 더 그렇다. 발도 맞춰야 한다.

나무 밑 은신처로 돌아온 지노가 기대앉았을 때 존이 무릎걸음으로 다가왔다.

"대장, K팀과의 거리는 11킬로입니다. 그들도 지금 작전 중입니다."

지노가 고개만 끄덕였다.

케니 버틀러의 K팀도 어젯밤 강하한 것이다. 그들은 다른 비행기로 지노의 팀 위쪽 5킬로 지점에 강하했지만 목표는 다르다. 잘랄라바드 시내에 침투해서 정보부 부장 압둘라 아마드를 암살하는 것이 K팀의 목표다.

존이 옆쪽 바위에 등을 붙이고 앉았다.

"K팀의 피터가 통신대 놈한테서 헤로인을 구해갔다는데요."

"……."

"치통 때문이라고 했다는데 그놈 약쟁이인 것 같습니다."

"피터가 첨병이지?"

"예. 훈장까지 탄 놈인데 다른 팀원들은 모르는 모양입니다."

피터 카말리는 중사. 백인. K팀 소속이 된 지 3개월밖에 되지 않는다. 그린베레 제4특전단 소속이었다가 석 달 전에 페샤와르의 5특전단으로 전출되었기 때문이다.

"갓댐."

이맛살을 찌푸린 지노가 존을 보았다.

작전 중에 마약을 먹는 것은 영창감이다. 그러나 어떤 팀은 눈감아주는 경우도 있다. 고통을 줄여주든가 신경을 예민하게 만들고 체력을 놀랄 만큼 향상시켜주기도 했기 때문이다.

"케니가 알아야 할 텐데."

존은 외면한 채 대답하지 않았다. 케니 버틀러 대위는 33세. 웨스트포인트 출신의 백인. 공공연한 지노의 경쟁자다. 하사관 출신의 지노하고는 바탕이 다르다.

지노가 혼잣말을 했다.

"날 돕지는 못하겠다."

클럽에서 선튼이 했던 말이 떠올랐기 때문이다.


오후 5시 반.

제11초소장 가랄 중위가 소리쳤다.

"빨리 저녁 식사를 끝내고 바리케이드 보수작업을 해!"

초소의 경비병은 1개 소대 병력. 바리케이드는 3중으로 되어 있었는데 오래되어서 군데군데 뚫린 곳이 많다.

"오늘 밤까지 끝낸다!"


"갓댐."

망원경을 눈에 붙인 지노가 투덜거렸다.

초소에서 경비병들이 나오더니 바리케이드 보수작업을 시작한 것이다. 곳곳에 플래시, 횃불까지 들고 있어서 그쪽 초소 앞뒤는 환하다.

옆에 엎드려 있던 헨리가 말했다.

"좌측으로 돌아서 통과해야겠는데."

좌측은 외곽으로 돌아가는 것을 말한다. 또 작전을 변경해야 된다.

오후 6시 반.

어둠이 덮이고 있다. 이윽고 고개를 든 지노가 주위에 엎드린 팀원들에게 말했다.

"좋아. 좌측으로 돌아서 간다."


훈련 때 1번 초소를 빠져나가는 시간은 30분에서 40분이었지만 이번에는 훨씬 멀리 꺾어지는 바람에 1시간 20분이 걸렸다. 좌측은 철조망이 쳐 있었지만 개울로 막혀 있다. 개울에 몸을 담그고 다시 2번 초소를 향해 우측으로 꺾어야 한다.

오후 9시 40분.

2번 초소가 2백 미터 전방으로 다가왔다. 황무지의 절반은 건넌 셈이다.

잠깐 휴식.

"답답하군."

이번에도 첨병을 선 빌리가 풀숲에 웅크리고 앉더니 투덜거렸다.

"총격전을 벌이면서 전진하는 것이 차라리 낫다니까."

빌리는 불평이 많지만 명령에 거역한 적은 없다.

지노가 풀숲 사이로 2번 초소를 보았다.

G팀이 붙인 초소 이름으로 두 번째 초소다. 1번 초소 뒤쪽으로 5백 미터 거리. 역시 앞쪽 1백 미터 지점에 철조망이 쳐졌고 초소 병력은 1개 소대 병력이다. 길 복판의 차단봉은 차량 통행 때마다 오르내린다.

지노의 시선이 초소 오른쪽 2백 미터 지점을 보았다. 저곳이 돌파할 곳이다. 그때 옆으로 다가온 헨리가 말했다.

"대장, 예정보다 한 시간 반이 늦어졌어."

헨리가 눈으로 돌파할 지점을 가리켰다.

"서둘러야겠어."


그 시간에 하자드가 저택의 아래층 응접실에서 제3사단장 카심 소장과 마주 앉아 있다.

카심은 부대 안의 사단장 관사에 머물고 있었는데 오늘은 마크다와 함께 셋이 저녁을 먹은 것이다. 카심은 42세. 마크다의 심복이며 알 카에다 출신이기도 하다.

하자드가 입을 열었다.

"장관께서 이곳에 와 계시는 걸 미국 놈들도 알고 있을 겁니다."

"당연하지."

카심이 쓴웃음을 지었다.

"카불보다 잘랄라바드가 더 안전해."

주위를 둘러본 카심이 말을 이었다.

"특히 이 영빈관은 러시아군이 사령관 숙소로 만든 곳이거든. 요새 수준이야."

그리고 3사단 주둔지는 러시아군 진지였던 것이다. 지도자 오마르도 잘랄라바드에 올 때마다 이곳을 숙소로 사용한다.

그때 카심이 물었다.

"하자드, 지금 오사마 님께선 어디 계시지?"

"그건 나도 모릅니다."

정색한 하자드가 목소리를 낮췄다.

"그 사건 이후로는 본 사람이 없습니다."

그 사건이란 9.11 사건이다.

카심이 길게 숨을 뱉었다. 할 말이 있지만 참는 눈치가 역력했다. 하자드가 말을 이었다.

"아무래도 아프간이 안전하겠지요."

"……."

"부시가 눈에 불을 켜고 있으니까요."

"페샤와르에 미군 특공대가 모이고 있다던데, 다국적군하고 말야. 그 정보를 듣고 있지?"

"예, 압둘라 부장한테서 들었습니다."

"다국적군이 27개국이라던가?"

"부시 비위를 맞추려고 다국적군에 참가한다고 했지, 실제로는 모두 모아도 몇천 명 안 됩니다."

카심이 고개를 끄덕였다.

9.11의 복수다. 그래서 부시는 아프간에서 가까운 파키스탄의 페샤와르에 미군과 다국적군을 모으고 있는 것이다. 그 때문에 국경과 가까운 잘랄라바드의

3사단으로 마크다와 하자드까지 와 있는 것이지만.

풀숲을 헤치고 50미터쯤 전진했을 때 곧 철조망이 앞을 가로막았다. 앞장을 선 헨리가 포복을 멈추더니 주위를 둘러보았다.

밤. 10시 반.

초소는 우측 150미터 지점. 철조망은 5미터 간격으로 3중이다.

철조망 커터를 빼든 헨리가 한 줄씩 자르기 시작했고 옆으로 다가간 빌리가 잘린 철망을 젖혔다. 지노가 옆에 엎드린 커크에게 말했다.

"커크, 가서 도와라."

커크가 두말 않고 기어서 앞으로 나아갔다. 습기가 많은 대기가 피부에 달라붙어 온몸이 끈적이고 있다. 그때 앞쪽에서 헨리가 손을 들었다.

1차 철조망이 제거된 것이다. 숨을 뱉은 지노가 포복해서 앞으로 나아갔다. 뒤를 존과 마이클, 사일러가 따른다.

5미터 앞, 2번째 철조망.

이제는 지노가 헨리 옆에 붙어서 철조망을 자른다. 온몸에서 땀이 흘러내려 끈적이고 있다.

깊은 밤. 빌리의 투덜거리는 목소리만 울렸다.

"젠장. 감옥에서 탈출하는 것 같군."

같은 느낌이 들었기 때문에 지노의 얼굴에 쓴웃음이 떠올랐다. 곧 두 번째 철조망이 잘렸고 헨리, 커크의 순서로 통과했다.

곧 세 번째 철조망.

밤. 11시 10분.

하자드가 외곽 경비를 맡은 팀장 바이크에게 말했다.

326

"바이크, 네가 초소를 순시해, 중대장한테 네 지휘를 받으라고 했으니까."

"알겠습니다."

바이크는 10명을 이끄는 팀장이지만 현역 소령이다. 저택 경비를 맡은 수색 중대장보다 상급자다.

이곳은 저택 좌측의 마당이다. 어둠에 덮인 마당은 조용했지만 끝 쪽에는 초소가 세워져 있다. 그때 바이크가 물었다.

"대령님, 전쟁이 일어나는 겁니까?"

"그럴 가능성이 많아."

가볍게 대답한 하자드가 주위를 둘러보았다.

"그린베레 특전단 놈들은 기습 침투가 특기야. 그래서 우리가 온 거다."


세 번째 철망을 뚫고 나왔을 때 앞쪽에 1백 미터쯤의 황무지가 펼쳐졌다. 그리고 건너편이 저택의 외곽 초소다. 2백 미터 앞인 것이다.

훈련을 받은 대로 팀원은 일렬횡대로 엎드렸다.

"커크, 보이나?"

지노가 눈에 적외선 망원경을 붙이고 물었다. 망원경에 드러난 초소에 경비병 둘이 이쪽을 응시하고 있다.

밤. 11시 20분.

그때 커크가 낮게 대답했다.

"보입니다."

"기다려."

지노가 망원경으로 초소 뒤쪽을 보았다. 뒤쪽이 저택 마당이다. 3면이 3사단 기지를 향해 열렸는데 지금 지노는 그중 서쪽의 황무지 끝에 엎드려 있다.

초소 뒤쪽 공터는 1백 미터 넓이였고 그 뒤에 2층 저택이 드러났다. 2층 왼쪽 창문 2개가 불이 켜져 있다. 그곳이 응접실이다.

이곳에서 저택까지의 거리는 325미터. 공터는 비었지만 교묘하게 은폐된 저택의 초소가 있는 것이다. 이윽고 지노가 지시했다.

"커크, 헨리, 너희들 둘이 쏘아라."

지노가 망원경을 눈에 붙인 채로 말했다.

"커크는 왼쪽, 헨리는 오른쪽."

커크와 헨리는 지노의 좌우에 엎드려 있다. 헨리는 저격수 커크에 못지않은 명사수다.

둘이 스코프에 눈을 붙였다. 둘 다 AK-47에 소음기를 장착해 놓았다. 초소의 감시병과의 거리는 214미터. 지노가 심호흡을 했다.

"준비. 다섯을 센다. 5, 4, 3, 2, 1."

"픽!"

두 발의 발사음이 거의 동시에 들렸고 그 순간 앞쪽 병사의 얼굴이 부서졌다.

"가자."

지노가 낮게 말했을 때 팀원은 일제히 움직였다.


2백 미터 거리를 뛰어갈 수는 없다. 7명은 지그재그로, 그것도 허리를 숙인 채 은폐, 엄폐를 반복하면서 황무지를 전진하고 있다. 이제는 3사단 진지 안이어서 장애물이 없다.

1백 미터를 지났을 때 지노의 입에서 쇳소리가 났다. 아직 앞쪽에서 반응은 없다. 초소에 둘만 있을 리는 없다.

다시 지노가 앞장서 나갔다. 저택 외곽 수비는 1개 중대 병력, 서쪽 구역은 길이가 3백 미터가량으로 1개 초소가 있다. G팀은 지금 왼쪽 초소로 접근 중이다.

"야, 카이잘!"

초소 밖에서 소리쳐 부른 자말 하사가 안으로 들어섰다. 그 순간 자말이 숨을 들이켰다. 초소 감시병 카이잘과 바라크가 바닥에 널브러져 있는 것이다. 초소 안은 어두웠지만 둘의 얼굴이 뭉개져 있는 것도 드러났다.

"아앗!"

놀란 외침을 뱉은 자말이 소리를 치려고 숨을 들이켠 순간, 머리가 부서져 뇌수가 흩어졌다.


30미터쯤 거리에서 지노가 AK-47을 선 채로 내갈겨 초소에 나타난 사내를 쓰러뜨렸다.

"두두둑!"

발사음이 그렇게 들렸기 때문에 모두 긴장했다.

이제 초소와의 거리는 30미터. 7명은 횡대로 서서 달려가고 있다. 몸을 세운 채 내달린다. 감시초소 뒤쪽의 막사에서 언제 초소병들이 쏟아져 나올지 모르는 것이다. 그때부터 전투다.

지노는 열다섯 발짝을 달려 감시초소 앞에 닿았지만 그 5초가량의 시간이 몇 배나 되는 것처럼 느껴졌다. 7명은 거의 동시에 1초소에 닿았다. G팀에서 이름붙인 서쪽 초소다. 초소 뒤쪽의 막사는 조용하다. 안에 7, 8명이 있을 것이다.

이제 저택까지는 1백 미터. 그 1백 미터 공간은 돌멩이 하나 없는 맨땅. 개구리 한 마리도 은신하지 못한다.

가쁜 숨을 고르면서 지노가 초소 벽에 기대섰다.

"자, 출발."

<2권에 계속>